物語の中のふるさと

読売新聞西部本社編

海鳥社

はじめに

若い人を中心に「活字離れ」が深刻化しているといわれています。文字は文化の源であり、コミュニケーションの根幹です。読売新聞社は「二十一世紀活字文化プロジェクト」を展開し、新聞や出版物などを題材に数々の事業を実施しています。

「物語の中のふるさと」は、このプロジェクトの「本を読もう」キャンペーンの一環として、二〇〇三年一月八日から二〇〇四年十二月二十四日まで、九十三回にわたって読売新聞西部本社の紙面に掲載しました。「学齢期の皆さんにも興味深く読め、心に響く連載を」と検討を重ねた末に決まったのがこの企画でした。

小説やノンフィクションには必ず、題材となった場所があります。作者にもまた、文字通りのふるさとがあります。この連載は、こうした土地、つまり「物語の中のふるさと」を記者が訪ね、作品が世に出るまでの足跡や逸話を聞き取り、記者の視点も交えて記事化するものでした。さらにその場面に即した写真を記者自身が探して歩き、借り受けて掲載することを取材の原則といたしました。

こうして掲載された記事の数々には、実に多くのエピソードが織り込まれました。例えば、戦国大名・大友宗麟の日向遠征の野望と挫折を描く「無鹿《むしか》」の取材に宮崎を訪ねた遠藤周作さんの寡黙な表情を、案内役を買って出た地元の男性は深く胸に刻みました。この男性は、遠藤さんの死去後に出版された作品で「あの時の人」が遠藤周作であることを知ります。その寡黙さを思い出しながら「体調が悪いようにもみえた」と記者に打ち明けるのです。

全九十三編。この単行本には九州・山口で展開された作者と、作者をめぐる人たちのエピソード、舞台となった土地の往時といま、そこに住む人の懸命な日常が描かれています。それは、新聞記者にとって最も大切な「足で稼ぐ」取材を貫いた成果にほかなりません。

この本が文学に親しみ、郷土を再発見する一助になれば「二十一世紀活字文化プロジェクト」に携わるものとして、この上ない喜びであります。

読売新聞西部本社前編集局長　井上安正

物語の中のふるさと◉目次

福岡県

佐賀県

長崎県

熊本県

大分県

宮崎県

鹿児島県

山口県

本書は、二〇〇三年一月から二〇〇四年十二月にかけ「読売新聞」西部本社版に九十三回にわたって連載された「物語の中のふるさと」を編集したものです。本文に登場する人物の肩書きや年齢、住所表記などは、連載時のままとしました。

福岡県

玄界灘
［北九州市］
火野葦平
「石と釘」
［鞍手町］
上野英信
「廃鉱譜」
［福岡市］
檀一雄
「リツ子・その愛」
「リツ子・その死」
［北九州市］
岩下俊作
「富島松五郎伝」
周防灘
［福岡市］
原田種夫
「風塵」
［田川市］
五木寛之
「青春の門」
［犀川町］
夏目漱石
「三四郎」
［福岡市］
野沢尚
「ラストソング」
［福岡市］
夢野久作
「押絵の奇蹟」
佐賀県
［大川市］
古賀政男
「自伝わが心の歌」
［田主丸町］
火野葦平
「耳塚」
［柳川市］
北原白秋
「思ひ出」
大分県
有明海

犀川町《さいがわまち》

夏目漱石□三四郎

三四郎のふるさと

晩年の「三四郎」に会った人がいる。犀川町久冨の黒瀬千里さん（七十七歳）。一九六一（昭和三十六）年ごろ、自宅近くのあぜ道で、すれ違った男性にあいさつされた。「やあ、黒瀬さんとこの娘さんだね」。声の主が三四郎のモデルの一人で、町出身のドイツ文学者・小宮豊隆（一八八四―一九六六年）だった。

「白髪で穏やかな感じの人でした」と、黒瀬さんはその面影を覚えている。黒瀬さんの自宅は、小宮の実家から西へ約一〇〇メートル。祖父の新蔵さん（故人）が小宮家の小作をしており、孫娘の顔を知っていたようだ。

〈新蔵が蜂を飼い出した昔の事まで思い浮かべた。……裏の椎《しい》の木に蜜蜂が二、三百疋《びき》ぶら下がっていたのを見付けてすぐ籾漏斗《もみじょうご》に酒を吹きかけて、悉《ことごと》く生捕《いけどり》にした〉

上京直後の三四郎が母の手紙を読み、ふるさとを思い出す場面だ。

黒瀬さんは新蔵について、「祖父のことでしょう。小説が出たころ、このあたりでも話題になったと聞いとります。母の話では、昔、うちの裏でミツバチを飼っていたそうです」と教えてくれた。

「椎の木は、まだありますか」と尋ねると、「切り株なら」と家の裏手に案内してくれた。大きな株（直径一・五メートル）が残っていた。

「戦後かな、台風の強い風で折れて、こんなになったけど、子供の時分は、うろに入ることができるほど大きな木でした」

物語で、三四郎のふるさとは「福岡県京都《みやこ》郡真崎村」という架空の村だが、犀川町は同じ京都郡内。夏目漱石の弟子だった小宮は、東京大学を卒業後、度々帰省し、鮎《あゆ》捕りを楽しんだことや、人々の暮らしの様子を漱石に手紙で知らせていた。

霊峰・英彦山を遠くに望み、静かなたたずまいの犀川町。

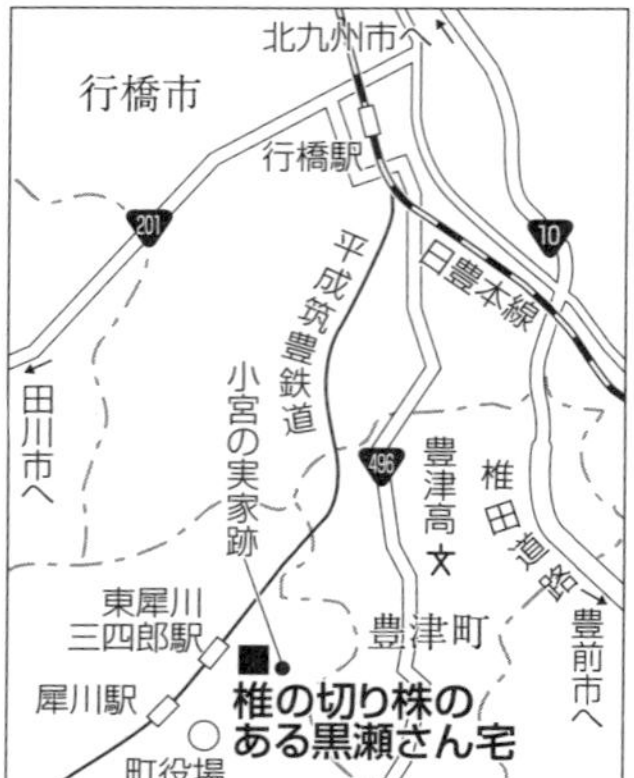

三四郎

夏目漱石（本名・金之助，1867―1916年）が1908年，新聞に連載した青春小説。「それから」，「門」とともに三部作をなす。新潮文庫，岩波文庫など。

江戸っ子の漱石は「鮎をとるのは面白いだらう。僕も随行の栄を得たい」とあこがれを込め、返事を書いた。主人公のふるさとにぴったりと思ったのだろう。

黒瀬さん宅から田んぼの間の道を西へ十分ほど歩くと、平成筑豊鉄道の「東犀川三四郎駅」がある。一九九三（平成五）年に新設され、町が選考委員会をつくって駅名を考えた。

上：昭和初期の犀川町伊良原付近。左は祓川。道は現在，国道496号線になっている（犀川町提供）

左：「三四郎」に登場した椎の木の切り株と，「大きなうろがあった」と話す黒瀬千里さん

選考にかかわった町職員の緒方重憲さん（五十六歳）は『東犀川』などが有力でしたが、どうしても印象的な名前にしたくて」と説明。「当時、犀川と三四郎とのかかわりにピンとくる人は少なかったが、いまは、三四郎のふるさとということを知らない人はいません」と胸を張る。

隣の豊津町にある豊津高校は、小宮の母校（当時は旧制豊津中学）。「東大本郷キャンパスには『三四郎池』があり、『森』があってもいい」と、卒業生が校内に小宮の碑を建て、周りの雑木林を「三四郎の森」と名付けた。同窓会幹事長の筒井裕芳さん（四十七歳）は「生徒たちは、学校の歴史を学ぶ時間で小宮さんと三四郎の話を聞く」と言う。

小宮の実家は取り壊されたが、黒瀬さん宅の椎の切り株からは新しい芽が伸びていた。〝ふるさと伝説〟は、これからも引き継がれていく。そう感じた。（白井貴久 2003.2.26）

北九州市・高塔山《たかとうやま》

河童封じの地蔵尊

火野葦平□石と釘

高塔山は低い（一二四メートル）。その分登りやすい。洞海湾から対岸の戸畑、八幡はもちろん、天気さえよければ関門橋まで見渡せる。若松の人々に親しまれるのはこのためだ。その頂に、目指すお堂はある。中の地蔵の背中には太い釘。一九五四（昭和二十九）年に火野葦平が打ち込んだ。河童が悪さをしないように。河童封じ、転じて厄よけ。触りに来る人が絶えず、釘がすり減っていると聞いて、確かめに登った。

地蔵、正式には虚空蔵《こくうぞう》菩薩《ぼさつ》。石像である。江戸時代中期に安置されたとみられ、いまは若松の町なかにある安養寺が管理している。

この地蔵には言い伝えがある。同行してくれた「火野葦平資料の会」の会長・鶴島正男さん（七十七歳）に聞く。

「馬を池に引きずり込もうとした河童をつかまえた庄屋が、地蔵の背中に釘を打ち込み、『釘のある間は、いたずらをしない』と誓わせた」

葦平の玉井家は安養寺の檀家。葦平は早くから、この伝説を知っていたらしい。

「石と釘」では、庄屋が山伏に変わる。

〈山伏は金鎚をふるつて釘を打ちこんだ。（略）力つきてそこにたふれた。しかしながら、もはや彼の一念は成就していたのである〉

こうして幾万の河童は地中に封じ込められたのであった。

「地蔵には光背（後光をかたどったもの）があったのです」と、安養寺住職の塩次一行さん（六十八歳）。

いつか外れて、とめていた釘だけが残った。それが河童封じになった。農耕と一体になった信心から生まれる伝説とは、こういうものだろう。

『「石と釘」の発表以来、触りに来る人が増えたようで

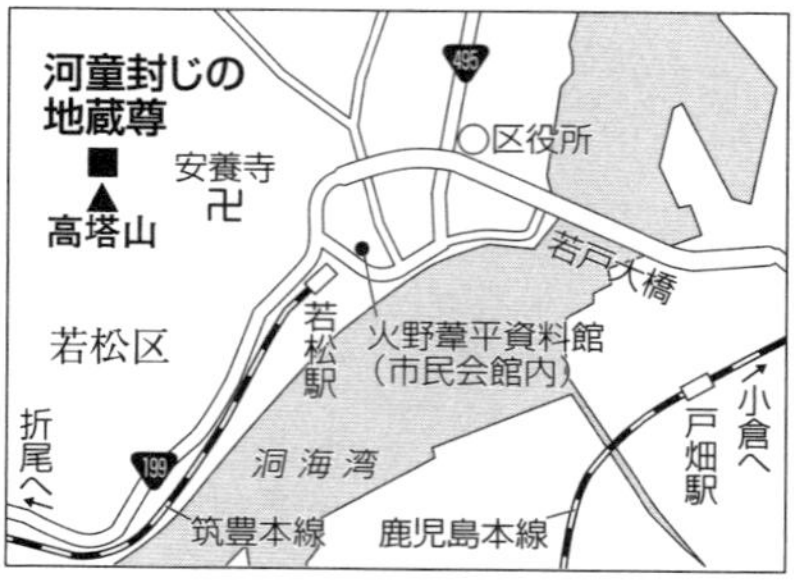

石と釘

火野葦平（本名・玉井勝則，1907－60年）が1940年，「九州文学」に「伝説」として発表。後に改題した。河童のシリーズでは初作品。縄張り争いの合戦を繰り返す河童たち。農民たちは戦のたびに農作物への被害に悩まされていた。そこへ山伏が現れ，地蔵の背中に釘を打ち込んで河童を地中に封じ込めようとする。『河童曼陀羅』（国書刊行会）などに収録。

葦平が屏風に描いた，酒盛りをする河童（部分）。「現実の世もこのように楽しく」と願ったのだろうか（火野葦平資料館で）

す」

一九五三年、ついに釘は不心得者に盗まれてしまう。翌年、檀家その他の人が大勢見守る中で、葦平は新しい釘を打った。

地蔵の前に立った。腕を背後に回して釘をなぞる。船舶用の釘で、もともと頭部は丸みがあったというが、表面はつるつる。なるほど、触られて摩耗しているようだ。狭くて、釘の正面から写真に撮れないのが残念だった。

きょうも，背中の釘を触りに人が訪れる

葦平が亡くなるまで、地蔵の前では毎年「河童まつり」が催されていた。葦平いわく、「封じ込められている河童に敬意を表するため」。頭の皿を満たす水や好物のキュウリが供えられた。祭りは、若松のまちおこしグループでつくっている「筑前若松かっぱ共和国」に受け継がれた。葦平が世に出した河童は、若松の顔として成長した。

悪さはするが、愛されもするのが河童なのだ。

「火野葦平資料の会」の鶴島さんは、「『麦と兵隊』などの執筆を理由に戦後の一時期、戦犯のように言われ、針のむしろだった。そんな中で敗戦による傷心などの本音を吐露できる唯一の分身が、戦前から書いていた河童だったのでしょう」と言う。

葦平が好んで取り上げた背景は、考えていた軽妙さとは少し違ったところにあった。

（右田和孝 2003.5.14）

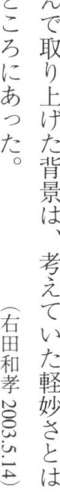

福岡市西区小田《こた》

檀一雄□リツ子・その愛、リツ子・その死

律子安住の地

福岡市中心部から国道202号線の旧道を西へ。車窓の眺めは市街地から郊外、そして農漁村のそれに変わる。右に博多湾。海に沿って弓形を描く糸島半島は、のどかなたたずまいを見せていた。

西区小田。終戦当時は糸島郡北崎村小田といった。檀一雄は、この地で愛する妻を看取った。海辺の自然と、身を寄せた家の温かさが一家を励ましたという。

檀一雄と妻の律子、長男の太郎（料理評論家の檀太郎氏）。これが終戦当時の家族だった。

一雄は山梨県で生まれたが、父のふるさとは福岡県の筑後地方にあった。旧制福岡高校から東京大学。律子は福岡の開業医の娘で、糸島半島で育った。福岡女学院を卒業後、見合いで一雄と結婚。長男をもうけた。

戦争から敗戦、そして戦後の混乱は、筑後地方で暮らす一家に過酷な仕打ちを続けた。

律子が一九四五（昭和二十）年の初めに腸結核を発病した。出征していた男性が次々と復員してくる。病を抱えた一家の居場所は、なくなっていった。律子は福岡に行こうと、懸命に訴えた。

昭和バスの「小田」という停留所に立った。眼前に夏の海。バスが止まって、土地の女性が降りてきた。八十六歳という。

「この海の青さは全然変わっとらんとです。砂浜はずいぶん狭くなったですが」

確かに青い。二つの島影が見えた。

「檀さんが借りた家ですか。知ってますよ」

教えられた通りの所に、波左間郁子さん（七十二歳）方があった。あのころは木造の二階建てだった。

律子の実家が探した、この二階を借りて三人は住んだ。

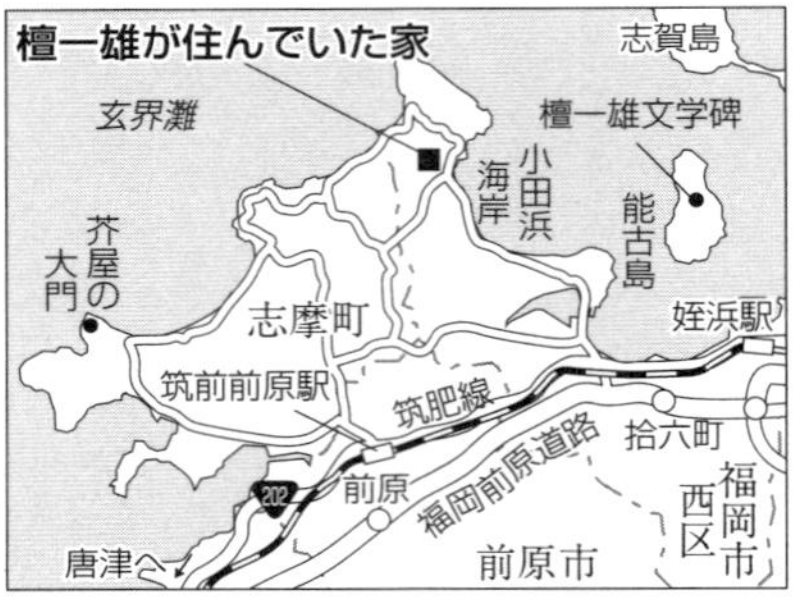

リツ子・その愛，リツ子・その死

檀一雄（1912―76年）が1950年に発表した私小説。従軍記者として1944年，中国大陸に渡り，1年後に帰国すると，妻のリツ子が腸結核に侵されていた。療養のため移り住んだ福岡の漁村で闘病する妻と，看病する自らの姿。終戦前後という困難の中での，悲哀に満ちた生活がつづられ，胸を打つ。新潮文庫，『檀一雄全集』第2巻（沖積舎）などに収録。

上：芥屋から大門を見る。一雄が足を運び，眺めたという（昭和の前半に撮影。前原市提供）
左：檀一家が間借りしていた波左間さん宅。平屋に建て替えられ，2階はない

前の家を出る前、死を覚悟していたかもしれない律子は、ふるさとの海岸の波音を思い浮かべて夫に言った。「リツ子・その愛」にその場面がある。

〈志賀ノ島と残ノ島が、すぐ目の前で、朝晩ザブリザブリですよ、お父様〉

博多湾の対岸にある志賀島（陸続き）と海に浮かぶ能古島のこと。バス停で見た島だ。律子は、自らをはぐくんだ自然の中に戻ろうとした。

〈私の心は新しく波たった〉

夫は、妻への愛を改めて知った。

物語で「下（一階）のオバさん」と呼ばれる女性がいる。律子の病を知った後も、部屋を貸し続けた波左間スエさんのことだ。郁子さんのしゅうとめである。一九八六年、八十九歳で亡くなった。当時は四十代後半の働き盛りだった。農業に励んでいたという。

四男の信彦さん（六十一歳）が、福岡市早良区に住んでいる。

一家が越してきた日。

「檀さんがリヤカーを引き、荷物の中に律子さんと太郎さんが、ちょこんと座っていたのを覚えています。師走前の、少し寒い日でした」

一雄は看病の合間に、愛息を肩車してよく散歩をした。

「私も一緒についていき、浜辺を走ったり、砂に字を書いたりして遊びました。優しいおじさんでした」

律子は、安住を得た。引っ越してきてから約半年後の一九四六年四月、二十八歳の短い生涯を閉じた。

どうしても見ておきたかったのだろう。一雄は一九七五年のある日、肺がんで入院していた福岡市内の病院を抜け出し、小田まで来た。しかし老いた家は、一年前に取り壊されていた。無念そうに帰る姿が、小田の記憶として伝えられている。

（小渕義輝 2003.7.9）

田川市

五木寛之□青春の門

香春岳を望む人情の町

秋晴れの空が広がっていた。飯塚市から国道201号線を東へ。烏尾峠を越えると、田川市はすぐそこ。遠く左手に香春《かわら》岳（香春町）が見え始めた。田川市は、右から一の岳、二の岳、三の岳と名付けられた三連峰。五木寛之は、戦後まもなく田川で行商をした。のちに発表する「青春の門」、伊吹信介のふるさとである。

一九四五（昭和二十）年、敗戦の年。一家は朝鮮半島にいた。母は四十二歳で死亡。父らと四人で八女市に引き揚げた。両親の故郷だった。

苦しい暮らしを助けるため、中学生の身で茶の行商に出た。家計の支えになっていた。

「生活はつらかったけど、筑豊の人には親切にしてもらった。あのころ、香春岳を何度も目にしたんですよ」

約三十年後、映画化される「青春の門」のロケで田川を訪れ、旅館「梅若荘」の田辺末子さん（五十七歳）に、しみじみと語った。

その梅若荘は栄町にある。かつて飲食店が立ち並んでいた。すべての出発点となった「筑豊編」。信介の名が初めて出る町である。母になるタエは、生活のために店に出ていた。

通りの両脇にはアパートや美容院、民家が連なっていた。わずかに残る格子戸の二階建て。この町に信介がいた時代の名残ではないかと思った。

ここからも、香春岳が見えた。

「昔はもっと、とがって高かったんですよ」

田辺さんが言った。四九一メートルあった一の岳の標高は、いま二七〇メートル。セメント原料の石灰石の切り出しで、頂上は平らになっている。連載が週刊誌で始まった一九六九年には、まだ約一〇〇メートル高かった。

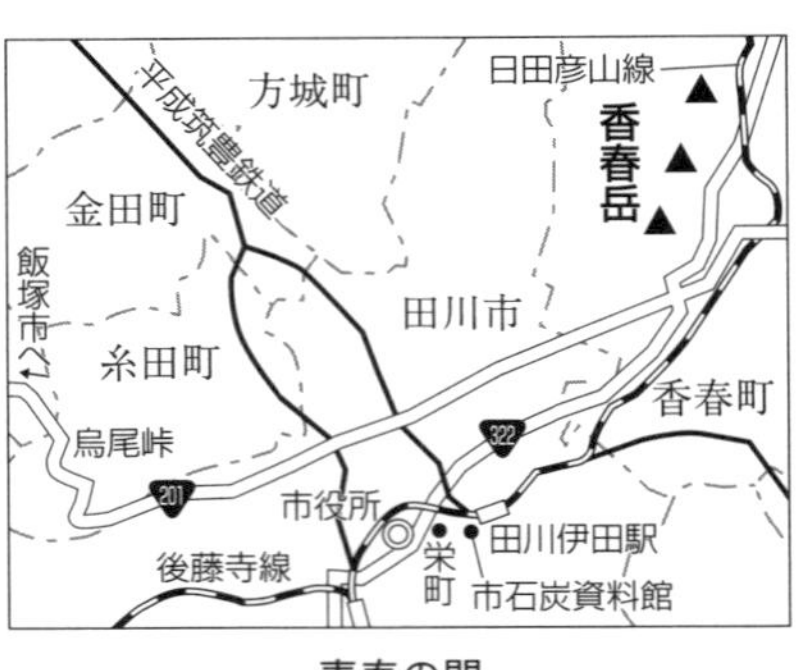

青春の門

五木寛之（1932年－）の長編小説。筑豊の田川で生まれた伊吹信介が，母タエや亡き父のライバル塙竜五郎らの愛情を受けながら成長していく。「筑豊編」から「自立編」，「再起編」，「挑戦編」など7部。第8部の「風雲編」は休載中。1976年，「筑豊編」で第10回吉川英治文学賞受賞。講談社文庫など。

左：1972年の香春岳（一の岳）。削られた山肌に石灰石の層が見える（若本民也さん提供）
右：いまの香春岳。採掘で低くなったのがわかる（香春町香春の長畑橋付近）

〈やがて、いつかは、香春連峰、一の岳の名が、かつて筑豊に存在したいまはなき幻の名山として、伝説のように語られる日がやってくるのかもしれない〉

作中で五木は、山の将来を案じた。当時のまま「右肩上がり」の経済が続いていたなら、予感は当たったかもしれない。

採掘を続けてきたセメント会社は、会社の来春解散を決定してしまった。不況による需要の落ち込みが原因という。

田川市石炭資料館館長の佐々木哲哉さん（八十歳）が言う。

「田川は、地の底も地上も、日本の近代化のためにささげてきたのです。景気が悪くなると、企業は見事なまでに素早く撤退します」

「地の底」とは、言うまでもなく炭鉱である。

一九六〇年代、筑豊の炭鉱は相次いで閉山を迎えていた。資料館のある小高い丘は三井田川炭鉱伊田坑跡地。立て坑櫓《やぐら》と、高さ四五メートルの二本煙突がそびえる。

市の中心部には、いまも炭鉱住宅が残り、暮らしがある。谷延鎮義さん（七十九歳）も、そこに住む一人。

「煙突に向かえば飯が食えると、いろんな所から人が集まった。『みそ貸しない』、『米持っていきない』と、困ったら助け合うのが当たり前。田川が人情に厚いと言われるのはその名残でしょう」

香春町の若本民也さん（六十八歳）に会った。カメラ歴は五十年近く。香春岳撮影はライフワークでもある。「姿は変わっても絵になる山。ついついレンズを向けてしまいます」と笑った。

「筑豊編」で、十八歳の信介は、心と体に宿る性への強い衝動に激しく葛藤する。彼を見守りながら、貧しくも懸命に生きる人々の活写は、消えつつあった炭鉱への挽歌にもなっていて胸を打つ。

執筆が再開され、信介が帰郷することになれば、香春岳と田川の人々は変わらぬ温かさで迎えるだろう。あの時、行商の中学生を励ましたように。

（徳元一郎 2003.11.5）

福岡市中央区天神・照和《しょうわ》

音楽青年の聖地

野沢尚□ラストソング

新春の天神は、華やいでいた。あの時代の正月もこうだったろう。一九七〇年代。肩のぶつかりそうな雑踏の中、無名の若者たちは一軒のライブハウスだけを目指した。そしてひたすらに歌い、奏でた。店の名は「照和」。チューリップなどのサクセスストーリーと、幾多の挫折。野沢尚はここをモデルにした「ラストソング」で、音楽青年たちの夢と別れを描いた。

店は西鉄福岡駅西側の一角、地下一階にある。福岡市内でビルを経営している福田純子さん（八十六歳）がオーナーである。

一九六九（昭和四十四）年冬。日本中に学生運動の嵐が吹き荒れていた。公園では、長髪の若者たちがフォークギターをかき鳴らし、反戦歌を絶叫していた。

福田さんは、店子《たなこ》の喫茶店マネジャー藤松武さん（七十歳）から提案を受けた。

「歌声喫茶を始めてはどうでしょう」

空いていた地下を提供した。

「平和になるよう、明るく照らしたい」

激動の昭和を生きてきた福田さんの希望もあって、あえて照和と名付けた。一九七〇年に開店。二度の休業を挟み、いまも営業している。

階段を下りると街の喧騒は遠ざかり、ドアを少し開けただけで強烈な音が出迎えた。

作家で脚本家の野沢は「ラストソング」の作中、店の磁場をこう表現した。

〈そこは熱気というより重力だった〉

チューリップ、海援隊、甲斐バンド、長渕剛。名もない青年だった彼らが、懸命に歌った。この三組と一人だけでその後、どれだけのヒットを飛ばし、何枚を売っただろう。

「伝説」、「聖地」。いつしか照和は、こんな言葉で語られるようになった。

ラストソング

野沢尚（1960―2004年）の1994年作品。同年，映画化もされた。福岡のライブハウスで人気を集め，ロックスターを目指して上京した八住修吉と稲葉一矢。そしてマネジャーの庄司倫子。才能の違いが生み出す成功と挫折，別離を情感豊かに描いた。扶桑社文庫。

野沢は店の名を「飛ぶ鳥」に変えた。その最人気バンドのボーカル修吉は、レコード会社に誘われ東京行きを決意する。「ギターが弱い」と言われ、旧知のメンバーと別れて天才的なギタリストの一矢を迎える。引き合わせたのは、地元ラジオ局のディレクター寺園だった。

この辣腕《らつわん》ラジオマンにもモデルがいた。元九州朝日放送の岸川均さん（六十六歳）。照和が開店したのと同じ年に番組「歌え若者」をスタートさせた。出演させるアマチュアバンドを発掘するため、照和にも通った。「岸川さんに評価されれば、プロになれる」と言われた。青年たちは競って腕を磨いた。

「もっともっと練習したいんです」。ある日、チューリップのリーダー財津和夫が藤松さんに言った。

「朝まで使え」。藤松さんのプレゼント。閉店後の午後十一時から翌朝七時まで。語り草になった猛練習の始まりだった。

「みんな、かわいかったですよ。売り上げに貢献してくれた連中は特にね」と笑った。チューリップが出演する時は、女性客でいっぱいになった。

〽明日の今頃は僕は汽車の中

〽その時君に手紙をかくよ。東京行きの切符を入れて

修吉の旅立ちには、チューリップの作品が透ける。照和にかかわった、ほぼすべての青年が夢見た、東京とメジャーデビュー。

しかし岸川さんは、多くの青年の音楽を徹底的に批判し、夢を断念させてきた。財津和夫らの例外を除いて。

「成功するのはほんの一握り。軽々しく『プロになれ』なんてとても言えませんでした」

泣きながら、天神の人込みの中に消える若者を見た思いがした。

（小渕義輝 2004.1.7）

上：ラジオ番組の打ち合わせをするアマチュア時代の武田鉄矢さん（左）。照和はこの年に開店した（1970年，九州朝日放送で。岸川均さん提供）
下：照和のステージ。県内外からファンが訪れては「聖地」の記念写真を撮る

田主丸町・筑後川

火野葦平□耳塚

葦平をとりこにした技

久留米市から国道210号線を東へ。植木を抱えた河童の看板が、田主丸町に入ったことを教えてくれる。ゆったりと流れる筑後川流域の町を、火野葦平は戦中から戦後にかけて頻繁に訪れた。

葦平をとりこにしたのは河童のような一人の漁師だった。「鯉《こい》とりまあしゃん」。鯉を抱えて捕まえる「鯉抱き漁」を得意とした上村政雄さんを人々はこう呼んだ。

幼いころから、支流の巨勢《こせ》川で腕を磨き、十七歳から筑後川に潜り始めた。真ん丸の水中眼鏡をかけて川に姿を隠すと、一分もしないうちに鯉を抱えて上がってくる。あまりに多く捕ってしまうので、地元漁業組合から川に入るのを一時禁止されたほど。

一九九九（平成十一）年、八十五歳の天寿を全うした。子供は七人。三男三女が県内で健在だ。田主丸町内で川魚料理店「鯉の巣」本店を営む三男の政義さん（六十歳）は、『川の中は、全部地図に書けるくらい覚えている』とよく言っていました」と話してくれた。

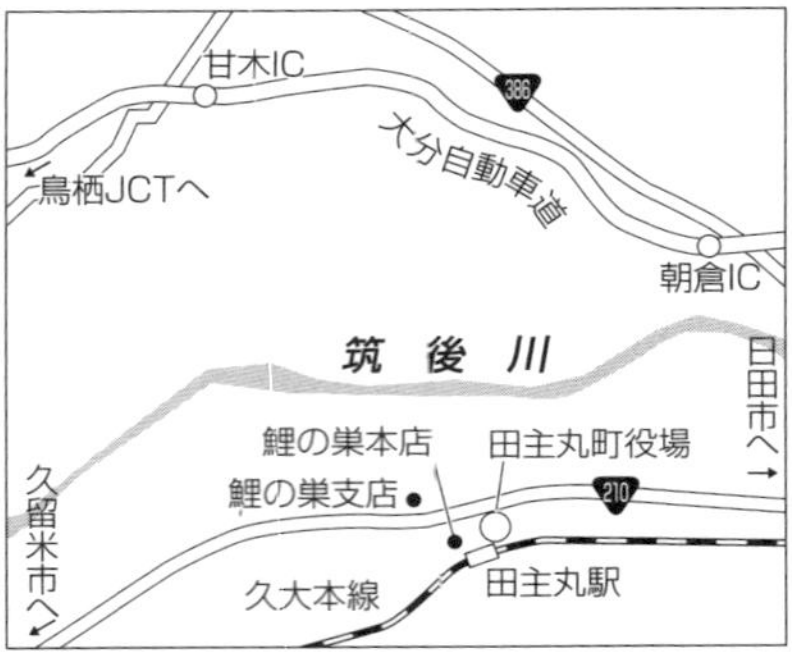

耳塚

火野葦平が1956年，「中央公論」に発表した。田主丸町の風習や祭りを織りまぜながら鯉抱き漁の名人・矢永節雄の生き様を描いた。『火野葦平選集』第８巻（東京創元社，1959年）に収録。鯉捕り漁師は，「鯉」では「鯉捕り勇しゃん」と呼ばれ，「百年の鯉」では上村政雄の実名と，「カッパマーシャン」の名で登場する。

葦平との出会いは、一九四一（昭和十六）年ごろにさかのぼる。葦平が、九州出身者で作っていた雑誌「九州文学」の仲間と、大分県日田市を訪れた帰りのことだった。「九州文学」を支援していた新聞販売店主の高山重城さんや住職・福田秀実さん（ともに故人）らは、葦平が河童を好んで題材にしていたことを知っていた。

「この町には、河童みたいに漁をする人間がいます」と、引き合わせたという。

「鯉」と「耳塚」、「百年の鯉」で、鯉抱き漁の様子を書いた。

〈泳ぎながら、石垣の間や岩かげを探す。奥の方に鯉がいます。（略）そっと手をさしのべる。（略）そろそろと手を引くと、鯉が掌に吸いよせられるようについて出て来る。しずかに鯉を胸にひきつける。しずかに抱くようにして水面にあがる〉　（鯉）

〈二匹をかかえたり、一匹は口にくわえてあがって来たりして、（略）はげしい拍手喝采を浴びた〉　（耳塚）

捕った鯉を舟に向けて放る上村政雄さん（鯉の巣本店提供）

「船から水面をたたいて、鯉が岩陰に隠れたところを狙う。岩を囲むように網を張り、逃げられないようにしてから、抱きかかえるんです」と政義さん。

　二人の交流を知る、いまは数少ない一人、藤田ノシヨさん（八十二歳）は「鯉を抱えて上がってくると、火野さんは『すごい、すごい』と手をたたいて喜んでいました」と懐かしそうに話した。

　上村さん、藤田さんの夫の久一さん（九十歳）ら十一人は、一九五五年「九千坊本山田主丸河童族」を結成。背中に河童の顔をあしらったそろいの法被《はっぴ》を作り、土産品の研究や放談会開催など、まちおこしを展開した。

　葦平は顧問になり、ともに遊んだ。メンバーは小説にも度々登場。河童の町・田主丸の名は広く知れ渡った。

　二人は、互いの家を行き来し合う仲になった。「鯉の巣」支店を営む長男・忠義さん（六十七歳）は、「兄弟のようでした」と言う。

　一九六〇年一月二十四日、葦平は睡眠薬で自殺した。最後に、酒を酌み交わしたかったのだろうか。前日、上村さんを泊めたばかりだった。

　思ってもみなかった友の死。まあしゃんは「どうしたこっちゃろか」と繰り返すばかりだったという。

（久野田健 2004.2.18）

鯉の巣本店では，上村さんの思い出話に花が咲いていた

鞍手町・筑豊文庫

上野英信□廃鉱譜

杯交わしヤマに迫る

早春の日差しは柔らかかかった。穏やかな農村風景に囲まれた家並みからは、過酷な労働の面影はうかがえなかった。鉄筋コンクリートの町営住宅のある場所に、かつて炭鉱住宅があった。命を賭して炭鉱の厳しい労働に従事した筑豊の人々。記録文学作家・上野英信は、鉱員としての職を求めて訪れたことのある鞍手町新延《にのぶ》六反田の旧炭鉱住宅街を終《つい》の棲家《すみか》に選んだ。

六反田周辺には、大手の新目尾《しゃかのお》炭鉱のほか「小ヤマ」と言われた中小炭鉱が点在した。機械化された大手のヤマと違い、小ヤマは人の力に頼るところが大きかった。劣悪な環境でも、たくましく生きる人々にひかれた上野は、自らも採炭の前線に身を置くことを決意する。

廃屋の長屋を買い取り、家族三人で住みついたのは一九六四（昭和三十九）年のことだった。そこを「筑豊文庫」と名付けた。不器用で荒々しいが、飾り気がなく情に厚い――。そんな人々と正面から向き合った。「廃鉱譜」には、当時の暮らしや六反田の人たちとの交流などが描かれている。

〈広島の地獄を見、広島の地獄を生きた人間の一人として、私は終生、人間そのものとしての地獄を生きるよりほかに、地獄から逃れる途はないのだと思った〉

広島で被爆した上野。炭鉱の地底《じぞこ》を「この世の奈落」と表現し、広島の惨状と重ね合わせた。

筑豊文庫のあった場所には現在、長男の朱《あかし》さん（四十七歳）が住む家がある。上野が亡くなって九年後の一九九六（平成八）年に新築された。保存を望む声もあった。だが、上野の妻・晴子さん（故人）と朱さんは取り壊しを決めた。「上野英信がいない筑豊文庫は意味がない」と。

居間に入ると、一際大きなテーブルに目をひかれた。一

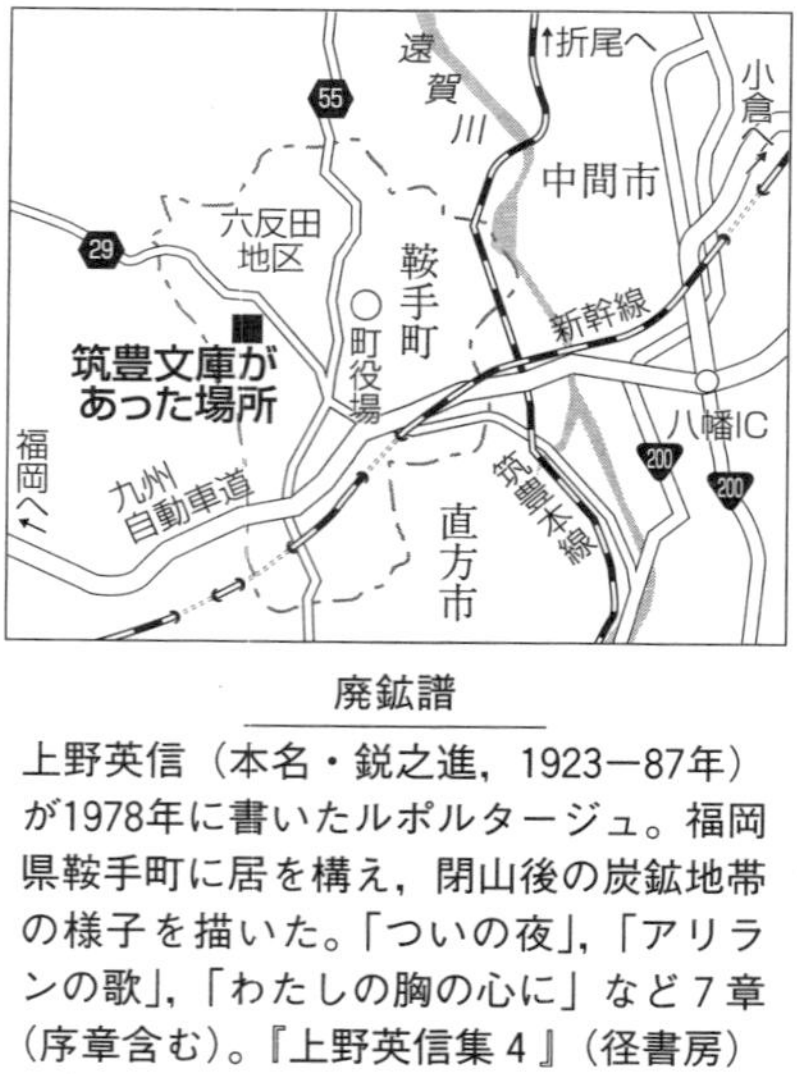

廃鉱譜

上野英信（本名・鋭之進，1923ー87年）が1978年に書いたルポルタージュ。福岡県鞍手町に居を構え，閉山後の炭鉱地帯の様子を描いた。「ついの夜」，「アリランの歌」，「わたしの胸の心に」など７章（序章含む）。『上野英信集４』（径書房）に収録。

上：いまの六反田地区。炭鉱住宅はなくなっていた
下：筑豊文庫で暮らし始めたころの上野英信と晴子さん，朱さん（上野朱さん提供）

九〇センチ×一七〇センチ。表面の茶色の塗料が所々はげ、絞り染めのような複雑な模様を作っていた。

朱さんが「父や客が酒を飲んだ跡なんです」と教えてくれた。筑豊文庫には近所の人をはじめ、報道カメラマン、研究者ら来客が絶えず、上野が暮らした二十三年で延べ三万人を超えたという。

日ごろから「強い酒は強い人間を作る」と語っていた上野は、決まって酒でもてなした。このような場で築かれた人間関係が炭鉱の現実をえぐる証言を導き、壮大な作品群として筑豊の深奥に迫っていったのだろう。

近くに住む内田カナメさん（七十三歳）も常連の一人だった。上野に「酒に強くて情にもろい、男の中の男みたいな女」と評された。

「いろんな人が集まっては朝から晩まで飲んでいた。いつも静かに話を聞いて、最後に『まあ自然に、がんばりなっせ』と励ましてくれました」

貧しい子供たちには特に愛情を注いだ。図書室を作り、剣道場を設けた。「剣道を教えている時は楽しそうで、生き生きとしていましたよ」と内田さんは言う。

慈しみの表情で子供に防具を着けてやる上野の写真が残っている。

上野が通った「鬼が坂」と呼ばれる谷に足を延ばした。小ヤマから掘り出された石炭を満載したトロッコが行き来していたというが、トンネルのように生い茂った草木が当時の様相を覆っていた。

ふと、足元に無数のボタが転がっているのに気づいた。雑草の間から顔を見せた採炭の遺物に、世間から忘れられようとしている石炭生産の歴史を命がけで記録した上野の思いが重なって見えた。


（村岡経世 2004.3.10）

福岡市・櫛田神社

夢野久作□押絵の奇蹟

悲恋の舞台

どんたくが終わると山笠。博多っ子にとって初夏は、七月の博多祇園山笠に向かって走り出す季節である。

博多区の櫛田神社を訪ねた。二人連れが願い事をした後、デジタルカメラで写真を撮っていた。高さ三〇メートルを超え、「櫛田の銀杏《ぎなん》」の固有名詞をもつ大イチョウが、薫風に新しい緑の葉を揺らしていた。

夢野久作の「押絵の奇蹟」は、この博多の総鎮守に奉納された押し絵をめぐる悲恋の物語である。

押し絵。博多では「オキアゲ」と呼ばれる。厚紙でかたどった花鳥、人物などを布でくるみ、中に綿を入れて作る。

博多では江戸時代、武家の子女のたしなみだった。明治時代中ごろから広く作られるようになり、女の子が生まれた家では、手作りのものをひな壇に飾って祝った。

「あの時代の九州の都会の地方色が、何と心憎いまでに出てゐることか」

江戸川乱歩が「新青年」の一九二九（昭和四）年二月号で絶賛した「押絵の奇蹟」。櫛田神社にその痕跡を見つけたくて、二人に同行をお願いした。久作の二男の元中学校校長・三苫鉄児さん（八十二歳）と、孫の高校教諭・杉山満丸さん（四十八歳）。さらに、禰宜《ねぎ》の山崎治明さん（五十五歳）が案内してくれた。

「絵馬堂は当時、手水舎《てみずしゃ》あたりにあったようですが、押し絵を奉納していたなんて聞いたことがありません」と山崎さん。

「やはり、久作の空想世界にすぎなかったのか」と考え始めた時、杉山さんが「モデルにしたに違いない裁縫学校があったんです」と言った。

櫛田神社前には、一九九一（平成三）年まで裁縫技術を教えていた「櫛田裁縫専攻学校」があった。いまは取り壊

押絵の奇蹟

夢野久作（本名・杉山泰道，1889—1936年）の1929年の作品。福岡市の東中洲で暮らす女性が，頼まれて女形の歌舞伎役者に似せた押し絵を作る。押し絵は櫛田神社の絵馬堂に奉納される。やがて女性が産んだ娘は，モデルになった歌舞伎役者にそっくりだった。『夢野久作全集３』（ちくま文庫）などに収録。

され、跡地には博多の商家を復元した「博多町家」ふるさと館が建っている。

学校を創設した祝部《ほおり》安子から四代目にあたる祝部ケイさん（六十二歳）によると、明治時代初めに私塾として設立され、花嫁修業などで、多い時には約百人の女性が通っていた。

戦前までは、裁縫の基本が上達した生徒にはオキアゲを教えていたという。出来上がった作品に、三代目校長だった日本画家・祝部至善（一八八二－一九七四年）が目鼻を書き入れた。足をつけて立てる一般のそれと違って、額装していたという。

田中朋香さん手作りのオキアゲ。「阿古屋の琴責め」の場面を再現した

現在、作品のうち八点は一九八三年に福岡市が購入し、福岡市博物館に保管されている。

〈髪の毛を一本一本に黒繻子《くろじゅす》をほごして植えてあるばかりでなく、眼《め》の球にはお母様の工夫で膠《にかわ》を塗って光るようにし……〉

至善の曾孫にあたる主婦・田中朋香さん（三十四歳）は「押絵の奇蹟」のタイトルにひかれて小説を読んだ時の感動が忘れられないでいる。

「ここまで技術が細密に描かれているとは。見たことのあるオキアゲよりも、素晴らしいものができるだろうと思いました」

時は流れて現代。作る人はもちろん、ひな壇に飾る家も少なくなってしまった。

田中さんは「伝統技術を絶やしたくない」との思いから、専攻学校の元生徒に押し絵を習った。そして小説に登場する二枚の押し絵のうち、歌舞伎の一場面「阿古屋の琴責め」を作り上げた。

小説に忠実なその作品に見入りながら、三苫さんが父についてこうつぶやいた。

「久作は生まれてすぐ、実母と生き別れになっており、小説にはそうした複雑な人間関係が反映されているのかもしれません」

勇壮な博多祇園山笠の舞台・櫛田神社には意外にも思えるオキアゲ。女性たちもまた、この神社に深い親しみをもち、幸福を祈ってきたのだろう。そう考えながら境内を出ようとすると、別の二人が参拝に来た。日差しを受けたTシャツの白がまぶしかった。

（右田和孝 2004.5.14）

大川市・田口地区

古賀政男□自伝わが心の歌

古賀メロディーの基盤

梅雨の晴れ間の暑い日に大川市を訪ねた。

一九五五（昭和三十）年五月二十六日、市のほぼ中央にある田口小学校運動場に特設のステージが設けられた。

文化会館などなかった時代。地方の都市では、大勢の集まる催しは決まって野外で開かれた。近郷を含めて続々と訪れた人々の目は、並木路子さんら超花形の出演者をタクト一本で統率する男にくぎづけになった。古賀政男。母校での凱旋コンサートだった。

〈私のメロディーは筑後の素朴な人々が好んで唄ったものが基盤になっている〉

「自伝わが心の歌」にこう記した。

「仕事をほったらかしにして、嫁さんと見に行ったよ」

田口地区老人クラブ会長の志牟田久行さん（八十歳）は、あの日を懐かしそうに振り返った。

「古賀先生が帰ってくるから、ひと目見に行こうと、そりゃあ、お祭り騒ぎやった。ステージが遠かったなあ」

政男が田口地区で暮らしたのは八歳まで。それでも思い出は尽きなかったようだ。一面に広がる水田とクリーク（用水路）、母が口ずさんだ清元のさわり、時折やってきた旅回りの劇団、サーカス――。明治末期の筑後での日常を、自伝につづった。

二〇〇四年は生誕百年。大川市は九月、市民参加劇「古賀政男物語――人生の並木路」を市文化センターで上演する。脚本と演出を担当しているのは、久留米市在住で劇団「第三法廷」主宰の石山浩一郎さん（五十一歳）。

「曲というより、その生き様に強烈な印象を受けました」と言う。

劇は、家出同然で明治大学予科に進学し音楽の世界に飛び込んだ政男の人生を、軍部の拡大に乗じて事業を広げた長兄・福太郎と対比させながら描く。

自伝わが心の歌

古賀政男（本名・正夫，1904―78年）の自伝。「影を慕いて」，「東京ラプソディ」など4000を超える歌謡曲を残した音楽人生を，作詞家・西条八十らとの交流を交えて振り返った。展望社。

母校での演奏会で指揮をする古賀政男（田口コミュニティ協議会提供）

「芸能はいまはもてはやされているけれど、軍国主義の下では異端視もされたはず。あえて流れに逆らった政男さんには、エネルギーと根性があったに違いないんです」

自伝にも、こうした気質をうかがわせる部分がある。「誰か故郷を想わざる」（西条八十作詞）を出した時の話だ。一九四〇年。日米開戦の前年である。

〈そんな状況の中で哀調を帯びた曲を出したことは私も会社も冒険であった〉

選考会を通った約三十人の市民が厳しいけいこに励んでいる。せりふの激しさに、政男の情熱が透けるのだ。

大川市内の公務員や自営業者ら十人でつくっている「古賀メロディーギターアンサンブル」も、各地に招かれて演奏会を開いている。

代表の山田永喜さん（五十五歳）は最初に弾けるようになった「酒は涙か溜息か」（一九三〇年）を好きな曲として第一に挙げた。

「近所のギター名人に習いました。ギターなのに三味線の味を出した独特のイントロが斬新で。懐かしいのに、いつまで経っても新しいのです」

政男が大川を離れて九十年余り。音楽家として自立した後の一九三二年に結婚した（のちに離婚）。東京で式を挙げ、大川でも披露宴を開いた。会場になった料亭「宮国」の三代目・宮崎国男さん（八十歳）は、遠い日の出来事を「何を話したかは覚えていませんが、声の優しさはいまでも思い出します」と言う。

没後に国民栄誉賞を受賞。作曲の道をきわめても同窓会に出るなど、ふるさとへの思いは終生、変わらなかった。

田口地区をまた歩いた。お年寄りの一人が「蛭児《ひるこ》神社の境内だけは、先生がいたころのままです」と教えてくれた。幼い政男が、サーカスを見た場所だ。

くすんだ色の社《やしろ》に、鬱蒼と茂るクスノキ。緑が境内を覆っていた。子供たちが、大木の下で鬼ごっこをしていた。政男少年が重なって見えた。

（小川紀之 2004.7.2）

北九州市小倉北区古船場《ふるせんば》町

岩下俊作□富島松五郎伝

小倉っ子のヒーロー

北九州市小倉北区古船場町の立体駐車場のたもとに「無法松之碑」が立っている。岩下俊作の「富島松五郎伝」を記念した石碑だ。いまもお供えの花が絶えることはない。

岩下は生涯を小倉で過ごした。五十五歳まで八幡製鉄所に勤めながら、作家活動を続けた。三男の八田昂《はったたかし》さん（六十四歳）が、その日常を振り返ってくれた。

午前七時に自宅（いまの小倉北区江南《えなみ》町）を出て、午後五時まで製鉄所（同八幡東区）で働き、帰宅すると夕飯をとって寝る。夜中に起き出し、原稿を書き、朝が来たらまた出勤——。そんな生活だったという。

「富島松五郎伝」を書いていた一九三八（昭和十三）年は、病気の子供の看病も重なった。それでも筆を止めることはなく、わずか三か月で完成させた。

大きな発奮材料があった。同年、友人の火野葦平が「糞尿譚」で芥川賞を受賞したことだ。「火野に続くことをひそかに狙っていたのかもしれません」と八田さんは言う。

松五郎に特定のモデルはいない。ただ岩下の父の初次郎は、松五郎と同じ車引き。人力車をまとめる「たて場」を開いていた。仲間の中には松五郎のような人が多く、岩下は彼らをまとめて一人の人物像を作り上げた。

松五郎の生きた時代は、明治初期から大正時代にかけて。いまの古船場町、紺屋町あたりに住んでいた。

〈自由労働者達が大勢住んでいた。この町には木賃宿が三軒もあって、渡り鳥のように町から町へ漂泊する猿回し、（略）山伏、月琴を弾いて町々をながして歩く長崎法界等がいつもいっぱいだった〉

現在は雑居ビルがひしめくように立ち並び、夜はネオン街に変わる。

作品は一九四三年、「無法松の一生」のタイトルで映画

富島松五郎伝

岩下俊作（1906—80年）の1938年の作品。人力車を引く荒くれ者の富島松五郎が，軍人の夫を亡くした女性と，その幼い息子のために生涯純粋な愛を貫く。中央公論社版などは絶版となっているが，北九州都市協会（093・592・9500）が作品を収録した『岩下俊作選集』（全５巻）を販売している。

左：大正時代初めの常盤橋（今村元市編『ふるさとの想い出写真集 明治大正昭和 小倉』国書刊行会より）。右：無法松之碑。花が供えられていた

化された。主人公は銀幕スター阪東妻三郎。戦時中でもっぱら軍国ものが上映される中、人情味あふれる作品は珍しく、人気を博した。一九五八年にはリメークされ、ベネチア国際映画祭で最高賞を受賞。「無法松」とともに、原作も有名になった。

「無法松之碑保存会」の一色健二会長（七十三歳）は、「石碑は父の計雄《けいお》（故人）が苦労してお金を集めて建てたんですよ」と、うれしそうに話した。

計雄さんが、飲み仲間だった岩下に「せっかく有名になったんだから、記念碑を残そうよ」と提案。一九五九年に古船場町内の安全寺境内に建立した。八一年、寺が移転し石碑の置き場所がなくなったため、十数年前、いまの場所に移し替えた。

一色さんは親ゆずりの「小倉祇園太鼓」の名手でもある。岩下も祇園太鼓が好きだった。松五郎が勇ましく太鼓をたたく場面は、映画のハイライトシーンにもなった。

「有名になった岩下さんは、様々なパーティーに引っ張りだこ。出席する時は、太鼓をみんなに聞かせたいと、私たちをよく連れていき披露させました。『祇園太鼓は（県指定無形民俗）文化財だから、大事に守っていきなさい』とも言われました」と、一色さんは懐かしんだ。

岩下は製鉄所を退職後、明治通信社福岡支社長、北九州市立郷土資料館館長などを歴任した。月に一度は自宅で「小説勉強会」を開き、後進の育成にも力を注いだ。大好きだった酒のために、晩年は体調を崩しがちだったが、七十三歳で亡くなる前年まで、随筆や詩を発表し続けた。

「文壇で活躍する作家はほとんどが在京。父だって東京に出ていってもおかしくなかったし、機会もあった。それでも故郷を離れなかったのは家族や仲間がいたからです」

八田さんは父親が小倉にこだわった理由を説明した。

作品が世に出て六十五年余。毎年三月四日には松五郎の「供養祭」が行われる。酒がたっぷり注がれた石碑の前で、祇園太鼓が披露される。

岩下が故郷への思いを込めた作品と主人公を、小倉っ子はいまも慕い続けている。

（有馬博子 2004.9.3）

柳川市

北原白秋□思ひ出

帰れなかったふるさと

晩秋の陽光が、水面できらめいていた。北原白秋が中学伝習館（いまの県立伝習館高校）の時に通った道は「白秋道路」（一・八七キロ）と呼ばれている。そこを、生家に向かって歩いた。

〈私の郷里柳河は水郷である〉

柳川での少年時代をつづった詩集『思ひ出』は、柳川での少年時代がテーマ。序文に記された通り、総延長四七〇キロの掘割が縦横に延びている。

「トンカ・ジョン（大きな坊ちゃん）」と呼ばれた白秋は、掘割を行く川下りの船着き場がある沖端《おきのはた》で生まれ、育った。家は「油屋《あぶらや》」の屋号で海産物問屋と酒造業を営む豪商だった。

大城《おおき》昌平さん（五十六歳）の家はそのすぐ近くにある。生誕祭（毎年一月二十五日）の開催や会報の発行などの顕彰活動を続けている「柳川白秋会」の会長。父の有元《ゆうげん》さんは二〇〇三（平成十五）年、八十一歳で亡くなった。その有元さんから聞いた話をしてくれた。

「（白秋は）赤ん坊のころ、冷たい風に当たるだけで高熱を出すほど病弱だったそうです」

「ジョン」と呼ばれた背景が見えたような気がした。

有元さんの父、つまり大城さんの祖父の有樹《またき》さんは、白秋の二歳違いの弟・鉄雄（一八八七―一九五七年）と同級生。幼なじみとして互いの家を行き来し、遊んだ。

兄弟と有樹さんらが有明海に潮干狩りに行った時のこと。鉄雄が熊手でムツゴロウを傷つけようとするのを見て、温厚なはずの白秋が、「おまえはなんと野蛮なんだ」とどなり上げたことがあった。病弱な赤ん坊は、いつしか生き物を慈しむ心を持つ少年に育っていた。

白秋は『思ひ出』に柳川の追憶と方言をちりばめた。

思ひ出

北原白秋（本名・隆吉，1885―1942年）が1911年，26歳の時に刊行した第２詩集。英文学者で詩人の上田敏が絶賛，詩壇の注目を浴びた。北原白秋生家（0944・73・8940）で復刻版を販売している。『北原白秋詩集』（角川文庫）などにも収録。

〈GONSHAN. GONSHAN.（お嬢さん、お嬢さん）何處《どこ》へゆく、／赤い、御墓の曼珠沙華《ひがんばな》／曼珠沙華、／けふも手折りに来たわいな（略）〉

「明治時代に方言やローマ字を使って詩を書くなんて、フロンティア精神にあふれている。七面鳥を飼ったり、ダリアを植えたり、好奇心旺盛だったおやじさんの遺伝子を受け継いだのかもしれません」

川下りコース沿いに自宅兼アトリエを構える画家・北原悌二郎《ていじろう》さん（八十歳）の分析だ。北原さんは親類ではないけれど、沖端の風景を描き、白秋の少年時代の話を聞き集めている。

中学伝習館４年のころの白秋（右端で帽子をかぶっている。北原白秋生家提供）

酒屋の跡取りにしたかった父の長太郎は、読書に没頭する白秋を快く思わず、本を二階から地面にたたきつけることもあった。母シケは夫に隠れて取りに行って、かまどの火で乾かし、寝ている息子の枕元に置いていたという。

父の反対を押し切り、一九〇四（明治三十七）年、十九歳で上京した。

〈人もいや、親もいや、／小さな街が憎うて、／夜ふけに家を出たれど、（略）〉

二十六歳の時に著した『思ひ出』は、冒頭で柳川との決別を宣言し、この「ふるさと」で終わる。

やがて、近くで起きた大火がもとで一家は破産に追い込まれ、夜逃げ同然に上京した。借金の証文だけが残っていたという。大城さんは言う。「家族も故郷を捨てることになった。長男として責任を感じ、柳川は、帰りたくても帰れないふるさとだったのでしょう」

白秋が新聞社の招きでふるさとに帰ってきたのは、一九二八（昭和三）年。四十三歳。約二十年の歳月を隔て、すでに国民的詩人になっていた。

母校の矢留《やどみ》尋常小学校（いまの市立矢留小）に向かう途中、理髪店の主人が抱きついてきた。「トンカ・ジョン、帰りめしたのも（帰ってきたのですね）」。白秋は学校で泣いた。

「水郷柳河こそは、／我が生れの里である。／この水の柳河こそは、／我が詩歌の母體《ぼたい》である（略）」

矢留小の隣にある詩碑苑。「水の構図」の詩文を、北九州市から来た老夫婦がカメラに収めていた。

ふるさとを胸に深く刻み、白秋は東京で逝った。墓は府中市にある。

（滝下晃二 2004.11.19）

福岡市博多区中洲

原田種夫□風塵

不協和音を奏でる街

ネオンが一つ、また一つ灯《とも》っていく。那珂川に、赤や青の色が映った。夕方から夜に、中洲を歩いた。どこからともなく聞こえる音楽が、師走のあわただしい気分を一層つのらせる。酔客の大声と香水のにおいと。クリスマスから、やがて正月。九州最大の歓楽街は、一番の書き入れ時を迎えていた。

火野葦平、劉寒吉……。多くの作家を出した第二期「九州文学」の重鎮・原田種夫は、博多で生まれ、育った。那珂川の流れる中洲を愛した作家は、その最初の小説「風《ふう》塵《じん》」で夢を追う文化人たちを描いた。そこには、文学の道に進むべきかと悩む、若い自らの姿も投影されている。

一九三五（昭和十）年ごろ、原田は福岡貯金局に勤める傍ら、詩を書いていた。

ほとんど毎日通う場所が、那珂川沿いの喫茶店「ブラジレイロ」だった。一九三四年、川にかかる西大橋のたもとにオープンした。

「本場のブラジルコーヒーを飲める」と、博多っ子に人気があった。白いガラス張りの外観と店内に噴水のあるしゃれた雰囲気が、戦前の博多では際立っていたのだろう。いつも川が見える窓際のテーブルに座った。コーヒーをすすりながら筆を執り、物思いにふけった。たばこも手放せなかったという。

「よく店に連れていってもらったものです。父は人と会い、話し込んでいました」

長男の種秀さん（六十八歳）は、当時をこう振り返る。店は文学青年たちの集まる場でもあった。原田は、山田牙城、火野、劉らの文化人と度々集まり、文学論や表現方法について熱い議論を交わした。

こうした日常の「文化サロン」は、やがて一九三八年の

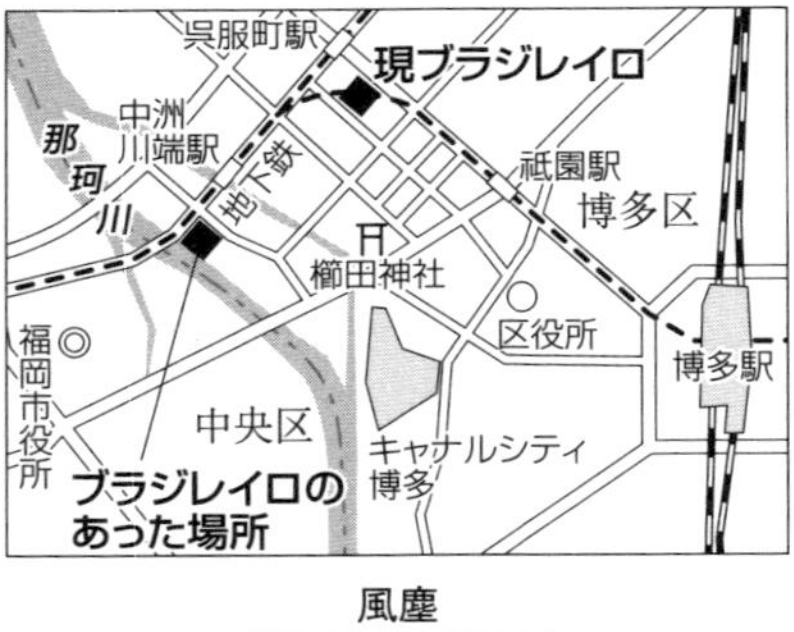

風塵

原田種夫（1901—89年）の1941年の作品で，初の小説。東陽閣モナス社発行。虚偽と打算にまみれて文化人を装う砥部潤三を中心に，「文化の担い手」を自負する人々を，当時の風物などを織り交ぜて描いた。『原田種夫全集』第１巻（国書刊行会）に収録。

戦前のブラジレイロ。原田はここで書き，構想を練った（中村好忠さん提供）

第二期「九州文学」へと引き継がれていく。

〈新井町の盛り場あたりでは、いつもの如く群衆がまっ黒い浪《なみ》のやうに後から後から絶え間なく流れてゐる〉

〈アセチレン瓦斯《がす》をともし月遅れの雑誌を売る男、怪しげな万年筆をどら声を張り上げて売る男、（略）などの夜店がある。道の両側の喫茶店からはジャズのレコードが響いて来る〉

原田は「風塵」で、当時の中洲を、こう表現した。その目には「すべてが猥雑と喧騒の不協和音である」ように映った。人間臭いこの街が奏でる不協和音を愛した。

戦火が激しさを増した一九四四年に「ブラジレイロ」は店を閉じ、取り壊された。敗戦直後の一九四六年に別の場所で再開。移転を経て、いまは約一キロ離れた一角で営業している。

「昔は映画館や商店がいくつも立ち並び、デパート（玉屋）もありました。その中に色街があり、人もたくさん住んでいた。中洲は文化人を刺激する香りが詰まった、文化の先進地帯だったんですよ」

ブラジレイロの二代目社長・中村好忠さん（六十六歳）は言う。

「いまよりずっと温かみのある、魅力的な街だった」

「風塵」で原田は、店の名を「ウーピー」に変えた。そこに出入りする一人が貴志劉太郎。貧しい生活に苦しみながらも、詩人として純粋に文学を追い求める青年である。

劉太郎の姿には、原田の心が透けて見える。原田はこのころ、迷っていた。母や妻子を養うため官吏の職にとどまるのか、それとも筆一本で食べていくのか——。

最初の小説となった「風塵」は、作家の道を選んだ原田の決意を表した作品でもあった。一九三九年、福岡貯金局を依願退職した。

旧「ブラジレイロ」のあった場所には、いま原田の文学碑「人間」が立っている。

「ひとのにくたいの一部には　どうしても消えぬ臭い所がある　それが人間が神でない印だ　ゆるしてやれ　いたわってやれ」

風塵のように消え去ったよき時代を取り戻すよう、訴えているように読めた。

（後藤将洋 2004.12.24）

佐賀県

玄界灘
福岡県
［肥前町］
安本末子
「にあんちゃん」
［呼子町］
松本清張
「渡された場面」
［鳥栖市］
毛利恒之
「月光の夏」
［富士町］
笹沢左保
「遙かなり蒼天」
［佐賀市］
石川達三
「人間の壁」
［佐賀市］
井沢元彦
「葉隠三百年の陰謀」
［神埼町］
吉田紘二郎
「小鳥の来る日」
［佐賀市］
高橋克彦
「火城」
［多久市］
滝口康彦
「主殿助騒動」
［千代田町］
下村湖人
「次郎物語」
［佐賀市］
司馬遼太郎
「歳月」
［佐賀市］
島田洋七
「佐賀のがばいばあちゃん」
［佐賀市］
隆慶一郎
「死ぬことと見つけたり」
有明海
熊本県
長崎県

肥前町大鶴

安本末子□にあんちゃん

貧しくも心満ちる暮らし

国道204号線から海に向かう急な坂道を下ると、「にあんちゃんの里」記念碑が見えてきた。約五十年前、炭鉱景気にわいていた肥前町大鶴（当時は入野村大鶴）。碑の両側には二体のブロンズ像が、玄界灘からの寒風に耐えるように立っている。安本（現・三村）末子（五十九歳）と、「にあんちゃん」と呼んでいた二番目の兄がモデルだ。

記念碑前に車を止めると、近くに住む元鉱員の森肥富《ひとみ》（七十六歳）さんが「見学ですか」と声をかけてきた。本の読者や炭鉱で働いていた人が訪ねてくることがあり、ボランティアで説明役を務めている。

大鶴では一九三六（昭和十一）年、杵島炭鉱大鶴礦業所が採炭を始めた。各地から鉱員が集まり、最盛期の一九五〇年代初め、人口は約四千人だった。末子の両親は戦前、朝鮮半島から渡ってきたが、相次いで病死。大鶴で生まれた末子と二人の兄、姉は炭鉱住宅で暮らし、長兄が臨時鉱員として一家を支えた。

「そりゃ、にぎやかだった。飲み屋はもちろん、映画館、マーケットなどがあり、夜もざわめいていた」と森さんは振り返る。

車で下りてきた坂道の下に坑口。石炭積み出し港まで線路が延び、炭車が行き交っていた。海沿いのわずかに開けた土地に炭鉱事務所、飲み屋などが集まり、碑の裏には、末子らが通っていた入野小学校大鶴分校があったという。

閉山は一九五七年。現在は、六十五世帯八十数人で、空き地が広がり、住宅が点々と建っている。石炭運搬船が何隻も停泊していた仮屋湾では、真珠養殖が行われ、石炭積み込み桟橋はイリコ干し場。炭鉱住宅が立ち並んでいた山の斜面は段々畑に変わり、ボタ山には木が茂っていた。坑口は残っており、コンクリートのアーチが当時をしのばせ

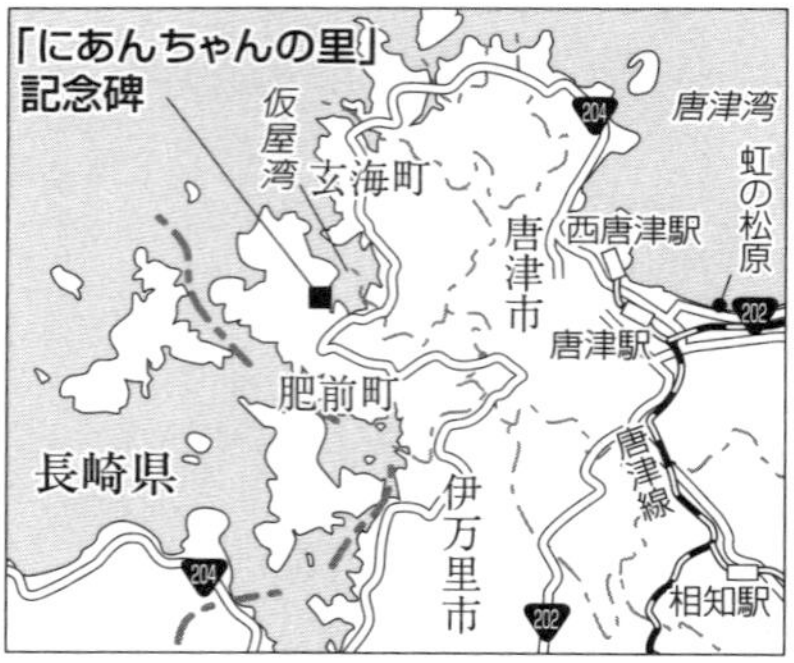

にあんちゃん

安本末子（1943年ー）の日記のうち，小学３年から５年までの部分をまとめ，1958年，光文社から出版。両親の死後，２番目の兄「にあんちゃん」と１つの弁当を譲り合ったり，教科書代がなくて学校を休んだりしたことや，将来の不安などを記している。助け合いながら明るく生きるきょうだいの姿が感動を呼び，ベストセラーになった。西日本新聞社など。

る。

記念碑の建立は二〇〇一（平成十三）年十一月。「にあんちゃんのふるさとと炭鉱の歴史を残そう」と、末子の同級生が中心になって資金を集めた。末子と一緒に学級委員をした町収入役・山口駿一さん（五十九歳）は、「家族の在り方、きょうだい愛を考えてもらいたいという思いもあった」と話す。

上：斜面に立ち並んでいた炭鉱住宅（肥前町・宮崎樹美さん提供）
下：段々畑になった炭鉱住宅跡地（手前は石炭積み込み桟橋の橋脚）

末子は現在、茨城県に住み、きょうだい三人も健在。電話で話を聞いた。

「両親は朝鮮半島出身だが、差別はなく親切にしてもらった。返すあてのない米を貸していただいたこともある。おなかはすいていたが、心は満ちていた。みんな貧乏だった昔の方が幸せだったのかもしれません。元気なうちにふるさとの大鶴に行ってみたい」

大鶴の風景は変わっていたが、末子の言葉から、人々が肩を寄せ合って暮らすことの大切さが伝わってきた。

（川路芳也 2003.1.22）

千代田町崎村

下村湖人□次郎物語

生きる力を生んだ風景

次郎の生まれた家は、農村の水辺の旧家――。

下村湖人は自分の生家や母親の実家、周囲の風景をもとに物語をつづった。筑後川の支流・田手川沿いの生家は、町などが一九六九（昭和四十四）年に保存会を結成し、守り続けている。

明治初期の木造二階建て。背の低いかがみ戸をくぐると土間があり、間取りも建築当時とほとんど変わっていない。湖人の写真や直筆の原稿、書簡が展示されている。

急な階段を上がった。八畳間に湖人が使っていた火鉢と座卓があり、この座卓で物語の第四、五部を書いた。卓上のノートには、訪れた人たちが感想を書き込んでいる。

「もう来れないかもしれないが、心に焼き付けて帰りたい」（七十歳男性）。丁寧な文字が印象的だ。地元の小学生たちは次郎のイラストを描き、「急な階段に驚いた」、「心が落ち着く」と言葉を添えていた。

館長の北川伸幸さん（六十八歳）は、「生家は、当時の面影を伝える数少ない場所」と話す。物語で「正木家」とされた母親の実家は東に約二キロ。結核の療養で実家に戻った母親のため、次郎は三日に一度、薬を取りに生家そばの病院との間を往復した。

〈一方に櫨《はぜ》並木、一方は蘆《あし》のしげった大川の土堤〉

次郎が駆け抜けた大川（筑後川）沿いの風景は、こう描かれている。

北川さんと正木家に向かった。田手川を渡ると、田んぼの中を広い農道が続く。櫨の並木や蘆原はない。実家には、「正木（牧）家跡」と記された看板が立ち、台所だったとみられる赤れんがの一部が残っていた。

「以前は、櫨の実からろうそく用の蠟《ろう》をとり、蘆はかまどにくべる燃料にしていました。稲刈り後の稲子積みや、クリーク（水路）にたまった泥を肥料にするための堀干し

次郎物語

下村湖人（本名・虎六郎，1884－1955年）の自伝的小説。1936年，第１部の連載を始め，第５部の出版は1954年。主人公の幼年時代から青年時代までの成長過程を描いた。生後まもなく養子になった湖人の思いが投影されているとされる。講談社青い鳥文庫など。

もなくなりました」と、北川さんは説明する。

一帯は一九七五年から九五（平成七）年にかけ、圃場《ほじょう》整備が行われた。網の目のように流れていたクリークやあぜ道は整理され、次郎が目にした風景は姿を消した。

正木家跡から南西へ約七〇〇メートル。「千歳（中津）水門」がある。製蠟工場を営んでいた湖人の祖父が、度々襲う洪水から地域の人々を守ろうと、私財をなげうって作った。

緩やかにうねるクリークでは、二メートルほどに伸びた蘆が風に揺れ、周りの麦畑が夕日に輝いていた。北川さんは「圃場整備前の風景が残っています。次郎は、こんな自然から生きる力をはぐくんだのでしょう」と言う。

生家には、愛読者らが年間八千人訪れる。約十年間、管理人を務めた吉田芙美子さん（六十六歳）は、「親子のきずなが描かれています。読み継がれる理由はそこにあるのでは」とみる。

湖人は第六部以降の構想を練っていた。長男の覚さん（八十五歳）は、「父は、私から戦争体験を聞き、克明にメモしていました。戦後を生きる次郎を描こうとしていたのでしょう」と明かす。

筆者は次郎の曾孫の世代だが、生家や「千歳水門」の風景に、なぜか懐かしさを感じた。父親になった次郎は、佐賀平野の美しい自然を子供たちに引き継ごうとしたはずだ。

（北川洋平 2003.3.26）

上：昭和初期の「堀干し」風景。クリークの泥をくみ上げ肥料にするため，総出で作業した（千代田町教育委員会提供）
下：静かにたたずむ下村湖人の生家。次郎が飛び出してきそうだ

佐賀市・佐賀城跡

断罪された維新の功臣

司馬遼太郎□歳月

桜並木は、まもなく梅雨の季節を迎える。青葉が美しい佐賀城跡の堀端を歩いた。三十六万石・鍋島藩主の居城。幕末から明治にかけて江藤新平、大隈重信、副島種臣らを輩出した。そして佐賀の乱（一八七四年）の戦場となった。その首謀者として刑死し、後に名誉回復した江藤新平。司馬遼太郎は、深い同情を寄せながら「歳月」を書いた。

堀に囲まれた城内は、県庁をはじめ県立図書館、県立美術館などが立ち並ぶ。郷土史家の福岡博さん（七十一歳）の案内で、国の重要文化財の鯱《しゃち》の門へ向かった。

苔のはえた石垣と白い壁。砂利を踏みながら行くと、巨大な城門はあった。時を経てこげ茶色になった重厚な扉のあちこちに、親指が入るほどの穴が開いている。目を近づけてのぞき込むと、丸い視界に門内の木々の緑が見えた。「佐賀の乱での弾痕ですよ」。西洋近代銃器の弾丸は、木の部材など苦もなく貫通する威力を持っていたのだ。

制圧後の四月十三日、江藤新平に斬首の刑が執行された。

薩摩以来の盟友だった西郷隆盛と大久保利通。そして江藤と大久保。

〈いわゆる維新の功臣のなかでこの二人だけが他の連中とは別種の才能をもっていた。創造の才能であろう〉

「歳月」で司馬は、三人のうち江藤と大久保をこう評している。その通り、江藤は初代司法卿として司法制度の基礎をつくり上げた。

しかし「並び立たず」の対立は、司法卿就任のわずか二年後に佐賀、その三年後には鹿児島で内乱となり、大久保の政府軍の完全鎮圧で終わった。物語は「大久保の江藤圧殺」という図式で進み、敗者への挽歌ともなっている。

「佐賀が全国を相手に戦争をしたんですね。良い悪いは

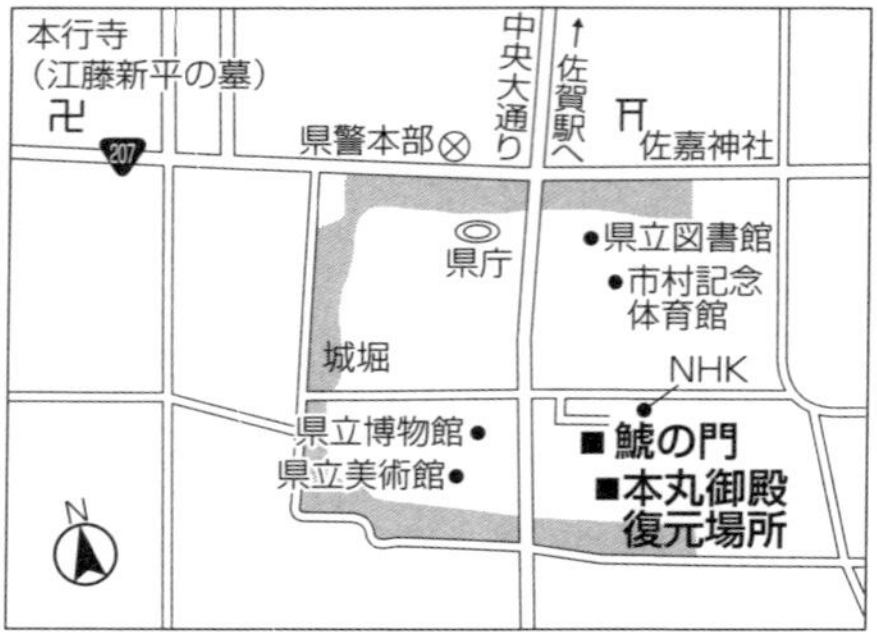

歳月

司馬遼太郎（本名・福田定一，1923—96年）が，1968年に発表した「英雄たちの神話」を69年に改題。卓抜した論理と能力で司法卿になった江藤新平（1834—74年）の生涯を描いた。佐賀藩の下級藩士の家に生まれた江藤は，苦学して学識を身につける。明治政府で辣腕を振るうが，大久保利通らと対立する。講談社文庫。

大正半ばの佐賀城。右が鯱の門。本丸御殿（左）は赤松小学校だった。のちに解体（佐賀県教育委員会提供）

別として、大変なエネルギーを明治の佐賀人はもっていたんですよ」。福岡さんが言った。

司馬が、取材のため県立図書館を訪れたのは、一九六七（昭和四十二）年ごろのある日。司書として、来訪の電話を受けたのが福岡さんだった。

「極秘で。歓迎行事などあると、仕事になりませんから」

福岡さんは、だれにも言わなかった。気づかれることなく入館できた作家は、書庫で古文書を次々に読み、「佐賀はいい。面白いです」と言った。言葉を交わしたのは福岡さんだけ。

「『歳月』の構想がすでに浮かんでいたのでしょう。満足そうでした。あとで上司にひどく怒られましたが、大事な思い出です」

隠密取材を助けた福岡さんは笑った。

鯱の門の弾痕が今も，戦いの激しさを伝えている（指さしているのは福岡さん）

大審院は一九一二（大正元）年、江藤の罪名をすべて消し去った。次いで四年後、官位復活。名誉も回復した。

一九七六年、市街地の北にある神野《こうの》公園に有志の募金で銅像が建立された。翌年から命日には「銅像祭り」が開かれ、市民が遺徳をしのんでいる。

「小学校でも佐賀の歴史の中で登場しています。子供たちが功績を正しく知る。うれしいことです」。江藤研究家として知られる八田国信さん（六十八歳、前佐賀観光協会常務理事）は言う。

鯱の門から入ると、重機が忙しそうに作業をしていた。佐賀城の復元工事である。天守閣は江戸半ばに焼失しており、復元されるのは「本丸御殿」をはじめ維新前後の姿だ。

反射炉をはじめとする技術でも先進性を発揮した幕末・維新期の佐賀。その輝きの中心を、江藤と佐賀城が占めていたことを知った。

（大和田武士 2003.6.4）

唐津市呼子町

松本清張□渡された場面

清張を引き付けた港町

潮の香りが、まず迎えにきた。福岡市から車を走らせ、唐津市へ。呼子町はさらに三十分余り。玄界灘に突き出た半島の北端にある。前後に乗用車が連なっていた。夏休みの家族連れが、漁港の風情と新鮮な魚介類を楽しみにして各地からやってくるのだ。

松本清張は、一九七〇年代の呼子を舞台に「渡された場面」を書いた。

この小説で呼子は坊城《ぼうじょう》という架空の名で登場する。この地の女性が保身に走った男に殺される、という設定のため、名を出すのを避けたのだろうか。

作品発表の五年前、清張は講演で唐津市を訪れた。呼子や、豊臣秀吉の朝鮮半島への出兵拠点・名護屋城跡（鎮西町）などを改めて見て回り、「いずれ、この地域を舞台に小説を書きたい」と言った。

その通り「渡された場面」を出した。

「清張さんの作品の舞台になったのは、個性的で印象に残ったからでしょう。名誉なことです」

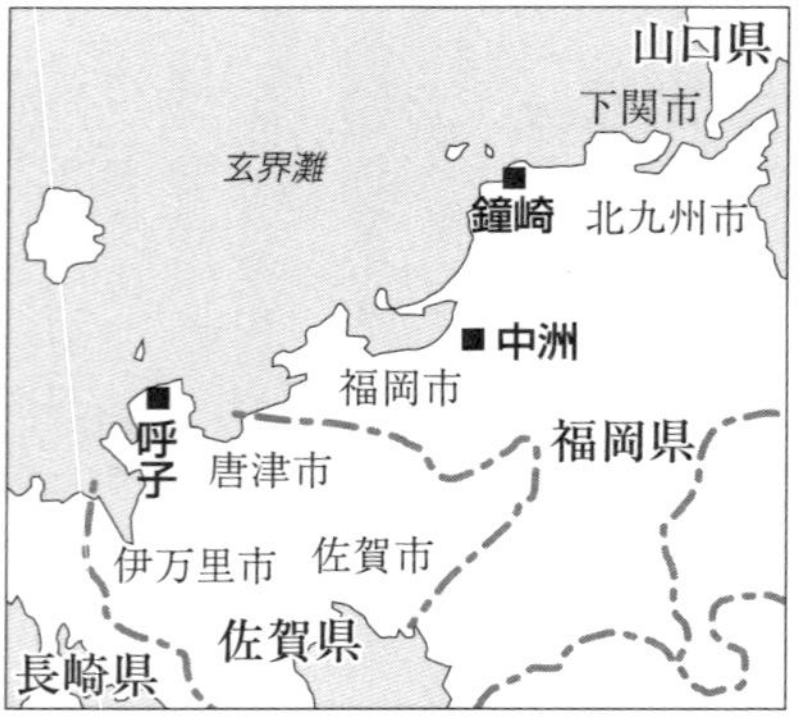

渡された場面

松本清張（1909—92年）の1976年作品。旅館で働く真野信子は，滞在中の作家の草稿を書き写し，交際している下坂一夫に届ける。下坂には別の相手がおり，信子を殺す。そして信子から渡された場面を，小説の一部として同人誌に発表。この部分だけが激賞される。その批評を読んで驚いたのは，別の殺人の担当刑事だった。新潮文庫など。

教育委員会で、町史の編集に取り組んでいる福浦善久さん（二十五歳）は言った。

〈坊城町を訪れる他県からの客は少なくない。とくに春から秋にかけて多い。（略）おいしい魚だけを食べにくる団体客も絶えない。旅館はたいてい生簀《いけす》をもっている。暁に沖から帰る舟の活きた魚を買って、そのまま泳がせておくのである〉

作品の冒頭に、こう記した。

福浦さんが「これが当時の様子です」と見せてくれた七〇年代の写真には、いま呼子の一大観光資源になっている朝市の原形が写っていた。清張は「渡された場面」の事前取材でこうした呼子の魅力に触れて、さりげなく、けれど

上：1970年代の呼子の商店街。店先に商品が並び，「市」の形ができていた（呼子町教育委員会提供）
下：舳先をそろえる漁船と土産物店（左）。港町のたたずまいは，いまも変わらない

ぜひ書いておきたかったに違いない。

作中の犯罪心理は、意外な場所を登場させることで読者の実感となる。

清張は、九州一の歓楽街・中洲のきらびやかさを呼子の対極に置き、殺害の現場は呼子から東へ一〇〇キロ以上離れた福岡県玄海町（いまの宗像市）に求めた。

旧玄海町鐘崎に実在する織幡《おりはた》神社の周辺を行くと、その記述の正しさがわかる。

五百六十人のファンが作品の魅力を語り合う「清張の会」（北九州市）は七月、「渡された場面」の足跡を追って鐘崎などを訪ねた。

「検証すればするほど、情景描写の正確さに驚かされ、ますます引き込まれます」と事務局長の上田喜久雄さん（六十歳）。

呼子の町を歩いた。すっかり名物になったイカ。漁港には、集魚灯をつるしたイカ釣り漁船が舳先《へさき》をそろえ、漁業者が岸壁に腰掛けながら、漁の準備をしていた。

ここへ来る前、朝日新聞西部本社広告部の後輩で茨城県に住んでいる岡本健資さん（七十九歳）が、清張の小倉時代を電話の向こうから話してくれた。

「光景が生き生きしているのは、彼が自分の目で確かめたものを描いているからです。特に歴史的な寺や神社を巡るのが好きでした」

「昼休みになると喫茶店で『小説は、作者だけがわかっていても屑にもならない。読者の心を裏切ってはいけない』と、それこそ熱く言っていたものです」

漁港の道をリヤカーに海産物を積んだ初老の女性がやってきた。観光客が寄っては買った。清張ならこの人、この場面を作品に生かすかもしれない、と考えた。

（倉富竜太 2003.8.20）

神埼町

吉田紘二郎□小鳥の来る日

胸に疼く故郷の記憶

田園が続く。残暑の中、稲は秋への色づきを始めようとしていた。弥生時代の環濠《かんごう》集落遺跡を整備した国営吉野ヶ里歴史公園は、隣の三田川町、東脊振村まで広がっている。自然詩人とも呼ばれた小説家・吉田紘二郎は、神埼で生まれた。親類宅に一人身を寄せた少・青年時代。そんな試練に遭ったのに、心は生涯、このふるさとから離れることはなかった。

　生家は、江戸から続く酒蔵だったが没落。父の栄作と母のリフが、神埼町莞牟田《くぐむた》にあるリフの実家に身を寄せている時、紘二郎が誕生したと伝えられている。一八八六（明治十九）年のことだった。一家は十一人。追われるように長崎県佐世保市に移り住んだ。

　この不幸な境遇を、紘二郎は勉学で切り開いていく。佐世保の尋常小学校での賢さに、佐賀の縁者が手を差し伸べた。佐賀工業学校（いまの佐賀工業高校）への進学だった。「勉強がしたいです」。向学心が、大人たちの心に訴えたのは言うまでもない。縁者宅に一人、身を寄せた。

　この時点から数えても百年以上。紘二郎の刻苦の時代を見た人はもういない。九州龍谷短期大学名誉教授の原岡秀人さん（六十九歳）を訪ねた。紘二郎の、人と作品の研究は三十年にも及ぶ。

〈私の青年時代の思ひ出は大抵は田園のうちにのこってゐる（略）筑紫《つくし》の秋よ。お前を想ふ時私の胸は疼《うず》く〉

原岡さんがそらんじたのは、随筆『小鳥の来る日』に収められた「筑紫の秋」の一節だ。

「故郷の田園風景、貧しく惨めだった境遇、そして同じように不運だった知人たちの記憶から、単なる郷愁とは違って、疼くという表現になったのでしょう」。貧しさから学問を断念した友人の思い出も、胸を締めつけたのだろう。

　紘二郎は期待にこたえた。

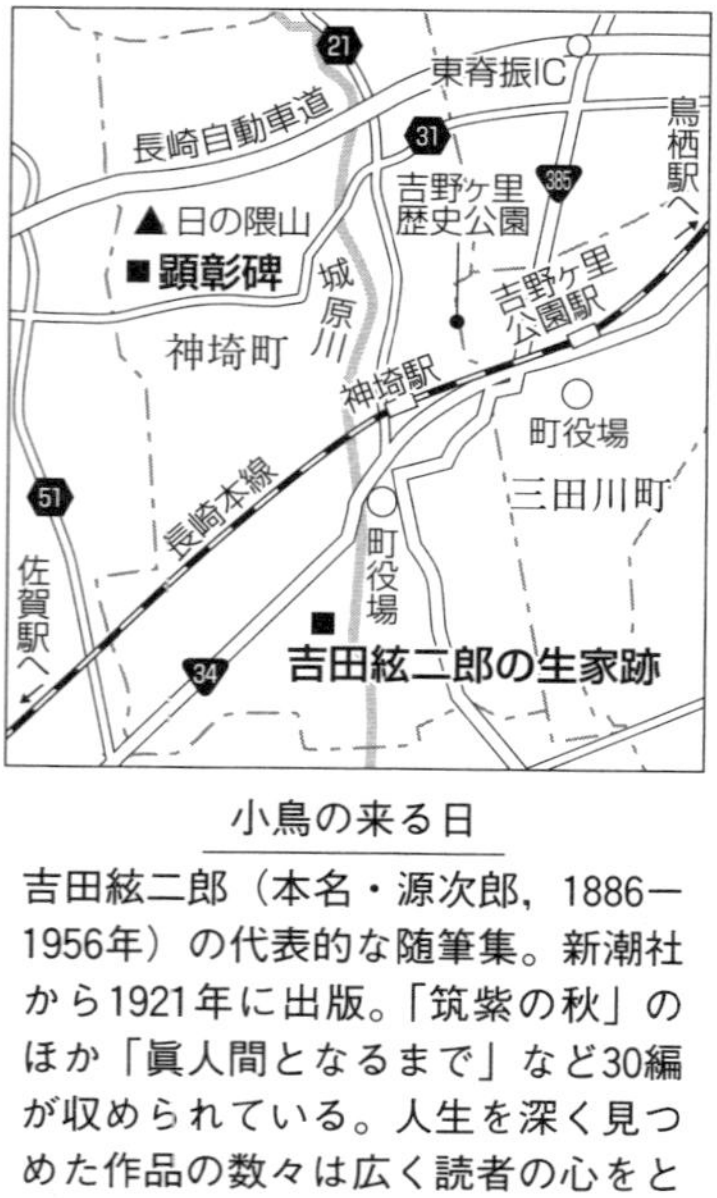

小鳥の来る日

吉田紘二郎（本名・源次郎，1886ー1956年）の代表的な随筆集。新潮社から1921年に出版。「筑紫の秋」のほか「眞人間となるまで」など30編が収められている。人生を深く見つめた作品の数々は広く読者の心をとらえた。新潮文庫など。

上：吉田絃二郎の出発点となった佐賀工業学校（戦前に撮影。佐賀工業高校提供）
下：神埼町内の田園と農家と里山。変わらぬのどかさがあった

佐賀工業学校を優れた成績で卒業し、上京。設計事務所でアルバイトをしながら早稲田大学文学部に入学した。その文才は早稲田を出た後、短編小説「磯ごよみ」が坪内逍遙に認められることによって一気に花開いた。

随筆や小年少女向けの小説が若者の心をとらえた。教科書に採用された作品もある。早稲田で講師、そして教授に推され、英文学を教えながら文筆の道に励んだ。井伏鱒二も教え子の一人である。

こうした立身の中にあって、絃二郎は謙虚さを少しも失わなかった。佐世保市に、姪の八坂ワカさん（八十二歳）が住んでいる。子供のいない絃二郎の、壮年時代を知る数少ない血縁者だ。

八坂さんが自宅を新築した一九三六（昭和十一）年、絃二郎は祝いに東京から駆けつけた。五十歳。早稲田の教授を辞し、作家として最も円熟していたころだ。

「声の優しさが印象的でした」

何を話したのか忘れたのに、気さくさは記憶に残っている。

「近寄りがたい雰囲気は全くなくて、どこか繊細な感じもしました」と言う。

生誕百十年の一九九六（平成八）年、元中学校教諭・境ツヤ子さん（八十一歳）らの尽力で顕彰碑が建った。里山（日の隈山）のふもとの碑には「筑紫の秋」が刻まれている。

「佐賀工業学校に通っていたころが故郷の記憶である。暇を見つけては生まれ育った神埼に足を運んだ」と振り返った絃二郎。

つらい思い出があるから歯を食いしばれた――。そう思って胸に抱く故郷もあると思った。

（向山勤 2003.8.27）

富士町

笹沢左保□遙かなり蒼天

墨絵のような景色

脊振《せふり》山系は、福岡県と佐賀県を分けている。富士町は連山のふもとにある。北山《ほくざん》ダムでは釣りと湖畔の散策が楽しめる。温泉は町内に二か所。この自然の中に笹沢左保は七年間住んだ。その後、空の色が印象的な「遙かなり蒼天」を病に耐えながら書いた。

一九七〇年代、上州（いまの群馬県）などを舞台にした「木枯し紋次郎」は、テレビに続いて映画化もされた。長い楊枝《ようじ》をくわえた主人公のニヒルさが大ヒット。勧善懲悪の時代劇概念を覆した笹沢は、超人気作家となった。

横浜市生まれ。一九六〇（昭和三十五）年に作家の道に入った。多作で知られ、酒豪でもあった。家でボトル一本の「下地」を入れたうえで飲み歩く様子を、自ら書き残している。

こんな東京での日々で、体には無理が蓄積していたのだろう。一九八七年、九州を講演旅行中、福岡県久留米市で体調を崩した。頼ったのは、富士町に隣接する三日月町の内科医・江口尚久さん（六十一歳）だった。前の年に知り合い、親しくなった。そのまま江口医院（いまの江口病院）に入院した。

紋次郎のふるさとも三日月村。

縁の不思議さは、これだけではなかった。富士町の古湯温泉では毎年、映画祭が開かれていた。

「紋次郎の生みの親が近くで入院している」――。スタッフが、映画祭での講演を依頼。快諾した笹沢は、江口さんの外出許可を得て、初めて富士町を訪れた。

「静寂で墨絵の世界のような景色」

一日でひかれた町内のたたずまいを、随筆『ガンも自分のいのちを生きる』（海竜社）でこう記した。

一九八八年、富士町小副川《おそえ》に家を建てて移り住んだ。北から東へと連なる脊振山系、近くには天山《てんざん》山系。山林

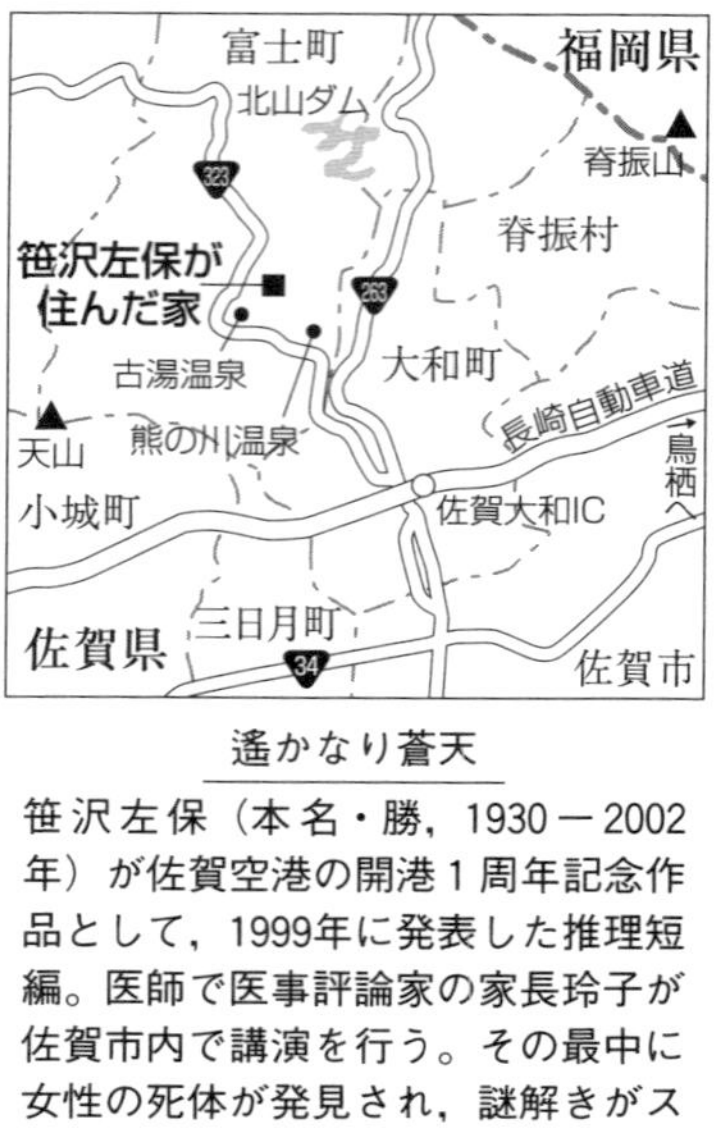

遙かなり蒼天

笹沢左保（本名・勝，1930－2002年）が佐賀空港の開港１周年記念作品として，1999年に発表した推理短編。医師で医事評論家の家長玲子が佐賀市内で講演を行う。その最中に女性の死体が発見され，謎解きがスタートする。文春文庫など。

と原野が町の八割以上を占めている。

家は、自然の懐にあった。江口さんを相手に「都会に住んでこんな風景を得るには、数時間かけなければなりません」と、うれしそうに話したという。

流行作家の地方への引っ越しは大きな話題となった。当時知事だった井本勇さん（七十八歳、二〇〇三年引退）は、佐賀の環境をたたえる笹沢に感激し、すぐにあいさつに出向いた。

富士町内を散歩する笹沢左保。後ろに深い山々が見える（1990年12月ごろ）

気さくな笹沢との親交は、知事の立場を超えて続いた。

なぜ自然を欲したのか、わかったような気がする、と井本さんは言う。

「一年のうち、正月以外は毎日執筆していました。作品を生み出さねばという重圧から解放されるのは、酒を飲む時ぐらいだったでしょう。そうした緊張が富士町で癒やされたのではないでしょうか」

こうした心情は「遙かなり蒼天」の中に読み取れる。

〈佐賀の空って、どうしてこんなに青いのかな。青空なんて言うのは、ものたりなくて幼稚みたい。そうね、蒼天だわ〉

十二歳の家長《いえなが》千秋が、佐賀空港（川副町）から佐賀市内へ向かう車内で言う。子供にしては難しい表現をあえて選んだ。都会にも空はある。だからこそ、佐賀のそれを象徴的に描いたのだろう。

病魔は容赦なく襲った。一九九二（平成四）年から複数のがんを発病した。病気との闘いだった。九五年に治療の受けやすい佐賀市に転居。二〇〇一年には東京に戻った。肝細胞がん。二〇〇二年十月、七十一歳の生涯を閉じた。

「遙かなり蒼天」を書き下ろした一九九九年には、すでに体力が衰えて執筆はつらい状況だったという。

江口さんが言った。

「佐賀の風景を自分の中にとどめておくかのように、名残惜しそうに書いています。読んでいて確かにそう感じます」

取材に行った日は、久しぶりの快晴。千秋の言葉を思い出しながら見上げた空は、佐賀の秋の深まりを告げていた。

（北川洋平 2003.10.1）

佐賀市金立《きんりゅう》町

隆慶一郎□死ぬことと見つけたり

葉隠発祥の地

「武士道とは死ぬことと見つけたり」。侍の心構えを説いた葉隠。そのルーツを知りたいと思い、初冬の佐賀平野を北上した。稲刈りが終わって寂しげな田んぼの中を過ぎると、脊振山系の山々が眼前に迫る。佐賀市金立町。小雨の中、コケに覆われた石段を上ると「常朝《じょうちょう》先生垂訓碑《すいくんひ》」。葉隠を口述した山本常朝（一六五九―一七一九年）が暮らした場所で「葉隠発祥の地」とされている。

碑のそばに住む木塚敏行さん（六十九歳）は、「葉隠のことはあまり意識したことはありません。東京や大阪などから、たまに見に来る人がいる程度です」と言う。

碑の周りは雨にぬれた木々の緑に覆われており、穏やかな雰囲気に心が和んだ。確かに思索に適しているかもしれない。一方で、優しい自然と葉隠の激しい思想が不釣り合いなようにも思えた。

隆《りゅう》慶一郎は「死ぬことと見つけたり」の執筆を前に、誰にも会わずに佐賀で取材したようだ。エッセイストの筒井ガンコ堂（本名・康彦）さん（五十九歳）が明かした。

筒井さんは地元新聞社の文化部に所属していた一九八七（昭和六十二）年ごろ、「小説新潮」の担当者から「『直茂《なおしげ》公譜《こうふ》』と『勝茂公譜』を読みたいと、隆さんが言っているのですが」と相談を受けた。ともに鍋島藩の名君の記録である。

筒井さんはガイド役を申し出た。しかし「案内されると、先入観で想像力が縛られる」というのが隆の考えだった。すでに何度か佐賀を訪ね、歩き回っていたという。

作品には、主人公の斎藤杢之助《もくのすけ》が「佐賀城の外濠に通じる嘉瀬川の掘割」で釣りをする場面が、何度も描かれている。この掘割に当たると思われるのが、多布施川である。

川幅は一〇メートル程度、深さ約一メートル。佐賀城方向に向かう流れは意外に速い。いまはコンクリート護岸。佐賀城土手沿いにはマツやモミジ、ソメイヨシノなど多様な木々が植えられ、格好の散歩コースだ。自転車で下校する女学

死ぬことと見つけたり

隆慶一郎（本名・池田一朗, 1923―89年）の作品。江戸時代初期，死を覚悟し人生を送る佐賀鍋島藩の斎藤杢之助が，老中・松平信綱の陰謀から藩を守ろうとする日々を描いた。新潮文庫。

生の笑い声が響いた。

「子供のころ、風呂代わりによく泳いだものです」と葉隠研究会の理事・栗原耕吾さん（七十一歳）。洗濯の光景も多く見られたという。

一九八七年ごろ、県立図書館の資料課長を務めていた時、栗原さんは筒井さんから「直茂公譜」などの資料提供を相談された。隆が希望した資料である。その貴重さから、持ち出しはできないと断った。

「いま思えば、隆さんはその後に図書館に来て、名乗らずに閲覧したかもしれません。惜しかった。会いたかったなあ」

〈「……死期の心を観念し、朝毎に懈怠《けたい》なく、死して置くべし。（略）前方に（あらかじめ）死を覚悟し置く事なりと」。（略）杢之助はこれを父の斎藤用之助からきびしくしつけられている〉

この葉隠の死生観をもって杢之助が敵と対峙した宝琳院《ほうりんいん》に向かった。戦国時代、佐賀を治めた龍造寺家とゆかりの深い寺だ。三十九代目の加藤亮雄《りょうゆう》住職（五十八歳）は、「以前は境内でもっと多くのマツやクスノキが茂っていましたが、近年台風などで倒れて減りました」と言う。

人気《ひとけ》はなく、鳥のさえずりに耳を澄ませた。葉隠武士たちもこんなたたずまいだったろうか。江戸の初期に現れそうだ。ここを訪れた隆も、同じ気分になったのではないか。

（坂本宗之祐 2003.12.3）

上：多布施川では，洗濯の光景が普通に見られた（1969年，佐賀市提供）
下：いまの多布施川。多くの木々が茂っていた

佐賀市・精煉方跡

高橋克彦□火城

蒸気車造りにかけた情熱

天祐寺川沿いを歩いた。木々が芽吹きの準備を進めていた。やがて日新小学校に出る。佐賀藩が幕末期に製造した反射炉の記念碑は校庭にある。大砲などの材料となる鋼《はがね》を生み出す炉。佐賀藩はこの部門で国内のトップを走っていた。その技術を支えた研究所が「精煉方《せいれんかた》」だった。

日新小からさらに歩く。佐賀市多布施。いまは田んぼになっている場所に一世紀半前、精煉方があった。高橋克彦は、そこの責任者で藩医の佐野常民《つねたみ》が蒸気車にかけた情熱を「火城《かじょう》」に書いた。

精煉方跡の田を所有しているのは青木隆彦さん（七十六歳）。田の方を指さしながら「一九九一（平成三）年までは、五十坪くらいの小屋があったんです。でも台風で崩れてしまいました」と話してくれた。何か建物が残っていれば、精煉方が存在したことをより理解してもらえるのに――。青木さんは、少し残念そうだった。

青木さんの祖父・熊吉さんは、精煉方でガラス製造に携わっており、維新後の一八七九（明治十二）年には、工部省の品川工作部に英国式のガラス製造法を学びに行ったという。

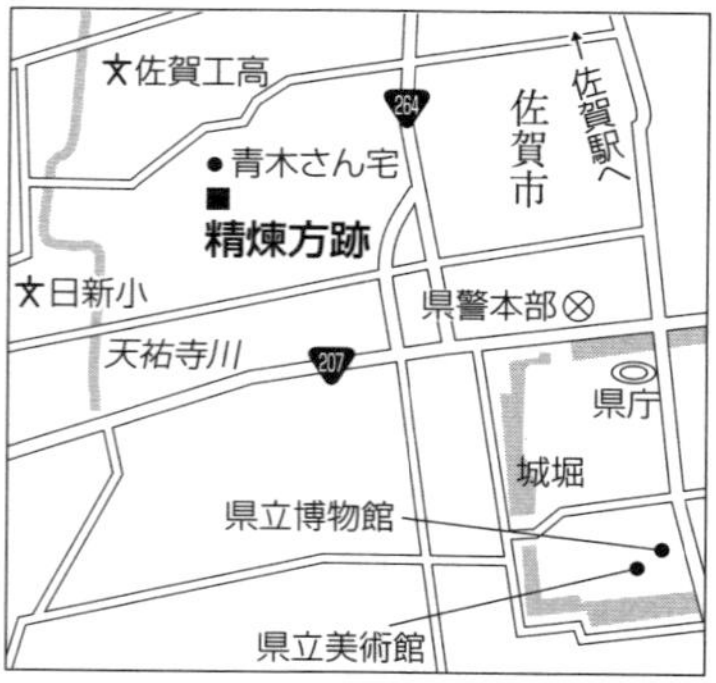

火城

高橋克彦（1947年―）の作品。幕末の佐賀藩の藩医・佐野常民（1822―1902年）が，江戸から佐賀に帰る途中に立ち寄った京都で，見込んだ技術者を連れ帰り，蒸気車を造り上げる。角川文庫など。

常民は、藩主の鍋島直正から先端の蘭学を学ぶよう命じられた。医師にして科学者。明治政府でも要人として活躍し、日本赤十字社設立に力を尽くした博愛の人。その才能は、直正が最も見抜いていたのだろう。

常民の「留学」は同時に、人材招聘の旅でもあった。京都で熱弁を振るい、中村奇輔、田中近江ら当時の著名な科学者を精煉方に招く。

説得の時、情熱のあまりしばしば泣いた、という。

〈幕府が倒されても、商業国家となっても、あるいは外国の属国となっても日本という国は残る。その時にこそ技術が求められるようになる。国を救うということは滅びの

上：明治時代，精煉方は精煉社として存続していた（青木隆彦さん提供）
下：いまは田んぼになっている精煉方跡

盾となる他に再生の芽を咲かせることでも立派に果たされるのだ〉

高橋はこの人柄を「火城」で克明に記した。

一九九〇年八月、三日間の日程で佐賀市を訪れた。常民や佐賀藩の文献を読み、イメージを固めた後の訪問。さらに細かい点を知ろうと佐賀城跡から精煉方跡まで歩いた。

その高橋に、常民の魅力を電話で聞いた。

「幕末・明治の時代に、思想ではなく、魅力的な計画で人々をまとめ上げる力はすごい。独特な思考回路をもった人でした」

常民の偉業をたたえるため、出身地の川副町に町立「佐野常民記念館」（三階建て、延べ床面積二二〇〇平方メートル）が二〇〇四年秋、オープンする。

準備室専門員を務めた郷土史家の福岡博さん（七十二歳）は、「彼がいなかったら、日本では蒸気機関車も蒸気船もできなかったでしょう。先見と行動力は本当に素晴らしい。果敢に新しい技術開発に挑む勇気は現代にも通じます」と言う。

青木さんの祖父の熊吉さんは、明治時代に鍋島家から精煉方の事業を受け継ぎ、一八九四年、佐賀精煉合資会社を設立。会社は太平洋戦争の前まで存続した。

田んぼの近くに目をやると、二〇メートルはゆうにあるクスの巨木が二本あった。樹齢は約三百年という。

常民らの情熱と努力を見守り続けた木に、いまの日本はどう見えるのだろうか。聞いてみたいと思った。

（浴野朝香 2004.3.3）

佐賀市・佐賀県教育会館跡

教育者の苦悩を描く

石川達三□人間の壁

佐賀藩主・鍋島直正らをまつっている佐嘉神社（佐賀市松原）。水と緑に恵まれた一帯は、佐賀市都市景観賞を受けた。春、石畳で整備された通り沿いの木々は、赤や白の花をつけていた。「ここに県教育会館があったんです」。神社の北側を流れる松原川沿いの十五階建てマンションを指さしながら、元中学教諭の石戸敏治さん（七十五歳）が教えてくれた。石川達三の「人間の壁」は「佐教組事件」を題材にした小説である。

一九五七（昭和三十二）年二月、佐賀県教職員組合（佐教組）は「三・三・四休暇闘争」を起こした。県の教職員削減計画などに対し、十四、十五日に三割、十六日に四割の教職員が休暇を取った。教育会館は組合員の集会場になった。闘争委員長ら十一人は四月、地方公務員法違反容疑で逮捕され、うち四人が起訴された。この佐教組事件の裁判は十四年間におよび、全員が無罪となった。

石川は事件の約半年後、佐賀を訪れ、佐教組幹部らに取材した。石戸さんは事件当時、佐教組青年部長。熱心に尋ねる石川の質問に答えた。いまは会館跡近くの商店街で画廊を営んでいる。

「人間の壁」について、「予想以上に緻密でした。それだけに反響も大きく、左翼的との批判も強かったのです」と言う。その描写の一端。

〈保守政党の強固な地盤であり、革新的政党の勢力は容易にのびない土地であった。労働組合の発達もおくれており（略）教職員組合も他府県にくらべて最も弱いと言われていた〉

前年の一九五六年、佐賀県は税収不足から財政再建団体に陥った。

作家が「組織は最も弱い」と表現した教職員二百五十九人を対象に、県は退職勧告を打ち出した。

定期昇給も止まっていた教職員の怒りは大きかった。と

人間の壁

石川達三（1905—85年）が1957—59年に発表したドキュメンタリー的作品。小学校女性教師・志野田（のちに尾崎）ふみ子が受けた退職勧告を導入に、県教組の休暇闘争を描いた。岩波現代文庫など。

りわけ婦人部の闘争への参加率は高く、八割を超えた。石戸さんは「養護教諭や共働きの女性教諭は肩たたきを受けやすかった」と話す。

石川は、佐教組事件をモデルとする一方で、場所は「S県津田山市」とした。

起訴された一人で、当時書記次長だった丸山正道さん（七十九歳）は「津田山市」のモデルはどこか、石川に聞いた。答えは「茨城県内の炭鉱の町を下敷きにしました」だった。

上：佐賀県教職員組合は県庁前でも集会を開いた（佐賀県教職員組合提供）

左：教育会館跡に建つマンションを指さしながら当時を振り返る石戸敏治さん

初めはテーマも違っていた。公選制から任命制に変更された「教育委員会制度」だった。その後に佐教組事件に強い関心をもち、テーマを争議に変えたことを作家自身が明かしたという。

教師は「聖職者」か「労働者」か——。主人公のふみ子は、度々自問する。休暇闘争突入前、多くの教職員が同じ悩みに直面した。

丸山さんは「子供たちには絶対に迷惑はかけられない。その思いで、闘争中は授業計画をきちんと立て、最大限の配慮をしました」と言葉に力を込めた。事件当時、養護教諭の職務を専門でない教諭が代行し、ひとクラス八十人のすし詰め授業も行われていた。

その一年後、学級の児童・生徒数と学校の教職員数について「標準定数法」が定められた。「争議が教育環境改善の一つの契機になった」と指摘する組合関係者は多かった。

ニシキゴイの泳ぐ松原川沿いには、所々に河童の石像がある。子供の守り神になったという言い伝えがあるそうだ。ユニークな表情の石像は、いまにも動き出しそうだった。

二階建ての木造洋館だった教育会館は、一九七八年に取り壊された。あの時、教職員が自らに問いながら参加した争議の面影は、何も見つけられなかった。（吉田均 2004.4.23）

鳥栖市・鳥栖小学校

毛利恒之□月光の夏

戦争を語り継ぐピアノ

鳥栖市は、ＪＲ鹿児島本線と長崎本線が分岐する町。その中心部・元町にある鳥栖小学校を訪ねた。梅雨入りした後の暑い日、半袖の児童らが校庭を走り回っていた。

一九四五（昭和二十）年五月のある日、二人の若い兵隊がこの国民学校（当時）を訪ねてきて、ベートーヴェンのピアノソナタ「月光」を弾いた。

特攻隊員だった。終戦は三か月後に迫っていた。二人はその日を迎えることなく、鹿児島県の知覧基地から出撃した。毛利恒之はこの実話をもとに、「月光の夏」を書いた。

ピアノは、ドイツ・フッペル社製。鳥栖町婦人会が一九三〇年に「子供たちに美しい音楽を聴かせたい」と五千円で購入、学校に寄贈した。当時はここだけの高級品だった。

特攻隊員の作品中の名は海野光彦と風間森介。ともに音楽家を志し、道半ばで戦争に駆り出された。

フッペルのピアノがあることを知っていたのだろうか。二人は、陸軍航空隊目達原《めたばる》基地（いまの陸上自衛隊目達原駐屯地）から長崎本線の線路を一〇キロ余り歩き、走ってきた。

学校は轟木川沿いにある。校舎は木造だった。「学校の敷地を川が通っていたんですよ」。近くの河野タマエさん（八十三歳）が話してくれた。

末次晃《ひかる》さん（六十七歳）は当時、三年生。「周囲は田と畑が広がっていました」と言う。二人が通った線路は、一部が高架になっていて特急が走り抜けていった。

「校長室の隣に大切に置かれていて、みんな珍しがっていました」と末次さん。一九九〇年代、母校の校長として、自らの経験も交えてピアノの歴史を児童に語ることになる。

この貴重品を管理していたのが、当時十九歳、音楽教師の上野歌子さんだった。一九八九（平成元）年、古くなっ

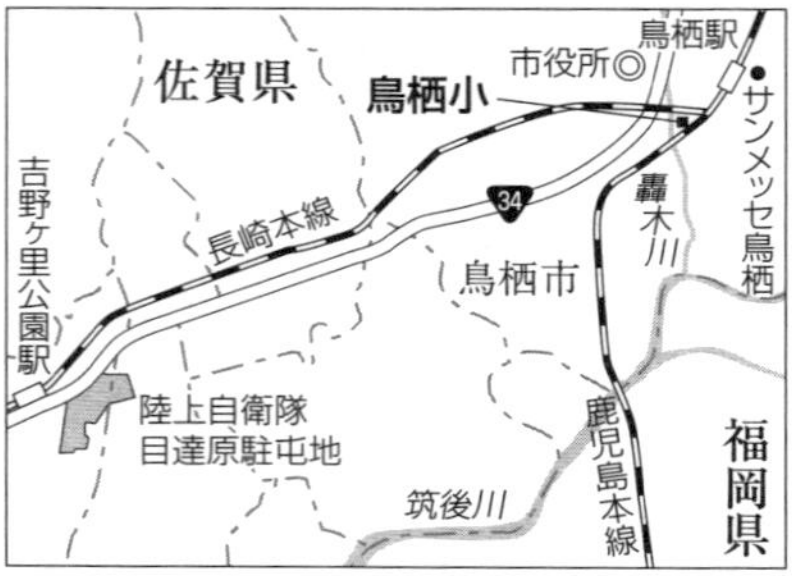

月光の夏

毛利恒之（1933年－）が1993年に発表した長編小説。終戦直前の鳥栖市で，出撃が迫り小学校のピアノで「月光」を弾いた２人の特攻隊員。生き残った１人の戦後も描いた。汐文社，講談社文庫など。

左：以前は木造だった鳥栖小学校の校舎。終戦の年も，こんなたたずまいだった（1958年撮影，鳥栖小学校提供）。右：あの日「月光」を奏でたピアノは，サンメッセ鳥栖に保存されている

て処分することが決まった。

〈廃棄されることになっていたこのピアノを、なんとかして残したい〉

作中で毛利は、教師・吉野公子の切望をこう書いた。そして公子は、特攻隊員の弾いた「月光」の思い出を子供たちに話して聞かせるのだ。

毛利は、あえて悲話を明らかにした上野さんの思いを、小説の中心に据えた。

鳥栖の町から全国へと、ピアノを未来に残す動きが広がっていった。

学校の近くで製本業を営む斉藤美代子さん（六十一歳）は、話を聞いて上野さんに会いに行き、保存活動の先頭に立った。

「戦争を語り継ぐ使命、それをもっていたのがこのピアノではないでしょうか」

〈おれは、死にたくない〉

出撃前夜、海野は風間にだけ生への執着を語る。海野は死に、風間は特攻機のエンジン不調で基地へ帰還した。四十五年の歳月を隔て、風間は公子と鳥栖小の体育館で再会する。生き残ったことを恥じる元航空兵に公子は言う。

〈よく、生きていてくださいました〉

毛利は二人の特攻兵について、実名や出身地を推測できないように書いた。上野さんもまた、話す中で、そうした。とりわけ「風間森介」への配慮であることは言うまでもない。

悲劇は突然に訪れた。上野さんは一九九二年二月、講演先の宮崎県日向市で病に倒れ亡くなった。六十六歳だった。

映画「月光の夏」は翌年、全国で公開され、二百万人を超える人々が命と平和の重さを考えた。

ピアノは同年、鍵盤や脚などが修復された。知覧町の特攻平和会館でも展示され、平和への願いを無言で語りかけた。いまは市の文化施設「サンメッセ鳥栖」で静かに時を過ごしている。

小説と映画の発表から十年以上を経たいまも、時折各地から人が訪れる。そしてそばに立ち、線路を走ってまで弾きに来たあの日の二人と、公子をしのぶという。

（西田忠裕 2004.6.11）

佐賀市・楠神社

井沢元彦□葉隠三百年の陰謀

勤王志士のよりどころ

真夏の太陽が照りつけていた。シャツの背中は、すぐに汗ばんだ。佐賀市中心商店街に近い楠《くすのき》神社を訪ねた。楠木正成、正行の父子像（楠公《なんこう》父子像）が安置されている。幕末の佐賀藩士らは、この像をよりどころに「楠公義祭同盟」を結成し、日本を議論し合った。同盟に名を連ねた大隈重信を探偵役にして鍋島藩初期（十七世紀）の謎を追う、井沢元彦の「葉隠三百年の陰謀」の舞台である。

楠神社宮司の江頭廣宣《えとうひろのぶ》さん（六十八歳）は快く取材に応じてくれた。義祭同盟の連名帳は、社務所に大切に保管されている。それは赤茶けていたが、江藤又蔵（新平）らの名が読んでとれた。

「枝吉神陽という国学者の思想にひかれた若い藩士たちが、ここに集った証しですよ」と江頭さん。

一八五〇（嘉永三）年五月二十五日（新暦の七月中旬）のこと。この日は楠木親子の命日である。枝吉らを中心に、本庄村（いまの佐賀市本庄町）の梅林庵（いまの梅林寺）に父子像を安置する祭典が開かれた。

葉隠三百年の陰謀

井沢元彦（1954年ー）が1991年に発表。大隈八太郎（のちの重信）が「龍造寺家から重臣・鍋島家への政権交代の経緯」，「葉隠成立の背景」という２つの謎を追う。徳間文庫。

これが義祭同盟結成のきっかけとされている。祭典とは表向き。「君は天皇一人だけで、藩主と臣下は主従でしかない」とする枝吉の「日本一君論」などが無礼講で論議された。尊皇である。像は一八五六（安政三）年、楠神社に移された。

連名帳は、維新後の一八八〇（明治十三）年まで、計十八回分。大隈の名を探すと、五五年に「大隈八太郎」とあった。当時十七歳で最年少。この時期、長崎遊学をしていたせいもあり、計三回しか記録はなかった。

禰宜《ねぎ》の江頭慶宣《よしのぶ》さん（三十七歳）は、「五八年には、大隈が藩士を招集した記録があります。若いながらも、人を集めたり、上に立つ器はあったのでしょう」と言う。

〈義祭同盟の思想は藩内に徐々に浸透しつつあった。そ

上：楠神社で開かれた祭り（昭和初期。楠神社提供）
左：楠神社境内にある義祭同盟之碑（左は江頭廣宣宮司）

の内容を一言で言えば勤王思想だ。（略）大隈は義祭同盟きっての雄弁家なのだ〉

井沢は作中で、同盟と大隈についてこう紹介している。

鍋島藩の武士の心得の根幹をなしてきた葉隠の思想を、大隈は「盲従を説いても、真の忠義は説いておらぬ」と酷評する。

大隈の葉隠批判は史実である。これが井沢の執筆意欲をかきたてた。「（大隈が）昔日談の中で、葉隠をののしっていたことにひかれたのです」

「葉隠三百年の陰謀」は、龍造寺から鍋島への政権交代の謎を大隈が解いていくというストーリー。約十五年前、佐賀を訪れた井沢は、鍋島家菩提寺の高伝寺でもヒントを得た。

「鍋島家の菩提寺なのに、龍造寺家の墓が鍋島家より大きかった」のだ。

高閑者《たかがわ》知憲住職（八十三歳）が、そのことを覚えていて、「井沢さんが来たのはずいぶん前でしょう。葉隠研究会の人が案内されたと思いますよ」と振り返ってくれた。井沢はその日、墓の大小を知って「政権簒奪《さんだつ》」に対する鍋島家の後ろめたさを感じたという。

葉隠研究会理事の栗原耕吾さん（七十二歳）は、この「後ろめたさ説」をやんわりと否定した。

「龍造寺家の墓は、明治時代に高伝寺に移されたもの。鍋島家の思惑が挟まる余地はないと考えます」と言う。だからといって、簒奪者として鍋島家を描いた作品への不快感はないという。

「龍造寺家の悲惨な最期に、同情の声は強いです。井沢さんの史観はユニークですね」

井沢はあえて冒頭に「葉隠を愛する人々に　そして葉隠を愛さない人々に」と記した。

葉隠と明治維新。対極の思想の、ともに中心にいたのが佐賀という街だった。

（吉田均 2004.8.6）

佐賀市水ヶ江

島田洋七□佐賀のがばいばあちゃん

祖母との胸弾む日々

佐賀市水ヶ江を、クリーク（用水路）沿いに歩いた。佐賀城の堀にも近く、水の豊かな住宅街である。キンモクセイがほのかに香っていた。

「がばい」——。佐賀の人たちは「すごい」のことをこんなふうに言う。この水ヶ江に住んでいた徳永サノさん（一九〇〇－九〇年）は、コメディアン島田洋七の祖母。島田は、サノさんと暮らした歳月を「佐賀のがばいばあちゃん」に記した。

島田は戦後のベビーブームの中で生まれた。幼年時代を広島市で暮らした。母親の仕事が忙しく「十分な世話ができないだろう」と、母の母が育てることになった。サノさんである。一九五七（昭和三十二）年、島田が小学校二年生の時。ここから、中学三年生までの八年間、水ヶ江で暮らした。

日本は、ようやく戦後の混乱を抜け、高度成長期に入ったころ。貧しかった。家はいまはないが、島田が初めて見て「この家だけは嫌や」と思った「ボロ家」だった。

佐賀のがばいばあちゃん

島田洋七（本名・徳永昭広，1950年－）が2001年に発表した自伝。少年が「明るい貧乏」をモットーとする佐賀市のばあちゃんと暮らす。友達や先生，近所の人々とのふれあいもつづった。徳間文庫。

それでもサノさんは、たくましかった。

クリークは生活していくうえで重要な場だった。洗濯はもちろん、ここの岸でした。なにより島田の心に残っているのは、上流から野菜が流れてくる日のあったことだ。大根や葉もの。市場に出せないもののようだった。サノさんはそれを見つけては拾った。

雪の日のそり遊び、駄菓子屋に並ぶアメやクジの数々。豊かではなくても、子供の胸を弾ませるものがあった。

サノさんは、太平洋戦争中の一九四二年に夫を亡くした。午前四時に起きる毎日。掃除の仕事をしながら、七人の子供を育てた。

二女の新居喜佐子さん（七十九歳）が佐賀市高木瀬西に住んでいる。

「子供には厳しかったです。尻が腫れるほどたたかれたこともあった。とにかく働き者でした」と振り返った。

しかし島田には優しかった。一度もしかられたことがない。母と離れて暮らす孫を不憫《ふびん》に思ったのだろうか。

島田は勉強が苦手だった。サノさんとのやりとりを「落ち」を織り交ぜながら「佐賀のがばいばあちゃん」の中で再現した。

〈「ばあちゃん、英語なんかさっぱり分からん」

「じゃあ答案用紙に、『私は日本人です』って書いとけ」

「漢字も苦手で……」

「『僕はひらがなとカタカナで生きています』って書いとけ」

「歴史も嫌いでなあ……」

「歴史もできんとか？　答案用紙に、『過去には、こだわりません』って書いとけ！」〉

演芸の道に入った島田。時は流れて八〇年代。洋八との漫才コンビ「Ｂ＆Ｂ」は、漫才ブームの中で超売れっ子となった。それから二十年が経とうとしている。

二〇〇二（平成十四）年、遊び盛りの日々を送った佐賀に戻ってきた。

佐賀市に隣接する東与賀町に、新築した家はある。あたりは一面の田んぼ。訪ねた日は、秋の実りが黄金色の輝きを見せていた。

平屋の家に入ると、島田は囲炉裏のある居間に案内してくれた。サノさんの思い出話。病床に見舞った時のことに移ると、ここでも落ちが炸裂した。

「『もう（あの世に）行かないといかん』と言う。病室を出て忘れ物を取りに戻ると、鉄アレイを両手に運動をしていた。『ばあちゃん、さっき言ってたことと全然違うやん』と言うと『アハハ』と笑ってましたね」

家には、いまの都会ではまず見られない土間があり、かまどが据えられていた。「ばあちゃんと暮らした時の家に、似せたんです」

少年時代をつつんだ祖母の優しさが見えたようだった。

（坂本宗之祐 2004.10.22）

上：雪の日，徳永サノさん宅の前でそりを引く島田洋七（1960年ごろ。新居紀一郎さん提供）

左：「ばあちゃんの家」のあったあたりには，新しい住宅が立ち並んでいた

多久市・多久聖廟

滝口康彦□主殿助騒動

主家への恭順の象徴

田園は田おこしまでの間、地力を蓄えるように休みについていた。平野の向こうには佐賀県北部の山々の稜線が連なっている。県の中部に位置する多久市。初冬のある日、市の中央公民館で滝口康彦の追悼集会が開かれた。正面に笑顔の遺影。二〇〇四（平成十六）年六月に八十歳で死去した時代小説家は、生涯、多久を離れることはなかった。

滝口の原作による映画は、海外で高い評価を得た。仲代達矢さん主演の「切腹」（一九六二年、松竹）はカンヌ国際映画祭審査員特別賞を、三船敏郎さんの「上意討ち　拝領妻始末」（一九六七年、東宝）はベネチア国際映画祭評論家連盟賞を、それぞれ獲得した。

当日はこの二本が上映され、封建制度の権力に抗《あらが》う武士の姿と末路に、訪れた六百人の人々が見入った。滝口が多久を舞台に描いた「主殿助《とのものすけ》騒動」も、そんな武士道の矛盾を問う作品だった。

細川章さん（八十歳）は多久市内に住んでいる。市立図書館の司書を一九五五（昭和三十）年から八二年まで務め、滝口の無名時代を知る数少ない人だ。

作家の道を目指す滝口は、調べたいことがあると決まって図書館を訪れた。

一九五〇年代後半、下積みの苦しさがあるように見えたという。ほおはこけ、目つきは鋭く、閲覧簿に名前を書く手は震えていた。

「飢えたオオカミのようでした」

感情をストレートに顔に出す人間だったのだろう。一九五七年のある日、表情がいつもと違うのに細川さんは驚いた。うれしそうにカウンターへ一冊の雑誌を置いた。

「読んで」と一言。

主殿助騒動

滝口康彦（本名・原口康彦，1924－2004年）が1972年に発表した作品。多久家に仕える松枝主殿助の舌禍を題材に，武家の不条理を描いた。『遺恨の譜』（おりじん書房，1975年）に収録。

「高柳父子」が掲載された「オール讀物」の八月号だった。

いつもは無口な滝口が、この日は多弁だった。やはり武士道の悲劇を描いたこの作品の評判は、掲載当初から高かった。会心の出来、期待した通りの評価だったのだろう。「高柳父子」はその期の直木賞候補となった。以後、直木賞候補五回。全盛期の日本映画を、原作者として支える一人になっていく。

こんな滝口は、多久を深く愛した。

小学生の時に長崎県から転居。苦しい暮らしだったが、大自然の眺めは滝口の情緒を豊かに育てた。

流行作家になってからも「書斎から見える田園風景が大好きなんです」と、あえて地方での執筆の道を選んだ。

20世紀初頭の多久聖廟（多久市提供）

「主殿助騒動」は、ふるさとを広く知らせるために書かれた作品かもしれない。多久を次のように紹介した。

〈佐賀三十五万七千石の鍋島家の御親類同格、多久家の知行地で、古くから文教の地と呼ばれてきた（略）が、これには裏があった。多久は文教の地としてよりほかに、進むべき道を持たなかったのである。「多久はいつも本藩からにらまれとった――」〉

藩主の鍋島家に対して二心《ふたごころ》のないことを具体的に示す必要があったと、滝口は書き進めていく。

孔子をまつった多久聖廟でさえも、文教に専念する多久家の恭順の象徴だったというのだ。

市内の一角、一七〇二（元禄十五）年製地図を複製した陶板が、地面に埋め込まれている。多久聖廟が建ったのは、元禄のすぐ後。滝口は廟の位置と地図の中の武家屋敷の位置を比べながら構想を練った。

細川さんはその時の様子を、「『この距離はこれぐらいかかる』、『この間に、これだけのせりふを話せる』と確認していたものです。徹底した実証主義者でした」と振り返ってくれた。

追悼集会には直木賞作家の古川薫さん（七十九歳、下関市）の姿もあった。やはり直木賞作家で九月に亡くなった白石一郎さん（福岡市）と滝口の三人で「西国三人衆」と呼ばれた。多久を愛し、多久で逝った作家を悼む人の多さを見て、古川さんは「愛されているな、幸せな人だな」とつぶやいた。

（坂本宗之祐 2004.12.17）

長崎県

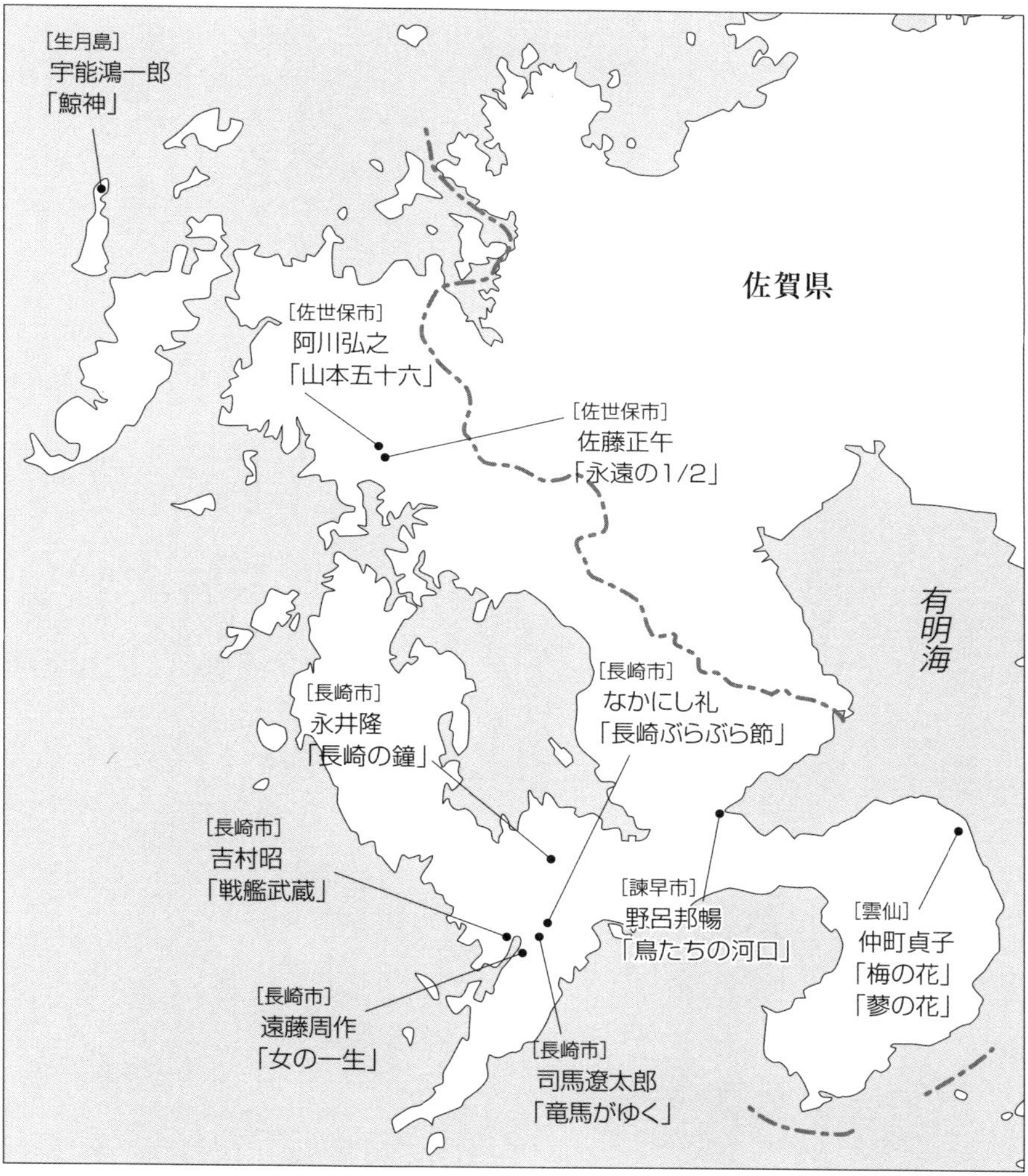

［生月島］
宇能鴻一郎
「鯨神」
佐賀県
［佐世保市］
阿川弘之
「山本五十六」
［佐世保市］
佐藤正午
「永遠の1/2」
有明海
［長崎市］
なかにし礼
「長崎ぶらぶら節」
［長崎市］
永井隆
「長崎の鐘」
［長崎市］
吉村昭
「戦艦武蔵」
［諫早市］
野呂邦暢
「鳥たちの河口」
［雲仙］
仲町貞子
「梅の花」
「蓼の花」
［長崎市］
遠藤周作
「女の一生」
［長崎市］
司馬遼太郎
「竜馬がゆく」

佐世保市浜田町

阿川弘之□山本五十六

山本五十六、逢瀬の街

山本五十六がデートした店は、いまもある。「うなぎ割烹 三吉屋《みよしや》」（佐世保市浜田町）。「小説なので、（店名の）漢字をわざと変えたんでしょう。読んだという人がよく来ます」と、店主の津上邦洋さん（六十歳）がうなぎを焼く手を休めた。

物語では「三好屋」。一九四一（昭和十六）年二月、海軍連合艦隊司令長官の五十六は、女性と姿を見せた。ハワイ真珠湾攻撃の十か月前だった。

一九〇五（明治三十八）年の創業。津上さんは三代目で、五十六が戦死した年に生まれた。当時、うなぎを焼いていたのは父の久五郎さん（故人）。生前、「二人はうなぎを食べた後、女性の営む待合『東郷』に向かった」と話していた。津上さんの妻マサ子さん（五十一歳）は、「小説に書いてある通りに聞きました」と言う。

待合!? 店の客で福岡県春日市議の佐藤克司さん（七十二歳）が、「座敷を貸す店のこと。高砂町の細い路地を抜けた奥まった所にあったはず」と教えてくれた。

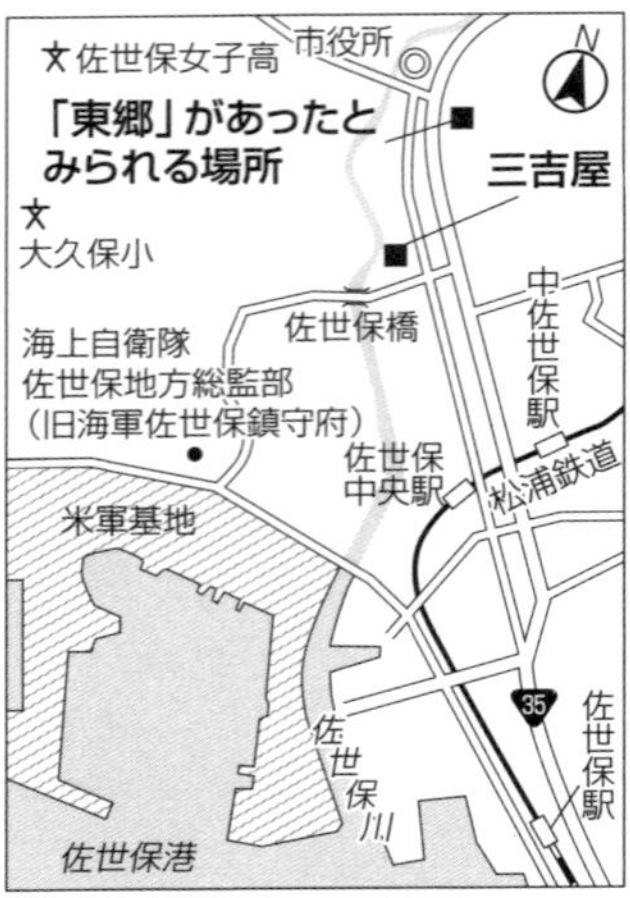

山本五十六

阿川弘之（1920年—）が1964年から65年にかけ雑誌に連載した伝記小説。山本五十六（1884—1943年）の生涯を膨大な資料や取材をもとに描いた。新潮文庫。

佐藤さんは子供のころ、軍人の叔父に「東郷」に連れられて行ったことがあるそうだ。「女性は小柄で、とてもきれいな人。五十六は気取らない田舎のおじさんみたいだった」。二人の姿を鮮明に覚えている。

三吉屋のある浜田町は、松浦鉄道佐世保中央駅と市役所のほぼ中間。銀行支店、病院、飲食店の入ったビルが並ぶ。太平洋戦争中までは市内一の繁華街。店近くの市道は「本通り」と呼ばれ、旅館や書店、楽器店、写真店などが軒を連ねていた。女性と歩く五十六は、さぞ目立っただろう。

海上自衛隊佐世保地方総監部の一尉（五十歳）は、「堂々としているなあ。いまなら問題になるけど」と言う。

「東郷」を探してみた。三吉屋から北へ三〇〇メートルほど歩くと高砂町に入る。「東郷」があった場所は国道35号線の東側と聞いていたので、市役所手前で東に曲がり、国道を渡った。マンション、保険会社のビル、ビジネスホテル……。住宅はほとんどなく、路地も見あたらない。

「東郷ですか」、「聞いたことありません」。一九六五年ごろ、高砂町に引っ越してきたという主婦は首をひねった。

海軍の町・佐世保は一九四五年六月、米軍機の空襲を受け、旧市街地の約七割が焼失。三吉屋も炎に包まれた。いまの店は六七年に再建された。にぎわいは佐世保中央駅周辺に移り、「本通り」の名前は消えた。「東郷」も戦災に遭ったのかもしれない。

最近、五十六のことを知りたいと店を訪れる人が増えているという。

津上さんの言葉を思い出した。

先行き不透明な時代だから、強いリーダーが求められているのでは——。

（大石健一 2003.2.19）

上：昭和初期の佐世保市中心部（本田三郎編『ふるさとの想い出写真集 明治大正昭和 佐世保』国書刊行会より）
下：ビルが立ち並ぶ三吉屋（中央）周辺

司馬遼太郎□竜馬がゆく

日本回天の足場

稲妻のような刀傷が柱に刻まれている――。長崎市丸山町の料亭「花月」。幕末の風雲児・坂本竜馬が酔って斬りつけたとされる。江戸時代初期（一六四二年）の創業で、幕末には、竜馬や高杉晋作ら志士が出入りした。

薄くこけむした石畳を踏み、門をくぐると、重厚な三階建ての屋敷。裏に庭園が広がる。女将《おかみ》の加藤公子さん（五十五歳）が、二階の大広間「竜の間」に案内してくれた。床の間の柱にその傷はあった。

「松本順さん（医師で後に明治政府の軍医総監）と訪れた際に残したと言われます。詳しい言い伝えはなく、どちらがつけたか、はっきりとはわからないそうです」

加藤さんはこう話すが、国の将来を憂い、奔走した竜馬ら志士たちの思いが伝わってくる。この部屋はいまも宴席に使われている。

細く暗い階段を上がり、三階の「竜馬の隠れ部屋」へ。等身大の竜馬の写真が飾られた部屋からは、屋根伝いに逃げることができ、庭には地下道まであったという。

物語で、「花月」は重要な場所。竜馬は幕府との決戦を覚悟して亀山社中の仲間と飲み明かし、長州藩の木戸孝允と密談。芸妓《げいぎ》・お元との恋も描かれている。

「あのあたりがロマンスの場所です」と、加藤さんが庭の松を指さした。当時、敷地、屋敷ともいまの四倍の広さで、お元が竜馬に言い寄った部屋があったそうだ。

「竜馬さんは、亀山社中より丸山にいる時間の方が長かったと言われています。丸山は志士や外国人の交流の場で、安全だったのでしょう」。加藤さんの「竜馬さん」と呼ぶ声に親しみが込もる。

亀山社中は竜馬が興した「商社」。貿易や海運業を行い、海援隊に発展した。社中跡とされる建物は、風頭《かざがしら》山の中

竜馬がゆく

司馬遼太郎（本名・福田定一，1923―96年）の代表作の1つ。1962年から5年間，新聞に連載された。坂本竜馬（1835―67年）の生涯を独自の視点でみずみずしく描いた。姉の乙女や妻・おりょうら女性も生き生きと描かれ，飽きさせない。文春文庫。

1872年ごろの長崎。出島には洋館が並び，長崎港には帆船が浮かぶ（長崎県立長崎図書館提供）

腹（長崎市伊良林）にある古い住宅。観光客が息をきらせ、急な坂を次々と上ってきた。土、日曜日は開放され、「亀山社中ば活かす会」の会員がボランティアでガイドをしている。

「当時は港や街道、奉行所が一望できました。人や船の出入りを把握するため、竜馬はこの高台に社中を置いたのです」。一九八九（平成元）年の会発足以来の会員・竹内忠さん（七十一歳）が説明を始めた。

北海道の団体客、大阪の家族連れ、東京の大学生……。一心に耳を傾け、志士たちの写真に見入っている。「海援隊の正装は白ばかまにブーツ。竜馬は新しいもの好きで、香水も使っていました」。竹内さんの言葉に熱が入る。

二回目という石川県根上町の薬剤師・豊川紀美子さん（三十歳）は、「ここは時間が止まっているようで落ち着きます。『竜馬がゆく』を読んで幕末の志士にあこがれ、多くの小説を読みあさりました」と話す。

竜馬がいつも背をもたれていたという八畳間の柱は、黒光りしていた。ファンが触れ続けたためだ。

司馬遼太郎は花月を三、四回、社中跡を一回、訪れた。社中跡は取り壊される予定だったが、司馬が一九六五（昭和四十）年、著書でそのことに触れ、全国から「壊さないで」との声が相次いで寄せられ、一部が保存された。花月には、「長崎の　夢の見ゆれば　阿蘭陀《おらんだ》眼鏡　買ひたしや」と書いた色紙を残した。

〈長崎はわしの希望じゃ。やがては日本回天の足場になる〉

こう語る竜馬。ゆかりの場所を訪ね、新しい時代を切り開こうという気概をもらった気になった。（木戸隆司 2003.4.9）

竜馬がつけたとされる刀傷（料亭「花月」で）

諫早市・本明川河口

野呂邦暢□鳥たちの河口

精霊を宿す干潟

本明川の河口の岸を海に向かって歩いた。最下流部にある不知火橋は、諫早市の長田町と川内町に架かっている。そのたもとで、若者たちがボート遊びに興じていた。川岸には腰ほどの高さの雑草が生え、小鳥がすばやい動きで飛んでいった。旧堤防から諫早湾を望む。芥川賞作家の野呂邦暢は、この本明川と、かつてその河口に広がっていた諫早干潟を舞台に「鳥たちの河口」を書いた。

物語が書かれた一九七〇年代。諫早干潟は日本最大の渡り鳥の越冬地だった。潮が引くとムツゴロウが跳ね、ハマシギが群れ飛ぶ光景が見られた。

国際的な絶滅危惧種のズグロカモメをはじめ二百種を超える鳥類と、三百種以上の底生生物（貝類、甲殻類など）が確認されていた。日本最大のシチメンソウ群生地でもあり、秋には干潟を赤く染めた。

河口でノートを片手に鳥を観察している野呂に度々出会った人がいる。日本野鳥の会県支部長の鴨川誠さん（六十八歳）だ。

「芥川賞受賞前だったので作家とは知らず、鳥好きな人と思っていた。『珍しい鳥はいますか』と聞かれたので教えると、熱心にメモを取っていた」

「あれほど豊かな生物相をもった干潟は、国内にはほかになかった」と、鴨川さんは過去形で言う。

諫早干潟は戦後、半世紀にわたり、干拓をめぐって揺れ続けた。長崎大干拓構想や長崎南部地域総合開発計画。そして諫早湾干拓事業。

〈きのう、組合の総会があってな、渡り鳥ももうおしまいばい〉

野呂は、「鳥たちの河口」で予言した。

〈オランダから技師ば呼んで干潟をぶっつぶしてしもた

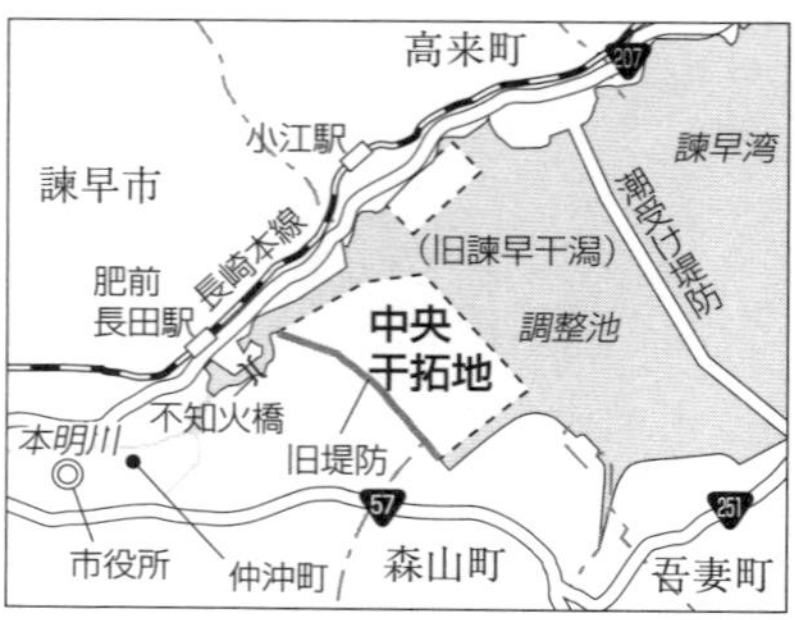

鳥たちの河口

野呂邦暢（本名・納所邦暢，1937－80年）が1973年に発表した短編。放送局のカメラマンだった男が，組合活動をめぐって会社を追われる。失意の男は，懐かしい河口の風景にひかれ，渡り鳥の観察を始める。やがてある時，傷ついた珍鳥のオニアジサシを見つけて介抱する。『野呂邦暢作品集』（文藝春秋）に収録。1973年，「草のつるぎ」で第70回芥川賞を受賞した。

らガンも行き場のなかごつなるたい〉

〈百万年かかって出来た干潟を三年でつぶしてしまうわけだ〉

広大な干潟だった場所では、諫早湾干拓事業による新しい堤防建設工事が進み、土砂を積んだ大型トラックが行き交っていた。

ノリ不作、二枚貝の激減、大赤潮の発生。潮受け堤防による一九九七（平成九）年の諫早湾閉め切りに前後して、有明海では異変が続く。もちろん、因果関係は解明されていない。防災面で一定の効果を認める声が地元に根強いのも事実だ。

だが、干潟とそこに棲む生き物に関する限り、野呂は三十年後の姿をかなりの正確さで言い当てた。

野呂は本明川沿いの諫早市仲沖町に住んだ。野呂と親交が深かった「山下画廊」美術部長の山下秀人さん（五十一歳）は、約三十年前、大学生だったころに野呂と出会った。

「先生」と呼んだ。

「先生はやめてくれ」

「先生がだめなら大先生と言いましょうか」

苦笑するばかりの野呂。謙虚さと気さくさと。そんな野呂が愛した諫早だった。

「小説は土地の精霊のごときものと合体し、その加護によって生み出される」（随筆「鳥・干潟・河口」）と書いた。

「なぜ東京で仕事をしないのですか」

「ここの木を東京に移したら枯れてしまうでしょう」

山下さんの問いに対する答えは明快だった。

山下さんと不知火橋に戻った。「干潟だった」あたりを見る。当時、野呂の心にはきっと精霊が映っていたのだろう。干拓推進論を承知のうえで書こうとしたものが、重なって見えたようだった。

（川浪康裕 2003.6.25）

上：諫早干潟で翼を休めるアオサギ（1982年10月。日本野鳥の会長崎県支部提供）
下：いまの不知火橋で。山下秀人さんは「あのころ，潮が引くと潟土が現れ，夕日を浴びて黄金色に輝いていた」と言う

長崎市・三ツ山救護所跡

永井隆□長崎の鐘

祈りの原点

長崎市三ツ山町は市の中心部から北へ約七・五キロ。田園は色づき、稲刈りの近いことを告げていた。カトリック教徒の医師・永井隆は、原子爆弾投下の三日後、ここに開設された三ツ山救護所を拠点として惨禍に遭った人たちの診療に当たった。そして「長崎の鐘」を書いた。

永井は一九〇八（明治四十一）年、島根県松江市に生まれた。長崎医科大学を首席で卒業後、長崎医大病院（いまの長崎大学医学部付属病院）物理的療法科の医師になった。

結核患者の多かった時代。フィルムも不足しており、直接透視で検査をすることが多かった。このため放射線を大量に浴びた。現代では信じ難い悲劇である。

一九四五（昭和二十）年六月、慢性骨髄性白血病の診断を受け「余命三年」を宣告された。

八月九日、原爆投下。妻の緑を失い、自らも右側頭動脈を切断する重傷を負った。それでも、永井らは救護に立ち上がった。八月十二日、救護所が設置された。正式には「長崎医科大学第十一医療隊三ツ山救護班」。

長崎の鐘

永井隆（1908―51年）が1946年８月に書き上げた。救護活動を通じて得た原爆症の症状や治療法のデータ，さらに痛手から立ち直ろうとする市民の声がつづられている。連合国軍総司令部（ＧＨＱ）は，日本軍の残虐行為の記録を付録にすることを条件に出版を許可した。アルバ文庫など。

何もかもが焼けた市街地と違い、ここでは木々の緑が夏の太陽を受けて輝き、生気にあふれていた。「やけどに効く」という鉱泉も、近くにあった。

いまは石の碑だけが救護所のあったことを知らせている。

「自然の中で、生き返った気持ちになりました」

碑のそばに立ちながら、看護婦だった久松シソノさん（七十九歳）は振り返った。希望がわいてきたという。

永井は、残った体力を振り絞って職責を果たした。市街地から避難してきた大勢が、助けを待っていた。

連日、山道を八、九キロ歩いた。

「互いに背中を押したり、手を引っ張ったり。日の出と

左：救護班員らと写った永井隆（左端。1945年10月。長崎市・永井隆記念館提供）
右：いまの三ツ山町。変わらぬ自然があった

ともに救護所を出発し、月明かりを頼りに帰る毎日でした」と、看護婦として班に加わった椿山政子さん（七十三歳）は、電話の向こうで話してくれた。

白血病は悪化していった。九月、危篤に。一週間後に回復したものの、救護班はその活動を終えた。

この十一年前。

下宿先の一人娘が、同じ年の森山緑だった。森山家は江戸時代、キリシタンの信徒頭「帳方《ちょうかた》」を務めた家系で、永井は緑の影響でキリスト教に関する書物を読んだ。カトリックに改宗した後、結婚した。

病院では厳しかった。看護婦が小火《ぼや》を起こしたことがあった。永井は棒の先に巻き付けたフィルムに火をつけ、一列に立たせた看護婦の足元に近づけた。「患者がどんな思いをするかわかったか」と言った。これもいまでは考えられない体罰である。

「この戦争は勝たねばならない」が口癖だった。戦後の永井とは、相いれない一面だろう。

放射線技師見習だった友清史郎さん（七十七歳）の目には、戦後の永井が「鬼軍曹が、すっかりおとなしくなった」と映った。

久松さんと椿山さんは「いまを大切に、懸命に生きる人だった」と言う。

一九四六年、ついに寝たきりになった。四八年、信者らが建てた小さな家（後に「如己堂《にょこどう》」と命名）に、緑の遺した二人の愛し児とともに入居。著作を通じて恒久平和と人類愛を訴え続けた。

碑へ通じる山道沿いには六十年前と変わらず、ビワやクリ、カキの木が茂っていた。ふもとには浦上川。永井は全身を浸しながら、命あることの喜びを歌に詠んだ。

〈今日もまた生き残りたる玉の緒の生命尊く思ほゆるかも〉

「長崎の鐘」に収められた。

緑のもとに旅だったのは、如己堂に移ってから三年後だった。

（興膳邦央 2003.10.8）

仲町貞子□梅の花、蓼の花

いつも心にあった故郷

普賢岳ふもとの肥沃な大地は、有明海近くまで広がっている。吹き下ろしの風はまだ冷たかった。島原半島東岸の有明町。小説集「梅の花」と随筆集「蓼《たで》の花」を書いた仲町貞子のふるさとである。

貞子は、大三東《おおみさき》村（いまの有明町大三東）の医師・柴田薫の娘として生まれた。長崎高等女学校時代から短歌をつくり、文才を伸ばしていった。医師と結婚。開業地の大分県別府市で詩人の北川冬彦と恋に落ち、家庭を捨てて上京した。一九二五（大正十四）年のことだった。同人誌に詩を出し、小説や随筆も発表した。井伏鱒二らに注目されるようになった。

貞子が学んだ大三東小学校を訪ねた。校長の尾崎征洋さん（六十歳）が案内してくれた。木造の校舎はとうに建て替えられていたものの、校庭にクスの大木があった。樹齢約百三十年という。この太い幹と古い石垣が、貞子の通った時代をしのばせていた。

学校からほど近い場所に生家はあった。ここにも新しい家が建てられ、遠縁の人が住んでいる。小さな立て札が、作家・仲町貞子の育った所であることを告げていた。

近くに住む柏野ハツノさん（七十三歳）は、貞子の上京後に「お手伝いさん」として働いていた。柴田薫の人柄について「気さくで、おおらかな人でした。威張ったところがなかった」と懐かしんだ。

こんな優しい薫も、貞子が北川と東京に旅だった時は激怒し、絶縁を宣言した。

「その後、送られてくる作品の数々を読んで、次第に許す気持ちを大きくしていったようです」

長崎市に住む遠縁の陶山和子さん（七十三歳）は、こう話してくれた。

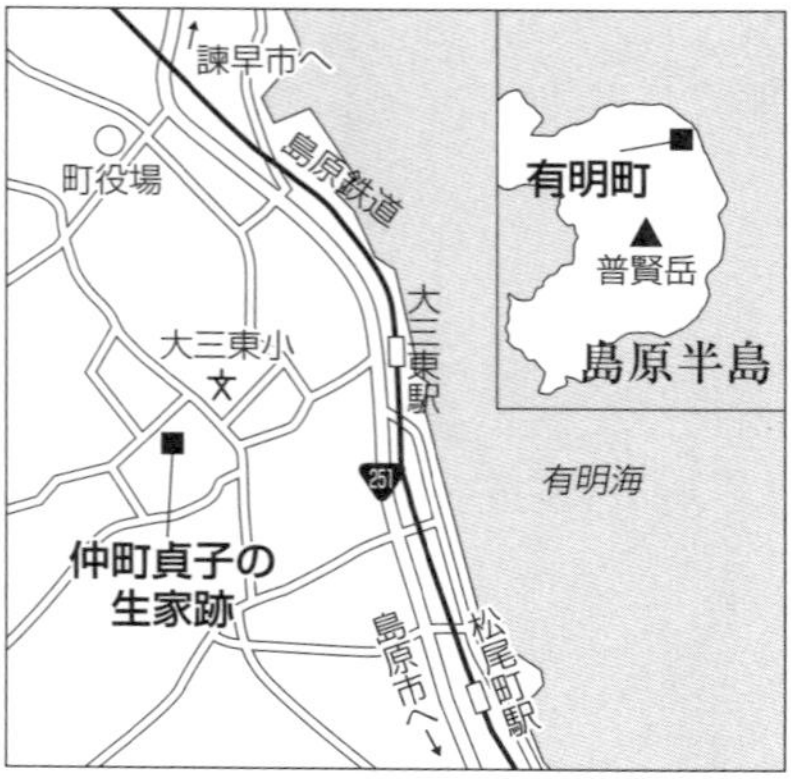

梅の花，蓼の花

仲町貞子（本名・柴田オキツ，1894－1966年）の小説集（「梅の花」）と随筆集（「蓼の花」）。「蓼の花」には，ふるさとでの記憶や郷愁，恵まれない境遇の人々への深い愛情がつづられている。『仲町貞子全集』（砂子屋書房）に収録。

東京での北川との生活は破局を迎え、井上良雄と再婚した。日中戦争からやがて太平洋戦争へと進んでいく時代。戦雲の下で、自分の作風や文学観が世情と離れていく現実が、貞子を悩ませた。

一九四〇（昭和十五）年、貞子は作家としての活動をやめた。母親から受け継いだキリスト教信仰に基づく子供らへの慈善活動に力を入れた。託児所を作り、恵まれない家庭の子たちを預かった。

上：大三東小学校から眺める普賢岳
下：貞子が通っていた明治時代の大三東尋常小学校（大三東小学校提供）

陶山さんは、「分け隔てなく人と接し、世話好きでした。いつも笑顔の人でした」と言う。

日米開戦。薫に許されて夫と故郷に疎開した貞子は、島原市の日本キリスト教会島原教会に通った。よく一緒になった堤内信子さん（七十三歳）は、「いつも一番前に座っていました」と言う。

〈私は雲仙岳の麓の小学校で学びました、校舎は村の中央の高台にあつて校庭に出ると雲仙岳の巨大な姿が眼の前にありました〉

（五月の思ひ出）

〈雲仙岳をこよなう愛してゐる。（略）まことに、東洋一のゴルフリングも出来ました。（略）でもそのために（略）折角の農閑期を一年一度の、一晩とまりのたのしみの湯治も出来なくなつてしまつた〉

（国立公園）

戦前「蓼の花」でこう書き、雲仙周辺の観光開発が急速に進むことに疑問を投げかけた。心の中には、いつも故郷を抱いていたのだ。

疎開を終えて東京に戻った後、白血病で生涯を閉じるまで、大三東の言葉を使い続けたという。大三東小の校庭から見る雲仙の山々が、いっそう雄大に見えた。

（古田智夫 2004.2.25）

長崎市

なかにし礼□長崎ぶらぶら節

あの世との掛け橋

車がひしめく狭い車道の中央を、遠慮がちに走る路面電車。長崎では市民の足である。春の異国情緒を楽しむ県外の観光客の姿も多い。その路線の東端に「蛍茶屋」の電停がある。

なかにし礼の直木賞作品「長崎ぶらぶら節」の主人公・愛八は、十歳の夏の一八八三（明治十六）年、生まれ育った長崎近郊の貧しい漁村から、芸者として長崎の花街・丸山の置屋に引き渡される際、ここを通る。

蛍茶屋は、かつて蛍が飛び交う閑静な場所だった。愛八は、ここでホタルの群舞に目を奪われる。

〈光の波となって打ち寄せてきた〉

小説では幻想的に描かれているが、いまはその光景に触れることは難しい。

蛍茶屋から思案橋、そして丸山までは、歩いて数十分。昼夜を問わず多くの人々が往来し、飲食店のネオンがきらびやかに輝く丸山で、愛八は生涯を過ごす。

歌と三味線がうまく人情に厚い。そんな名妓として活躍。やがて、郷土史家の古賀十二郎と運命的な出会いをする。

「ことの起こりは、たった一曲の歌である」

なかにしは執筆のきっかけについて、愛八の吹き込んだ「長崎ぶらぶら節」にあると、かつて明らかにした。

飾り気のない歌い方にひかれ、好奇心を募らせたなかにしは、一九九七（平成九）年十一月、誰の紹介も受けずに長崎歴史文化協会に飛び込んだ。応対したのは同協会理事長の越中哲也さん（八十二歳）。

越中さんは、古賀や愛八、長崎の歴史を丹念に教えた。長崎学を志す人にとって古賀は神のような存在。若いころ、その古賀から「しっかり勉強するんだよ」と声をかけられたことがある。そんな思い出も披露した。

なかにしは、その後も何度か長崎を訪れた。越中さんは、

長崎ぶらぶら節

なかにし礼（本名・中西禮三，1938年—）著。長崎に埋もれた歌を探し歩く郷土史家と，彼をひそかに慕う芸者の物語。長崎学創始者・古賀十二郎（1879—1954年）と，芸者から民謡歌手となった愛八（本名・松尾サダ，1874—1933年）がモデル。第122回直木賞受賞作（1999年）。文春文庫，新潮文庫など。

上：愛八が生きた明治後半の丸山（長崎大学付属図書館提供）
下：丸山にはいまも長崎検番（右）がある

愛八の故郷である網場や、丸山、蛍茶屋など、後に小説の舞台となるゆかりの場所を紹介。

「じっと話を聞いたあと、隠れるようにして、さっとメモに取っていました」

そんななかにしから、原稿が郵送され、方言のせりふの手ほどきもした。

小説では、「長崎ぶらぶら節」はすっかり廃れ、古賀と愛八が小浜温泉で老芸者から教わり、愛八が歌い広めたという設定だ。

だが、実際は、地元の花柳界で歌い継がれていたようだ。愛八のレコードが一九三一（昭和六）年に発売されたのは史実。けれど、その三年前には長崎の芸者・凸助《でこすけ》が初めてレコードに吹き込んでいる。

古賀と愛八が行った民謡探しはどうだろう。

県立長崎図書館副館長の本馬貞夫さんは、一九三〇年十二月の古賀のノートに「老妓愛八持参、長崎俗謡写を、またうつしておく」、「老妓愛八来訪、歌を控え置く」があることから、「歌探しは事実でしょう」と言う。

作詞家でもあるなかにしは、古賀にこんなせりふを語らせている。

〈歌はこの世とあの世ばつなぐ掛け橋たい〉

古賀と愛八は、隠れキリシタンの村でオラショを聞き、「掛け橋」を目の当たりにする。

〈これは人間の歌う声だろうか。すすり泣いているのか、あえいでいるのか、祈っているのか〉

二人が受けた衝撃を、なかにしはこう書いた。

愛八は一九三三年、丸山の長崎検番裏にある薄暗い借家でひっそりと息を引き取った。墓のある高台から長崎の夜景を見渡すうちに、「ぶらぶら節」が思い出された。この歌も天と地をつなぐ掛け橋なのだろう。

（小松一郎 2004.4.30）

佐世保市

佐藤正午□永遠の1／2

映画とともに残る記憶

JR佐世保駅に降り立ち、みなと口から外へ出た。道路の先に、濃いマリンブルーをたたえた海があった。

「今年は暑かなあ」

港を見つめながら汗をぬぐっていると、おじいさんに声をかけられた。以前は海岸に魚市場があり、市場を通り抜けた涼風が、時折、流れてきたのだという。

佐世保競輪場はここから南。そう離れていないはずだ。しかし、夏の日差しにさらされて歩いていると、遠い道のりに思えた。

〈失業したとたんにツキがまわってきた〉

「永遠の1／2」は、こう書き出す。競輪場が重要な舞台になっている。田村宏が失業の身のまま過ごす一年間は、その競輪のツキで始まるが、それは新たな青春の彷徨の出発にすぎなかった。

舞台は「西海市」。架空の街だ。が、小説のことを競輪場の職員に尋ねると、「映画になったあれ？」との返事。

一九八七（昭和六十二）年に公開された同名映画のロケが、ここでも行われたことを知っていた。ただ、さすがにロケにかかわった職員はいなかった。

佐世保市役所に向かった。ここも映画の冒頭に登場する。そこで深堀寛治さん（六十歳）に会えた。市民生活部長の深堀さんは、当時は観光課の係長で、映画の企画段階から相談を受け、クランクアップまで世話をしたのだという。

「いまも残像はくっきりと頭の中にあります」

それを一つひとつたどるように話し始めると、次第に熱を帯びていくのがわかった。

「競輪場では私もエキストラで出演しました。田村が殴られる場面で、本当のけんかと勘違いした観客がいて、映画の撮影とわかると罵声を浴びせられて。その騒ぎの時は緊張しましたね」

主人公が自分にそっくりな野口という男の存在によって

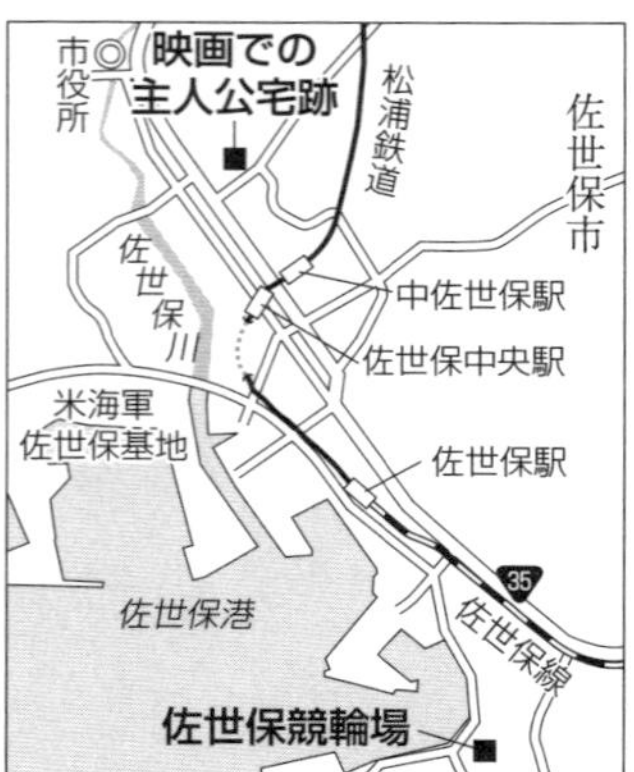

永遠の１／２

佐藤正午（本名・謙隆，1955年—）のデビュー作品。1983年，第7回すばる文学賞受賞。失業し，競輪のもうけで暮らすようになった若者が，自分とそっくりな謎の男の正体を追う。集英社文庫。

上：スタッフがひしめくロケ現場。大竹しのぶさん（左端），時任三郎さん（その右）が熱演した（1987年，佐世保市内で）

左：主人公宅の跡地を，深堀寛治さんは感慨深げに見つめた（佐世保市宮地町で）

様々な事件に巻き込まれながら進むサスペンス仕立ての面白みに、ついつい引き込まれる。そんな小説を、根岸吉太郎監督が映画化した。気鋭の監督がメガホンを握り、時任三郎さん、大竹しのぶさんらのいる現場は、心地よい緊張感に満ちていたという。

「時任さんが演じた田村の住まいはここだったんですが」

深堀さんに案内されたのは緑豊かな公園に近い住宅地。鋭角に突き出た壁も傍らの石段も映像のまままそこにあるのに、この上にあった家は跡形もなかった。

「あのころは海上自衛官の住まいで、お願いしてお借りしました」

ほほえましいエピソードもあった。

「紙飛行機が野口の足元に落ちてくるという撮影で、スタッフが何十回やってもうまくいかず、寒い季節で、みんなへとへとになったころ、大竹さんが『うまくいったら賞金出すわ』とおっしゃって。絶妙のタイミングで。また元気を出してうまくいったんですよ」

アーケード街からわずかに入った路地で焼き鳥店を開く石井義矩《よしのり》さん（五十六歳）は、エキストラ探しに奔走した。

「お客さんが快くやってくれました。私も結婚式の場面で列席者の一人で行ったんですよ。ふだんは着ることのない背広姿で。映画が封切りされて見たら、その場面はカット。でも、本当に楽しかったですよ」

市内に住む作家の佐藤正午と会ったのは、同じ路地にある老舗の喫茶店だった。

「小説には佐世保の色は出ていないと思う」と語ったが、市民には映画とともに佐世保が強く印象づけられている。

「競輪は」と尋ねた。

「最近は、やってない」

変な問答になったのは、佐藤が若いころから息抜きに競輪場によく出かけていたという話が有名だからだ。このところ、名作を語る連載を雑誌に執筆しているため、「本を読むのに忙しくて」。佐藤とは、アーケード街で別れた。田村が野口を捜し回る場面は、たしかこのあたりだった。

（田口淳一 2004.8.13）

長崎市・三菱重工業長崎造船所

吉村昭□戦艦武蔵

巨艦の生まれる地

三菱重工業長崎造船所。「造船長崎」の経済を支える屋台骨だ。長崎市内の高台から一望すると、本工場だけで約六〇万平方メートルという敷地の広大さがわかる。立秋はとうに過ぎたのに、日差しが長崎港の海面に反射し、かげろうの向こうで岸壁の大型船が揺れていた。

満載排水量七万一一〇〇トン、全長二六三メートル。世界最大と言われた戦艦「武蔵」は、一九三八（昭和十三）年三月から四年余りの歳月をかけ、ここで建造され、四四年十月、フィリピン沖で撃沈された。吉村昭の「戦艦武蔵」が詳しい。

「鋼材をつなぐ鋲《びょう》打ちの作業は、六人一組で行われたそうです。そうやって艦全体で六百四十九万本ですから」

造船所の業績を伝える史料館は、本工場の一角にある。責任者の田中規隆さん（五十九歳）は、武蔵建造で使われたという大型鋲締機を前に、その巨艦ぶりをこう語った。

日米開戦に向かって、国中が緊張感を高めていた時代。武蔵の建造は海軍の指示で極秘に進められた。

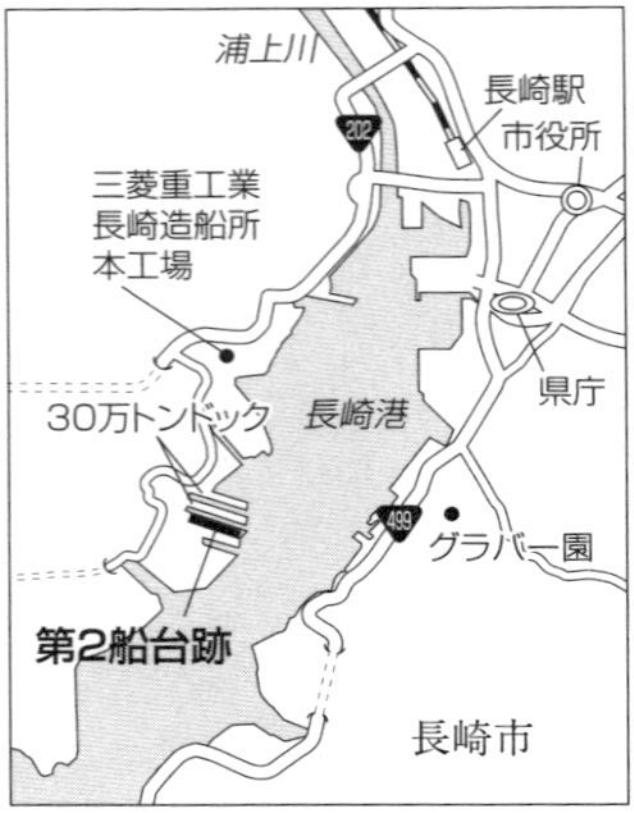

戦艦武蔵

吉村昭（1927年ー）の戦史小説。1966年に発表。武蔵建造にかかわった技師らへの取材などを通じ，計画から撃沈までを克明に描写した。新潮文庫。

〈丘や高い市街地を巡察する憲兵の数が急に増していたのをはじめとして、いつの間にか警察の特高係の刑事たちが数多く市中に入り込んでいた〉

吉村は作品の中で、一般市民にまで及んだ統制の厳しさを記した。

「何をするにもやかましい時代でした。造船所でも、みんな、相手を見ながら話をしていました」

造船所の特別嘱託で、史料館員の松本孝さん（八十二歳）は、一九四〇年三月、十八歳で造船所に入った。配属先は勤労部給与課。事務職員だったが、張り詰めた空気は感じ取っていた。

その年の十一月一日のことは、よく覚えている。

「今日は絶対に窓の外を見るな」と厳しく命令された。すぐに「いよいよあの『バケモノ』の進水だな」と悟った。

戦艦武蔵が建造された第２船台（左の箱形。1936年３月。三菱重工業長崎造船所提供）

棕櫚《しゅろ》のすだれで覆い隠された建造物が、巨大な戦艦であることは知っていた。何も言わず、机に向かっていつも通りの仕事をこなした。

二〇〇四（平成十六）年五月二十七日、造船所の向島岸壁で、集まった造船マンたちが万歳を繰り返した。両手で顔を覆う人もいた。完成した世界最大級の豪華客船「サファイア・プリンセス」（十一万六〇〇〇トン）の船出だった。

客船としては、一九九一年十月完成の「飛鳥」（二万八七一七トン）以来の建造。しかし、進水も終え、配管や内装を行う艤装《ぎそう》中だった二〇〇二年十月、突然の火災に見舞われた。船体の約四割を焼損。復旧作業は、二十四時間態勢の突貫工事で進められた。

造船所立神工作部次長の堀口兵栄さん（五十一歳）は、火災後、建造作業の工程調整など、復旧工事の指揮に当たった。「人々の苦労を思うと軽々しいことは言えません」と、多くを語らない。復旧のヤマ場だった海上での試運転を終えた二〇〇四年四月二十九日、連絡を受けた携帯電話を手に泣いた。

時代も船の種類も全く違う。しかし、すべてを注ぎ込んだ船が手元を離れる時、造船マンたちの感情がしばしば涙になって表れるのは同じだ。

〈所員たちの眼は、うるんでいた。鉄で組立てられた巨大な城が、生命を得て海上を動いているのだ〉

武蔵の建造場所だった第二船台は、もうない。現在は、船台施設が取り除かれ、隣接するドックの資材置き場として使われている。

史料館の松本さんは、定年後二十四年。いくつもの船出を見守ってきた。

「武蔵を建造した軍国主義のころと、民主主義のいま。黙々と仕事に打ち込む造船マンたちのひたむきな姿勢は、昔もいまも変わりません」

松本さんの決められた出勤日は週二日。だが、毎日のように史料館に足を運んでいる。

（緒方慎二郎 2004.8.27）

生月島《いきつき》

鯨神が棲んだ海

宇能鴻一郎□鯨神

近づく台風が、紺碧の海を灰色に変え、水面を激しく揺らしていた。漁船のもやい綱を結い直す漁師のかたわらを、雨を避ける猫が駐車中の軽トラックの下を目がけて走っていった。

宇能鴻一郎は、「鯨神《くじらがみ》」で芥川賞を受賞した。捕鯨三代、執念の物語の舞台である生月島を訪ねた。

江戸中期から明治初期にかけて、日本最大の鯨組「益冨組」がここに本拠を構えた。鯨組はいわば網元。益冨組は、壱岐や五島、呼子（佐賀県）、仙崎（山口県）にも拠点を築いた。最盛期には三千人の鯨捕りと二百隻の船を抱え、廃業までに捕獲した鯨は二万頭を超えたという。

「鯨神」に登場する「肥前平戸島和田浦《わだのうら》」は実在しないが、捕鯨基地として知られた和田浦が千葉県にある。

「両方を混ぜた架空の地名でしょう」

瀬戸を見下ろす丘にある生月町博物館「島の館」で、学芸員の中園成生さん（四十一歳）は推理した。一九九五（平成七）年に開館した島の館は、文献や捕鯨の道具、パネルなどの展示を通じて町の捕鯨の歴史を紹介している。

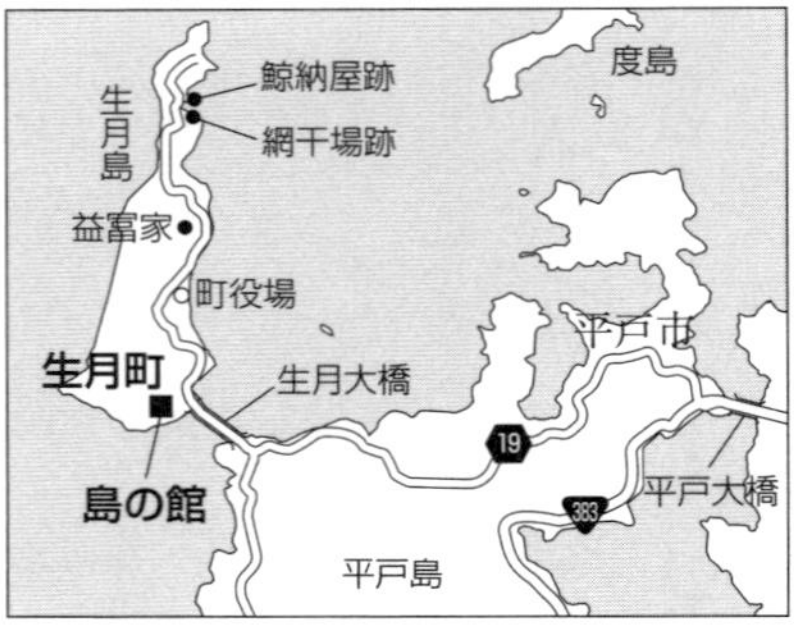

鯨神

宇能鴻一郎（本名・鵜野廣澄，1934年—）の第46回芥川賞受賞作品（1961年）。祖父，父，兄を「鯨神」と呼ばれる巨大な鯨に殺された若者が，三たび現れた鯨神との戦いに挑む。『芥川賞全集』第6巻（文藝春秋）など。

生月の捕鯨を題材にした小説は、「鯨神」のほかに幸田露伴の「いさなとり」がある。

「露伴や宇能さんが生月を訪れたという話は聞きません。二人とも捕鯨の絵巻を参考に書いたのではないでしょうか」

江戸時代末期の絵巻「勇《いさ》魚《な》取《とり》絵詞《えことば》」（一八二九年）は、島の館が所蔵している。益冨組の捕鯨を刻んだ二十二枚の木版画。鯨の種類や解体法も詳細に記してあり、全国でも四、五点しか見つかっていないという。

銛《もり》を突かれ、網をかけられた鯨と、男たちを乗せた舟。曳航《えいこう》されて切り分けられる鯨肉、人々の活気にあふれかえる波止場。巨大な鯨と、アリのような人の群れと。
〈もがきまわる怪物のために周囲の海面は暴風雨のように荒れ、五隻のセコ舟は転覆せんばかりに揉まれながら、そそり立つ黒い壁にかわるがわる銛をつきたてるのだが、降りそそぐ雨のなかにはいつか濃い血糊《ちのり》がまじっているのである〉

平戸の周辺では，長く沿岸捕鯨が行われていた（昭和初期，生月町提供）

宇能は「鯨神」で、その凄まじさを、こう記述した。

中園さんが言う。

「六百人の鯨捕りが一頭の鯨を追いました。三重に張った網に追い込み、銛を次々に打ち込む。半死半生となったところで、『ハザシ』と呼ばれる指揮役が鯨の背に乗り移り、鼻に穴を開けて綱を通しました」

鯨と人が死力を尽くした戦いに思いをはせれば、男たちはもちろん、鯨にも畏敬の念がわき上がってくるのだ。

漁港から坂道を少し上ると、石垣に囲まれた重厚な屋敷がある。益冨組の組主が代々住んだ家で、一八四八（嘉永元）年に建てられた。二〇〇四年九月、国登録有形文化財に答申され、近く登録される見込みという。福岡市に住んでいる益冨哲朗さん（六十八歳）は、時々この家に帰る。取材の日はちょうど在宅だった。

益冨家が組主を務めたのは江戸期の初代から七代。哲朗さんはそれから四代を経て十一代目に当たる。

「組には多くのキリシタンがいたが、徹底して弾圧すると鯨が捕れず、上納金が減るため、平戸藩も大目に見ていました。隠れキリシタンが続いた背景には、そうした事情もあるのです」

「鯨神」の主人公の「シャキ」は、海神のまつられた社に頭《こうべ》をたれる。しかしその中にはマリア像がおさめられていた。

哲朗さんは「生月勇魚《いきつきいさな》捕唄《とりうた》保存会」の会長。

〈祝いめでたの若松さまよ／枝も栄えて葉も繁る
三国一じゃ／お祝いとりすまそ

島の子供たちに歌い継ぐ活動を続けている。「しかし」と哲朗さん。「踊りがありません。今日、覚えている人が誰一人いないのです」

鯨納屋と網干場があった浜は海水浴場に変わっていた。一つの文化が、風化しつつあった。

（木戸隆司 2004.10.15）

長崎市・聖コルベ記念室

遠藤周作□女の一生

心の故郷への恩返し

冬の初めの長崎。昼下がりの大浦天主堂を訪ねた。右の奥には幼いイエスを胸に抱く聖母マリア像。それは、祈りのための静寂を守っているようにも思われた。遠藤周作が「女の一生」で描いた女性たち、そしてコルベ神父が祈ったのも、このマリア像だった。

マキシミリアノ・コルベ（一八九四―一九四一年）。布教のため長崎に住み、ポーランドに帰ると人の身代わりとなってナチス・ドイツに殺された。キリスト教徒でもあった遠藤は、神父が長崎で生きた証しを残し、中高生らに戦争と命を考えてもらおうとした。その情熱は「聖コルベ記念室」として結実した。

聖コルベ記念室は天主堂から石畳を少し下った所にある。コルベ神父は一九三〇（昭和五）年、長崎を訪れた。

記念室は六年間にわたる布教活動の足跡を、写真や神父の書いた手紙で紹介している。

神父と修道士たちは、最初の一年間、この位置にあった洋館を仮の修道院にして暮らした。記念室には、神父らが日々使っていた赤レンガの大きな暖炉が保存されている。洋館は戦後、嵩山《すやま》雄太郎さん（一九九一年に死去）、淳子さん（七十五歳）夫妻が購入した。夫妻は、神父の住んだ家だとは知らずに買った。

「修道士たちがよく家の前で立ち止まり、手を合わせていました。ある日、そんな人たちに尋ねて初めて、それだと知ったのです」

いま、記念室を守っている淳子さんは言う。だがこの洋館は、一九七八年、火災で焼失した。

一九八一年十一月、遠藤は雑草の茂るこの地を訪れた。焼け残った暖炉を見て「聖母の騎士修道院」の修道士・小《お》崎登明《ざきとうめい》さん（七十六歳）に訴えた。「大浦天主堂には修学旅行の学生がたくさん来ますね。百人いたとしたら九十八人はほかのことを考えても、一人か二人の学生はコルベ神

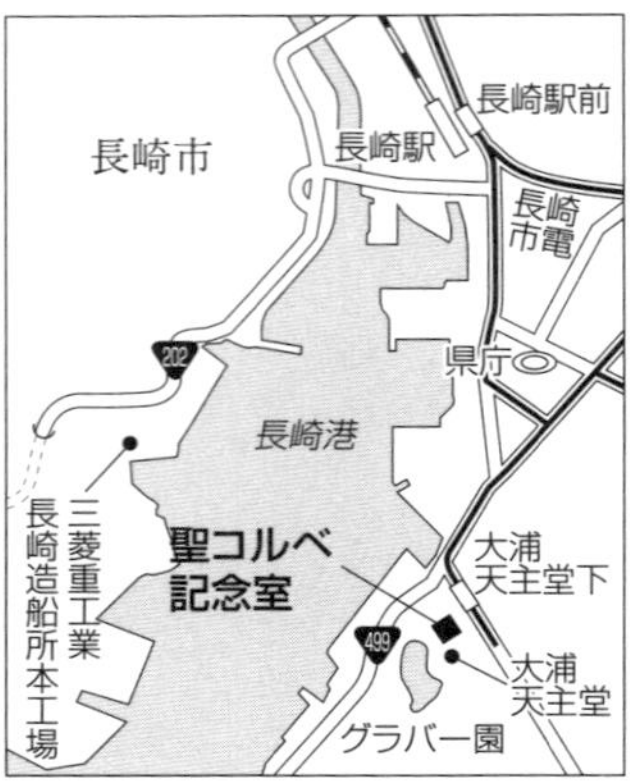

女の一生

遠藤周作（1923―96年）の代表作の1つ。第1部「キクの場合」は明治新政府による信徒弾圧を，第2部「サチ子の場合」では原爆投下までの戦争をそれぞれ時代背景として，悲恋をつづった。新潮文庫。

父の話を聞いて感動するかもしれない。何とか（暖炉を）保存して見学のコースにしてほしい」

遠藤は何度も長崎に足を運んだ。小崎さんは神父に関する多くの資料を提供した。

長崎に原爆が投下された時、小崎さんは爆心地に近いトンネルの中の兵器工場で働いていて難を逃れた。

「林の中で、険悪な仲だった同僚が倒れていた。助けを求める同僚を『ざまあみろ』とののしって自宅にたどり着くと、母は死んでいたのです」

このことが消えぬ傷となり、修道院の門をたたいた。

仮の修道院跡を訪れた遠藤周作（右）。焼け残った暖炉の保存を訴えた（1981年11月。小崎登明さん撮影）

小崎さんはある年、タクシーの中で遠藤にこのことを打ち明けた。遠藤は第二部を書き上げた後の正月、小崎さんを東京の料亭に招いた。

「あなたが原爆で助けを求める人の手を振り切って逃げた話をしてくれたでしょう。ああいう時、誰もパンを与えることはできない」

その時の言葉である。

「女の一生」の第二部にはナチス・ドイツの収容所が描かれている。過酷な労働を強いられた一人が、コルベ神父に「なぜ神は助けてくれないのか」と詰め寄る。

〈「ここに愛がないのなら……」と神父はかすれた声で言った。「我々が愛をつくらねば……」〉

神父は餓死室への身代わりになることを決意した。作家と小崎さんは、その日、コルベ神父について語り続けたという。

「『女の一生』は私の心の故郷である長崎への恩返しのつもりで書いた作品である」。遠藤は第一部の「筆間談話」で、長崎への思いをこう語っている。

彼の熱意を受けて一九九五（平成七）年八月、暖炉を囲んだ教会風の聖コルベ記念室は完成した。聖母の騎士学園が運営している。

「知らせたかったが、入院中と聞いて果たせませんでした」

訃報が届いたのは一年余り後の一九九六年九月だった。

小崎さんはこう言って遠くを見た。

「遠藤さんが、暖炉のそばの小さな黄色い花を摘んで『コルベさんの花だよ』と言ったのが忘れられません」

（木戸隆司 2004.12.10）

熊本県

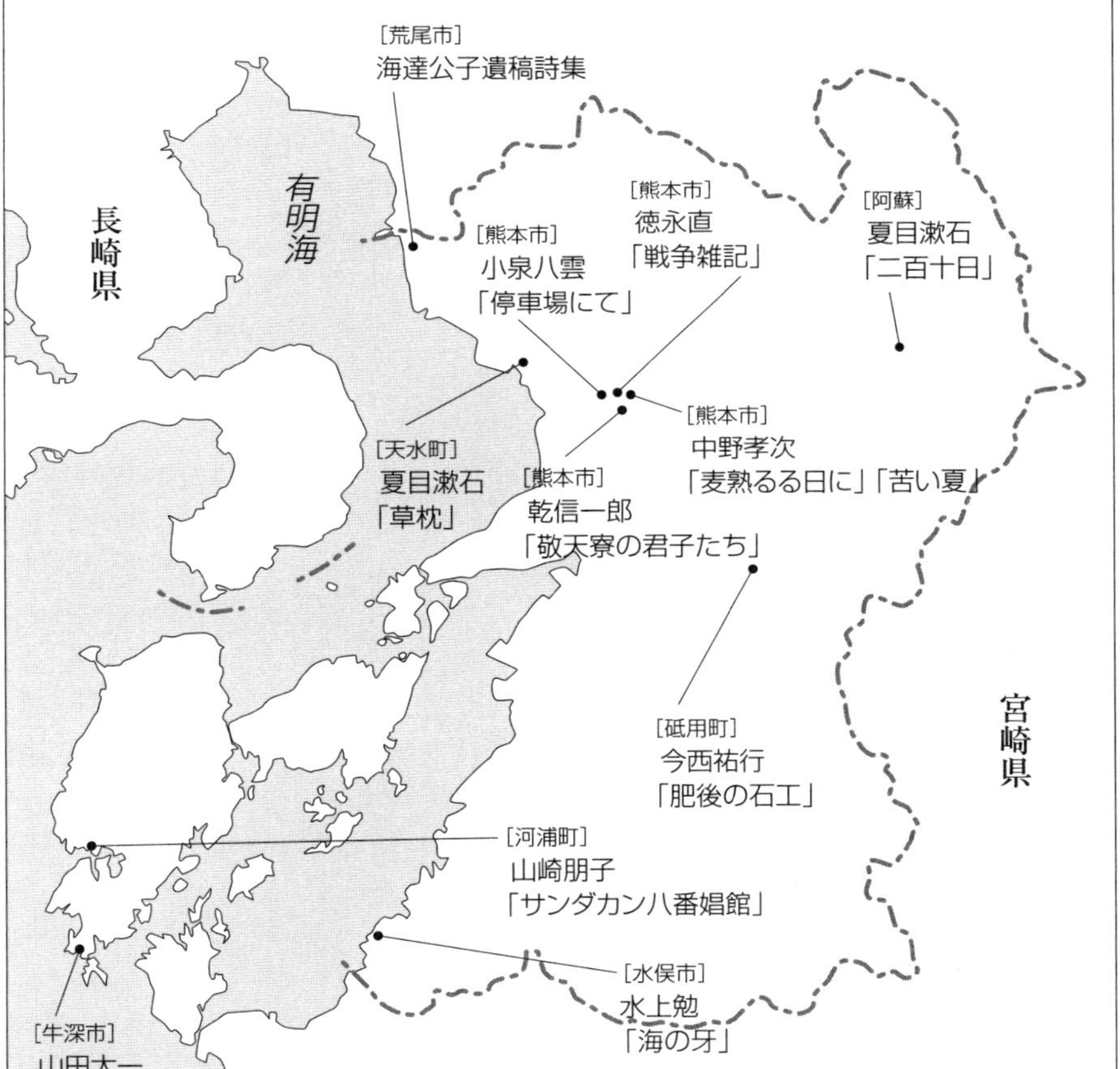

［荒尾市］
海達公子遺稿詩集
有明海
長崎県
［熊本市］
徳永直
「戦争雑記」
［熊本市］
小泉八雲
「停車場にて」
［阿蘇］
夏目漱石
「二百十日」
［熊本市］
中野孝次
「麦熟るる日に」「苦い夏」
［天水町］
夏目漱石
「草枕」
［熊本市］
乾信一郎
「敬天寮の君子たち」
［砥用町］
今西祐行
「肥後の石工」
宮崎県
［河浦町］
山崎朋子
「サンダカン八番娼館」
［水俣市］
水上勉
「海の牙」
［牛深市］
山田太一
「藍より青く」
鹿児島県

牛深市・加世浦漁港

山田太一□藍より青く

枯れた宝の海

白い航跡がわき立ち、漁船が一斉に出港してゆく。海原に沈もうとする夕日の輝きが、大漁を予感させる。天草南端の「遠見浦《とうみ》」——。物語の冒頭に登場する活気あふれる漁港は、どこだろうか。浦のつく港を探した。

「加世浦漁港」。かつては天草最大の巻き網漁船団の基地で、三百隻以上の漁船がひしめいていた。いまは十数隻で、がらんとしている。江戸時代から続く網元の当主・平山千歳さん（七十三歳）に話を聞いた。

「遠見浦？」、「ぎゃん（そんな）場所は聞いたことなか」。平山さんは首をかしげたが、突然、ひらめいたようだ。

「牛深には『遠見山』があり、『加世浦』の浦と合わせた地名やなかかな」

平山さんは、主人公・真紀、恋人で網元の息子・周一と同世代。二十三歳で網元を継ぎ、六隻の船団を率い、天草灘でイワシの群れを追っていた。

「加世浦だけでも網元が六十戸あり、夕方出漁し、水揚げを競い合った。時化《しけ》れば、一日中酒盛り。町には人があふれとった」と振り返る。

加世浦がモデルという平山さんの謎解きは当たっているだろう。山田太一は、この漁港を一望できる遠見山（標高二一七メートル）を重要な場所にしているからだ。山頂で、真紀と周一は「遠見浦」を見下ろしながら、お互いの思いを確かめ合う。

遠見山に登った。元市職員・吉川茂文さん（六十六歳）がカメラを構えていた。一九五〇（昭和二十五）年ごろから港や市街地、天草灘の撮影を続けているという。「昔はファインダーを通し、漁師町の熱気が伝わってきたが、寂しくなった」と話す。

敗戦後、〝イワシ景気〟にわいた牛深。削り節や、にぼしにする数百軒の加工場が軒を連ねた。市北部には魚貫《おにき》炭鉱もあり、人口は増え続け、一九五五年、三万八千人になった。

藍より青く

山田太一（本名・石坂太一，1934年—）のＮＨＫ朝の連続ドラマ用脚本で，放映中（1972—73年）に上下２巻として出版された。愛，親子，戦争とは何かを問いかけた。読売新聞社など。

炭鉱は一九七〇年に閉山。イワシ漁も徐々に衰退した。中でもマイワシの水揚げ量は八二年の二万四三四七トンがピークで、次第に減り、二〇〇一（平成十三）年はわずか一九トン。船団は姿を消した。ブリ養殖に切り替えた平山さんは、「魚群探知機など漁具の発達が乱獲につながり、宝の海は枯れてしまった」と言う。

　いまの人口は、一九五五年の半分以下の一万八千人。静かな街角で、魚を行商する中村マサエさん（七十歳）が、とろ箱を載せたリヤカーを止めていた。「子供も働くのが当たり前だった。六人きょうだいの長女の私は、弟たちを背負い、朝四時からイワシの加工を手伝った後、小学校に行っていた」

　物語は一九七二年四月から一年間、ＮＨＫ朝の連続ドラマとして放映。中村さんは、「三人の子供を育てながら、毎日見ていた。どんなことがあってもくじけたらいかんと、真紀しゃんに勇気ばもろた」と笑った。

　ビデオの普及前で、ＮＨＫにも録画テープは残っていない。本を開けば、天草の美しい自然と、明るい未来を信じ、必死に生きる人たちに出会え、励まされる。（松下宗之 2003.3.5）

上：1955年の加世浦漁港。出漁前の漁船がびっしりと係留されていた（吉川茂文さん提供）

下：寂しくなった加世浦漁港。「牛深ハイヤ大橋」が架かり，時の流れを感じさせる

天水町小天《おあま》

夏目漱石□草枕

漱石ゆかりの湯町

陽光に、深い緑の葉はよく映える。暖かかった。坂道沿いに一面の温州ミカン畑が広がっていた。背後には有明海。夏目漱石は五高（いまの熊本大学）の教授だった一八九七（明治三十）年の年末から翌正月にかけて、ここの温泉宿に逗留。九年後、その約一週間を下敷きにして、「草枕」は生まれた。歳月を超えて漱石を小天に引き戻したもの。それを知りたくて訪ねた。

漱石と、その友人・山川信次郎が泊まった宿は、自由民権運動家・前田案山子《かかし》の所有だった。「小天から熊本まで、他人の土地を踏まずに行ける」と言われたほどの大地主で、明治の前半、この山すそに温泉つきの別邸を建てた。

国を論じに訪ねてくる客をもてなすため、本宅と離れを備えた豪邸。中江兆民らが歓待を受けたという。

「一般にも開放して、という希望が多く、宿にしたそうです」

明治末期、別邸の所有者となった水本家の水本シズエさん（七十四歳）が、姑から聞いた話として教えてくれた。離れの三棟と風呂小屋が宿に。

その離れ一棟を、いまは町が「漱石館」として保存・公開している。三三平方メートル。広い座敷一間の造りは、温泉宿には十分な、静かなたたずまいを見せていた。

風呂小屋の遺構も、漱石館から五〇メートル余りの所にある。あの時、「事件」はここで起きた。

〈輪廓は少しく浮き上がる。（略）真白な姿が雲の底から次第に浮き上がって来る〉

「草枕」で、宿の娘として描かれている那美が、客の画工のいるのを承知で男湯に入ってくる場面だ。案山子の二女・卓《つな》が実際に体験した。確かに男勝りだったようだが、「混浴」を演出したのは雲。つまり湯煙だった。

「女湯がぬるくて、だれもいないと思って男湯に入った

草枕

夏目漱石（本名・金之助，1867－1916年）が1906年に発表した。「那古井の温泉場」に旅した30歳代の画工が主人公。「智に働けば角が立つ。情に棹させば流される」は，漱石作品の代表的一節。漢詩や俳句を織り込んでいることから「俳句的小説」と評されている。新潮文庫など。

左：漱石が使った男湯。男女の仕切りは厳格に行われていた（昭和初期に撮影。天水町提供）
下：現在の男湯。地下水がたまっていた。仕切りは骨組みだけが残る

ら、漱石さんがいたらしいです。あわてて出たのは言うまでもありません」と水本さん。

「草枕」で、卓がモデルの那美は、高慢な女性に書かれている。それは、漱石の作品に共通する、意思を強くもった女性への支持、あるいは一種の敬意の逆説的表現ではなかったか。

温泉は近くでいまもわき、第三セクターの「草枕温泉てんすい」と民間の「那古井《なこい》館」がある。

水本さんに礼を述べ、前田家の墓まで坂道を歩いた。漱石も宿で「眺めの良い所は」と聞いて登ったのだろう。画才も並外れていた漱石は、「わが墓」としてここからの眺望を水彩画に残した。町は絵を看板にして墓の傍らに掲示している。

「路は幾筋もあるが、合うては別れ、別れては合う」。墓を管理している近くの平野政治さん（六十六歳）が、「草枕」の一節をそらんじた。「晴れた日は雲仙まで一望できる。『青山《せいざん》はこうあるべし』と思ったのではないでしょうか」

人と自然と。漱石の忘れ得なかった旅情に触れた気がした。

（大野亮二 2003.5.7）

漱石が描いた「わが墓」

熊本市・上熊本駅

小泉八雲□停車場にて

八雲を変えた出来事

駅頭に立つと、坂道が続いていた。いまは家が立ち並んで見通せないが、明治の昔は坂下に森の緑が広がっていたという。JR上熊本駅。当時は池田駅と言った。五高教授として赴任した夏目漱石は、まずこの眺めで熊本が好きになった。

駅舎入り口の壁に、縦三〇センチ、横四〇センチほどのプレート。「小泉八雲（ラフカディオ・ハーン）の『停車場にて』という小説は（明治）二十六年にこの駅でおこった出来事をもとにして書かれたものである」とあった。八雲は熊本を愛したのだろうか。

八雲はイギリス人。雑誌の特派員として来日後、英語教師として島根県の松江中学に赴任した。熊本との縁は、小泉セツとの結婚後、漱石と同じように五高の英語教師に招かれたことによる。

一八九一（明治二十四）年に初めて熊本を訪れた。だが、その印象は、漱石とはまるで違うものだったようだ。

本国の友人に送った手紙に手がかりがある。「市街は驚くほど醜く軍人ばかり。酒を飲む、けんかをする、妻を殴る」――。間近で目にした熊本の男たちの行為を批判し、まるで野蛮なものでも見るような感じで伝えている。

八雲は熊本が好きではなかったのだ。

ところが、二年が過ぎた一八九三年四月。認識を一変させる出来事が起きた。

熊本で警官を殺した男が福岡で逮捕され、池田駅に護送される。八雲も大勢の群衆とともに駅を取り囲んだ。男は遺族の前に突き出された。容疑者を前におびえて泣く幼子。泣き崩れる容疑者。

激高した群衆が、危害を加えるかもしれないと八雲は懸念した。それは外れた。群衆もまた、すすり泣きを始めたのだ。子への同情と、懺悔する男への言い難い憐れみと。

〈万事に物わかりが良く、どんなことにもすぐほろりと

停車場にて

小泉八雲（1850―1904年）の随筆。1896年にイギリスで出版された『心』で発表された。岩波文庫から同じ名で刊行され，ほかに14編が収録されている。これ以外にも熊本県内を舞台にした作品を残した。

してしまう慈悲に富んだ大衆がそこにいた〉

小説的随筆「停車場にて」に、八雲はこう書いた。

八雲の作品に詳しい元熊本大学教授の中村青史さん（六十九歳、日本近代文学）を訪ねた。

「八雲はこの出来事を境に、熊本に愛着を持ったそうです。島根にはなかった洋食屋があり、温暖な気候もよかったようですね」

そして翌年、熊本を離れる前に、八雲は「極東の将来」と題して学生を励ました。

「ぜいたくを慎み、簡素で善良な生活をするのが熊本の精神。それを大事にすれば洋々たる将来があると信じています」

「親熊派」になっていたことを示す、何よりの言葉だろう。

上熊本駅に戻った。

「一日の乗降客は約五千人です。当時のほうがもっとにぎわっていたんでしょうね」と橋口忠文駅長（五十三歳）。近くに、営林局や裁判所、陸軍施設、学校などがあり、熊本の玄関として春日駅（いまの熊本駅）以上の活気だったという。一九一三（大正二）年に改築され、明治調の洋風木造建築として近代建築士協会の保護指定建築物に指定されている。

しかし、ホームやロータリーには、たばこの吸い殻、スナック菓子の袋など多数。橋口駅長は、「歴史ある駅舎なので、どうにかきれいにしたいのですが」と残念そうだ。

「八雲が愛した五高の精神は、最近すっかり失われた気がします」と、中村さんも言っていた。

この光景は、上熊本に限ったものでは、もちろんない。でも八雲が生きていたら、熊本人への考えを再び変えてしまわないか、少し心配になった。

（稲永浩平 2003.7.2）

上：明治・大正期の池田駅（ＪＲ上熊本駅提供）
下：いまの上熊本駅

砥用《ともち》町・霊台《れいたい》橋

今西祐行□肥後の石工

技術の結晶・巨大アーチ

緑川の源は九州山地にある。九州自動車道の松橋インターから国道に出た。山あいへ行くにつれて川と並行する。木々の色が水面に映って「緑川」の名にふさわしい。砥用町船津。緩やかな下り坂を過ぎて流れと交わる所に、石組みの巨大なアーチを描く霊台橋はあった。児童文学者の今西祐行が書いた「肥後の石工」の舞台の一つ。国の重要文化財である。

　江戸時代末、肥後藩には石工の集団がいた。野津（いまの竜北町、鏡町一帯）と、種山（東陽村一帯）の一団が、石橋建設技術の双璧を成していた。

　霊台橋は、種山の卯助（宇助とも）を棟梁に一八四七（弘化四）年、完成した。全長九〇メートル、幅五・六メートル。アーチは重厚にして簡素。技術美の極致だ。

　一九六六（昭和四十一）年、すぐ上流に新しい橋が架かるまで、霊台橋は主要道の一部として、県中部の交通を担っていた。地元の井沢るり子さん（五十二歳）はボランティアガイド。

肥後の石工

今西祐行（1923年―2004年）の1965年の作品。岩永三五郎（1793―1851年）をはじめ，一部は実在した人物を登場させたものの，全体は架空の出来事で構成されている。「永送り」を免れた三五郎のその後の人生を追いながら，架橋をめぐる人間模様を描き出した。日本児童文学者協会賞など受賞。岩波少年文庫，講談社文庫など。

「観光バスや、切り出された材木や石材を満載したトラックが行き来しても、橋はびくともしなかったものです」と、当時の光景を話してくれた。

　今西は、肥後の架橋技術が他国でも極めて重用されていたことに着目。少年少女向け小説「肥後の石工」のテーマにした。雄大な放水で知られる通潤橋（国重要文化財）のある矢部町を一九六〇年代に訪ね、郷土史家の井上清一さん（九十歳）から架橋技術の歴史や出来事を聞いた。

　一番印象に残ったのが「薩摩の永送《ながおく》り伝説」だったのだろう。野津の三五郎を主人公にした。

永送り――。技術者を招いて工事をさせる。終わると、その構築物の秘密を知る人を国許《くにもと》に帰さず、切り捨てる。それも「送り」の途中で。石橋づくりも例外ではなかった。

あくまで伝説である。

しかし作中には機密保持の緊張感が漂う。そして、橋を完成させた三五郎を殺害することができないばかりか、正体まで明かしてしまう刺客の苦悩も描いた。

〈わしは、永送り専門の（略）さむらいでごわす。なん人の人をきりころしてきたか、かぞえることなどできもさん〉

物語は架空であり、卯助の一団による霊台橋も、三五郎グループの仕事として書かれた。

上：砂ぼこりを上げながら霊台橋を渡るバス（1961年ごろ。吉竹昭一郎さん提供）
下：新しい橋をバスが行く。霊台橋はいま，見学と散策の場（一部改修された）

岩永三五郎は史実の上でも、薩摩藩に請われ、いまの鹿児島市の中心部を流れる甲突《こうつき》川の五石橋《ごせききょう》を架けた（二橋が流失、三橋は移設ずみ）。

生涯に手がけた橋の数の記録はないものの、二十六歳の時の雄亀滝《おけだき》橋（砥用町）は、国内最古の水道橋。技術は次の代の工人たちに受け継がれ、一八五四（嘉永七）年に通潤橋を生む。通潤橋の石の部材は約六千にのぼることがわかっている。霊台橋の精巧さも想像に難くない。

種山の地元・東陽村にある石匠館《せきしょうかん》。歴史や、アーチの力学を知り尽くした技術を見ることができる。館長の上塚尚孝さん（六十八歳）の思い出は鮮明だ。

「忘れもしません。二十歳の時。満開の桜の後ろに架かる霊台橋の美しさを初めて見て、研究に打ち込むようになりました」と言う。

井沢さんも言っていた。

「工期はわずか十か月。大水になると支保工（石を支える型枠）が流されてしまうので、雨の季節にかからないようにするのです。石材は不ぞろい。面をそろえる、驚くべき技の見せどころでした」

光を放ち続ける歴史の財産。石橋と、その工人集団を誇りに思う二人の話が、見学する人々の胸を打つ。

（大野亮二 2003.9.17）

熊本市・九州学院

乾信一郎□敬天寮の君子たち

寮生の青春を活写

九州学院の校門を入ると、ポプラの落ち葉が冬の近いことを告げていた。大江五丁目。熊本駅と市東部の健軍を結ぶ路面電車の走る県道沿いに学院はある。二〇〇三年の世界陸上選手権二〇〇メートルの銅メダリスト・末續《すえつぐ》慎吾選手らを輩出した。約八十年前、小説家・乾《いぬい》信一郎は旧制中学の日々をここで送り、のちに「敬天寮《けいてんりょう》の君子たち」を書いた。

九州学院はアメリカの宣教師チャールズ・L・ブラウン博士が設立し、一九一一（明治四十四）年に開校した。乾は一九一九（大正八）年に入学、二四年に卒業した。

「敬天寮」は東分寮がモデル。主人公の春山紅吉は、この寮で青春時代を過ごした乾の分身である。

紅吉は入学前、敬天寮が「たぐいなき立派な寮」であると同郷の先輩から聞かされていた。ところが正反対。古くてノミに悩まされた。

「確かに多かったですね。夏休みの前、父と二人で畳干しをすると、多く食いつかれたもんでした」

敬天寮の君子たち

乾信一郎（本名・上塚貞雄，1906—2000年）の1943年の作品。アメリカの父のもとを離れ，祖父母に愛されて育った春山紅吉が，あこがれの敬天中に入学，寮で厳しい生活を送る。同級生とのけんかや冬の阿蘇登山などを通じて成長していく。東方新書（1956年）など。

第五代の院長（一九七七－八五年）で、いまは理事の齋藤堅固さん（八十三歳）が笑いながら言った。齋藤さんの父親は国語教諭で、寮長も兼ねていた。家はすぐ近くにあり、幼い齋藤さんは寮生たちによく遊んでもらったという。「院長のころ、乾さんが学校に来てね。『あの堅坊《けんぼう》が院長かい』なんて笑われましたよ」

乾は熊本出身の移住者の子として米国・シアトルの郊外で生まれた。六歳の時、日本で学ぶため母と帰国し、杉上村（いまの城南町）にあった父の実家に落ち着いた。隣には、遠縁の上塚《うえつか》家。いま、そこに住んでいる上塚尚孝さん（六十八歳）は、晩年の乾と文通で親交があった。

その手紙から、東分寮時代の様子がうかがえるという。

「寮の規則は生徒が話し合って決め、厳しさの中に自由があったようです」

起きがけの水浴び、乾布摩擦は冬でも休みなし。放課後の運動も欠かさなかった。自分たちで律することができていたということだろう。

親類に代議士がおり、乾も政治家になるように勧められていた。しかし、雑誌編集長などを経て作家になった。

「政治の道もあったかもしれない。作家になったのは、寮生活で得た自主自立の精神があったからではないでしょうか」

上：昭和初期の九州学院のグラウンド。クスノキと寮が見える（九州学院提供）
左：齋藤堅固さんの指さす方向に東分寮はあった。クスノキは巨木に成長した

四階建てになった現在の学生寮「敬愛寮」を訪ねた。東館と西館で百二十一人の中学生、高校生が暮らしている。起床は六時五十五分。ランニング、体操、校庭の掃除といった伝統の日課はいまもある。同県小国町出身の高校三年、増井太樹君（十七歳）は、「自由時間が少なくてつらい時もあったけど、後輩や先輩と中身の濃い触れ合いができました」と笑顔で話してくれた。

〈紅吉はザーザー流れ出るポンプの水の下へ、ぐつと呼吸をつめて、しやがんだ。（略）つぶつた瞼の間からわけのわからない熱いものが、瞼を押し分けるようにして、溢れでてきた〉

紅吉が、家恋しさの涙を流す場面である。

寮館長の福島祐一さん（四十七歳）に会った。

「最初はホームシックになる子も少なくありません。でも、寮では一生の友達ができるし、世の中を学べる。『親のありがたさがわかった』と言う生徒もいますよ」

君子。勉強や運動ができるだけでなく、分別のある人間をこう呼んだ。

乾が寝起きしたころとは、景色や社会環境は大きく変わった。けれど君子を育てようとする寮の気風は受け継がれていた。未来へ、大切に培われていくだろう。

（毛利雅史 2003.11.19）

荒尾市万田

夕日に輝く有明海

海達公子遺稿詩集

四ツ山に登った。五五メートルの頂から、有明海が一望できる。満潮の海で夕日が光っていた。福岡県大牟田市と境を接する旧産炭地・荒尾。山からは、かつて海を行き来する石炭運搬船が見えた。少女にして詩人、歌人でもあった海達公子《かいたつきみこ》は、この眺めが好きだった。若山牧水のようになる夢を膨らませていた十六歳の時、突然の病で逝った。

児童文芸雑誌「赤い鳥」。子供たちの健やかな成長を促そうと、大正年間に創刊された。歴史的な児童誌である。一九二四（大正十三）年、公子の作品「夕日」が載った。

〈もうすこしで　ちつこうの　さきにはいるお日さん
がたにひかつて　まばゆい　まばゆい〉

選者は北原白秋だった。「後期印象派の画面のようだ」と驚きの言葉を寄せた。この時、公子は八歳。

大牟田の三池港は「築港《ちっこう》」と呼ばれていた。その港の向こうで黄金色に輝く有明海を、公子は詩に切り取った。この「夕日」をはじめ、実に五千編もの詩と、三百首の短歌を作ったと伝えられている。

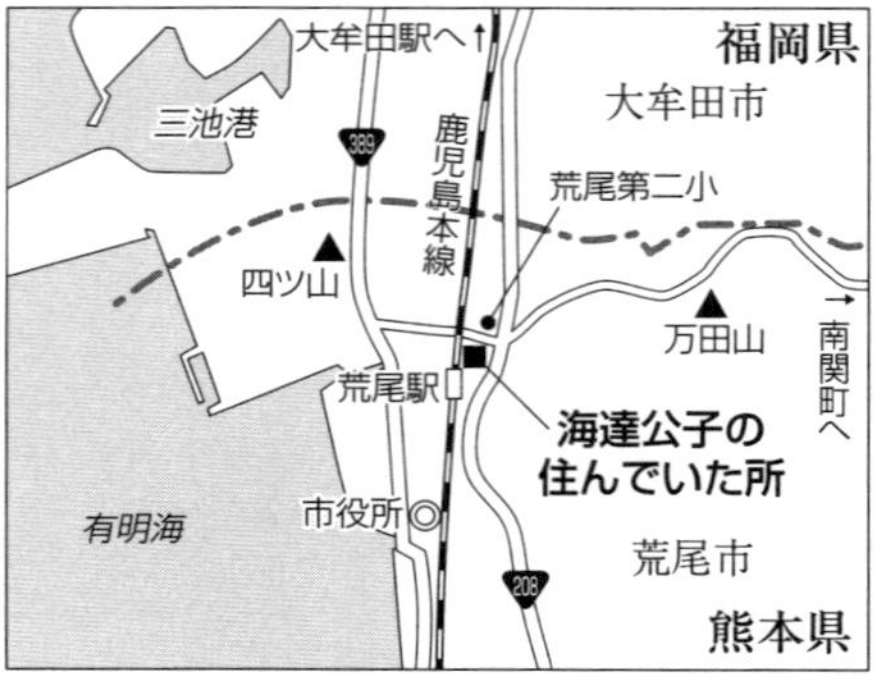

海達公子遺稿詩集

海達公子（1916－33年）が，「赤い鳥」や「金の星」などの児童文芸雑誌，新聞，週刊誌などに発表した詩190編を採録。「すずめ」，「うんぜんだけ」，「おみや」など，身近な自然や出来事に関する作品が多い。1951年刊行。71編を追加した復刻版も1980年に出された。荒尾ペンクラブ。

若山牧水、野口雨情らに認められ「天才少女」と呼ばれた。なかでも一番の評価をしたのが白秋で、「直感的で簡潔で、珍しい詩才の持ち主」と絶賛した。

公子が住んだのは、荒尾町（いまの荒尾市）万田。田畑が広がり、子供たちは万田山や四ツ山で、よくセリ摘みやメジロ捕りをして遊んだという。公子もそんな一人だった。いまはJR荒尾駅を中心に住宅や商店が立ち並んでいる。

詩作を始めたのは荒尾北尋常小学校（いまの荒尾第二小学校）に入学してから。文学を深く愛していた父の貴文《よしふみ》の影響を受けた。貴文は公子を連れて野山を歩いた。白秋が驚いた「写生詩」の才能は、自然と触れ合うことではぐく

上：四ツ山の頂から海を照らす夕日が見えた
下：海水浴客でにぎわう荒尾の有明海（1929年。荒尾市大平町・下津晃さん提供）

まれていった。

万田の文房具店「矢野文友堂」には、蓄音機があった。歌も大好きだった公子は、ここによく通った。

いまも店は健在。店主の矢野美保さん（七十六歳）には幼い時の忘れられない思い出がある。女学生の公子が、いつもメモ帳を首にさげていたことだ。縦、横とも一五センチほどだったろうか。赤いビロードの表紙がついていた。「心に残ったものを、その場で書き留めるための帳面だと、私の親から聞きました」と懐かしそうに言った。

荒尾北尋常小と高瀬高等女学校（いまの玉名高校）で同級生だった棚橋芳子さん（八十七歳）は、芝居小屋や映画館に一緒に行ったという。「級友の家が芝居小屋で、ただで見られたんです。勉強もよくできたけど、何より好奇心旺盛な人でした」と振り返った。

野山だけでなく、潮干狩りや海水浴などでにぎわう有明海も、公子の遊び場だった。

〈しほのひきかけた　海で　お日さんが　およいでいる
つかまえやうとしたら　つかまえられんじやつた〉

（お日さん）

方言の温かみとともに、干潟で遊ぶ様子が目に浮かぶ。

一九三三（昭和八）年三月、高瀬高女の卒業式で総代を務めた公子。上京し、牧水（一九二八年死去）の妻・喜志子に師事するのを楽しみにしていた。

その直後、虫垂炎でたおれた。食あたりと誤診され、腹膜炎で十日後に世を去った。現代の医療が受けられたら、どんな詩・歌人になっていただろう。没後七十年の二〇〇三（平成十五）年から、荒尾第二小は授業に公子の作品鑑賞を取り入れた。

次は干潮の海の向こうに沈む夕日を見たい。きっと、ぬれた干潟に映えてまばゆいだろう。

（前田剛 2004.1.28）

夏目漱石□二百十日

心情を映した噴煙

九州の「へそ」とも言われる阿蘇。世界最大級のカルデラには、雄大な自然が息づく。春の日差しを受け、放牧の牛馬が喜ぶ草も芽ぶき始めた。

「増補改訂　漱石研究年表」（荒正人著、集英社）によると、夏目漱石は五高教授時代の一八九九（明治三十二）年八月二十九日から九月二日にかけて、同僚の山川信次郎と阿蘇を訪れている。

阿蘇町・内牧温泉に泊まり、中岳に登った。ちょうど台風が発生しやすい時期。この時もそうだったのか。小旅行の体験をもとに書いた小説「二百十日」の中で、漱石は風に激しく揺れる草の様子を〈一丁先は靡《なび》く姿さえ、判然《はき》と見えぬ様〉と表現した。

旅行中、漱石は黒川沿いの旅館「養神館《ようしんかん》」（いまの山王《さんおう》閣《かく》）に泊まった。宿の近くに大きなイチョウがそびえる寺があり、鉄を打つ鍛冶《かじ》屋の音もあたりに響いていたようだ。

阿蘇郷土の会会員で、郷土史に詳しい中村道則さん（六十九歳）は、「大きなイチョウは明行寺《みょうぎょうじ》でしょう。鍛冶屋も宿から数百メートルの所にあったと言われ、その音だったのでは」と、当時の町並みに思いを巡らせた。

旅館は木造二階建て。山王閣は漱石たちが泊まった部屋をいまも保存し、記念館として公開している。京間六畳の低い天井、古びた木製の雨戸が歴史をしのばせる。

小説の中で漱石は、主人公の圭さん、碌《ろく》さんと宿の女性のやり取りを軽妙なタッチで描いている。

二人がビールを注文すると、女性は〈ビールは御座りませんばってん、恵比寿なら御座ります〉と答えた。ビールという名前を知らなかったための奇妙なすれ違いだったようだ。

また、半熟のゆで卵を四個作るように頼むと、なぜか完全にゆでたのと生卵が二つずつ出てきた。足して割るとちょうど半熟とでもいうのだろうか。中村さんは「漱石流に『落ち』をつけたのでしょう」とおかしそうに笑った。

二百十日

夏目漱石が1906年10月，「中央公論」に発表。華族や金持ちが幅を利かせる当時の世相を痛烈に批判。『二百十日・野分』（新潮文庫）などに収録。

翌日、圭さんと碌さんは火口に行く前、阿蘇神社（熊本県一の宮町）に立ち寄っている。

「肥後一の宮（阿蘇神社）に祈願し、火口見物する。私が小さいころ、門前にはつえを売る土産屋があり、大変なにぎわいでした。明治のころも阿蘇に来たら必ず通るコースだったのでしょう」。一の宮町文化財保護委員長の嘉悦渉さん（八十二歳）が、少し誇らし気に話した。

小説の中では、火山の猛々《たけだけ》しい表情が随所に登場する。

左：20世紀初めの阿蘇・中岳。活動は活発だったが，人々は火口のすぐ近くで見物していた（熊本県教育会阿蘇郡支会編『阿蘇郡誌』臨川書店より）
右：いまの阿蘇・中岳。大勢の観光客が訪れる

〈奈落から半空《はんくう》に向って、真直に立つ火の柱〉
〈大きな山は五分に一度位ずつ時を限《き》って、普段よりは烈しく轟《ごう》となる〉

「強烈な鳴動に火柱現象。阿蘇の火山活動のほとんどが表現されている。描写も実に正確」。同県長陽村にある京都大学火山研究センターの須藤靖明助教授（六十歳、火山物理学）が感心したような口調で言った。

ただ、漱石が阿蘇を訪れたころは、小説にあるような活動の記録はない。須藤助教授は、「それにしても表現がリアル。熊本での見聞をもとに小説の中で再現したのかもしれないですね」と推察した。

火山を前にして漱石は、〈二人の頭の上では阿蘇が轟々と百年の不平を限りなき碧空《へきくう》に吐き出している〉と書いた。

圭さんと碌さんの目前で上がる噴煙、地響きの音……。〈百年の不平〉とは、当時の社会を牛耳っていた華族や資産家など特権階級への批判で、漱石の透徹した厳しい目線が感じられる。

阿蘇地方では今年もまた、田植えの季節が巡ってきた。百年という時を経て町並みは変わっても、自然と人が調和して息づくのはいまも変わらない。

（久保山健 2004.4.16）

徳永直□戦争雑記

断ち切れない思い

「せいしょこ（清正公）さん」。いまも熊本の人は、加藤清正（一五六二—一六一一年）のことを親しみを込めて、こう呼ぶ。その墓「浄池廟《じょうちびょう》」が造営された日蓮宗「肥後本妙寺」は、熊本市中心部の中尾山（二一四メートル）の中腹にある。境内に立つと、陽光を受けたイチョウやクスなどの葉が輝き、ホトトギスなど野鳥のさえずりも聞こえた。

徳永直《すなお》は、この本妙寺のそばで生まれた。「戦争雑記」は自伝小説である。

本妙寺は、幼い徳永の心を弾ませた、数少ない場所かもしれない。日露戦争で戦地から帰郷し祝福を受ける父・磯吉の様子を、小学生の「私」がこう書いている。

〈本妙寺に祀られてある、加藤清正公の境内で、凱旋祝賀会があったときにも、私は白色銅葉章と従軍徽章《きしょう》を胸に着けた父と一緒に行った〉

この凱旋祝賀会の前、徳永は寺から約四キロ東の黒髪村（いまの熊本市黒髪）に引っ越していた。いまはアパートの目立つ住宅地。徳永が住んでいた家はなく「徳永直旧居跡」の碑が立っていた。

「直さんの家はわらぶきの平屋で、軒は竹でした」

徳永の十歳年下で、当時、隣に住んでいた永村敬代《けいしろ》さん（九十五歳）を訪ねると、家とその周辺の絵を描きながら記憶をたどってくれた。

永村さんの記憶は、作品中の貧しい生活とほぼ重なる。母ソメは、熊本城近くの連隊で買った釜の底の焦げ飯などの残飯を、近所の貧しい人に売っていた。徳永は内職で竹ばしを削り、戦地から戻った磯吉が始めた荷馬車業も手伝った。

「直さんは貧乏だからといじめを受けても、我慢強かっ

戦争雑記

徳永直（1899—1958年）の1925年の作品。熊本に住む小学生「私」の視点から，日露戦争（1904—05年）に関連する出来事や日常の生活を描いた。『日本プロレタリア文学集24 徳永直集１』（新日本出版社）などに収録。

左：日露戦争からまもないころの本妙寺大本堂前（肥後本妙寺提供）。右：いまの大本堂前

た。それに本当に親孝行だった」

叔父・長井金蔵さんの娘の君子さん（八十八歳）も近くに住んでいる。

自宅そばの細い脇道を指さし、「大正から昭和初めにかけて、このへんは農道しかありませんでした。近所は大半が農家。直さんが作品に書いているように、みんな貧しかった」。

徳永は、十一歳から印刷工場の見習工、たばこ専売局の工員などを転々としながら、労働運動に参加した。

熊本で職を失い、一九二二（大正十一）年、二十三歳で上京した。七年後、日本プロレタリア作家同盟に加わり、この年に労働争議を題材にした代表作「太陽のない街」を発表した。「戦争雑記」はその四年前の作品だが、出版されたのは戦後の一九五三（昭和二十八）年だった。

元熊本大学教育学部教授（近代文学）で「熊本・徳永直の会」会長の中村青史さん（七十歳）は言う。

「組合機関紙には載せたかもしれない。明治時代の中ごろから検閲があり、兵隊が敗退する表現があるため、発表できなかったんでしょう」

それは日露戦争の記述だった。

〈くだんの喚声は、何という事だろう！　退却してくる負傷兵の泣き声であった。空洞《うつろ》のような大の男たちの泣き声であった〉

こんな表現のある出版物が検閲にかからないで出せるとは、徳永も考えていなかっただろう。やがて、警察にマークされるようになる。

それでも、ふるさとへの思いは生涯、断ち切れなかった。

熊本市内に住んでいる上野新一さん（八十三歳）には、忘れられない光景がある。徳永の幼なじみの古川寅雄さんは、黒髪で理髪店を営んでいた。特高の活動が厳しかった四〇年代初め、上野さんが散髪していると、ひょっこり徳永が入ってきた。古川さんの母親とあいさつを交わし、「私が訪ねると仕事の邪魔になってしまう。それでも熊本に戻ると、おばさんに会いたくなる」と、しみじみ話したという。

（小川哲雄 2004.6.18）

河浦町

山崎朋子□サンダカン八番娼館

からゆきさんのいた時代

真夏の日差しがステンドグラスを通して差し込んでいた。波静かな羊角湾を見渡す河浦町。その海岸に建っている崎津天主堂は、天草を代表するキリシタン文化遺産の一つだ。清潔で静謐《せいひつ》な環境が保たれ、地域の人たちの大切にする気持ちが伝わってきた。

河浦町は、山崎朋子がつづった「サンダカン八番娼館」の舞台である。

一九六八（昭和四十三）年夏。本渡市に住む元高校教諭で郷土史家の鶴田八洲成《やすなり》さん（六十八歳）は、この教会のそばで二人連れの女性に会った。一人は山崎。傍らの人は「おサキさん」と呼ばれていた。

二人を写真に撮ってやり、天草のキリシタン文化や歴史について話をし始めると、山崎は強い関心を示した。

約二週間後、鶴田さんは山崎と再会した。本渡市へ帰るバスに乗り合わせたという。喫茶店で向き合った。この時までは名を名乗り合っただけだった。あの教会のそばで、天草の歴史などを語り聞かせた時、「質問が的確だ。何者だろう」と思っていた鶴田さんは、「あなたは何をしに天草に来たのですか」と、率直に聞いた。

「実は、からゆきさんについて調べています」

山崎の答えだった。

からゆきさん――。天草では、働き口を求めて海外に渡った人たちを指す。江戸時代末ごろに始まり、戦前まで続いた。渡航先で娼館などで働かざるを得なかった女性も多かったため、元々の定義から離れた意味に変化していた。

山崎は、日本の女性史研究の一環として「からゆきさん」について調べるため、天草に来た。そして食堂で出会ったおサキさんの河浦町の自宅に約三週間住み込み、聞き取った話を中心にまとめて作品を世に出した。

サンダカン八番娼館

山崎朋子（1932年－）が天草・河浦町を訪れ，作家であることを告げずに元「からゆきさん」と一緒に生活し，聞き取った実話。1973年，第４回大宅壮一ノンフィクション賞受賞。筑摩書房，文春文庫など。

からゆきさんが船出した天草・牛深港。右の大型船が連絡船（1940年ごろ。吉川茂文さん提供）

おサキさんは元からゆきさん。独り暮らしで、山崎の滞在中に近所の人が訪ねてくると、頼まれた通り「京都に住んでいる息子の嫁」と紹介した。彼女もまた、山崎の真の目的を知らなかった。

真相を話したのは鶴田さん一人だけだったのだ。

天草町の浜名志松さん（九十二歳）は、元中学校校長。からゆきさんのいた時代の証言者である。

「子供のころまでは集落には周旋役の女性がいました。娘のいる貧しい家庭を一軒一軒回ったのです」。周旋役は「南洋に行かせないか」と家族を説得していた。

渡航先で事業に成功したり、高級官僚と結婚して大金持ちになって島へ戻ってきたりする人もわずかにいた。しかし、その何倍もの人が病気で亡くなり、別の多くの人は身ひとつで帰郷した。

「海外に渡ったのは田んぼも何も持たない貧しい家の子供ばかり。知り合いも何人も出かけました」

おサキさんも四歳の時に父親を亡くし、赤貧の少女時代を過ごした。

〈日が落ちて晩になっても、唐芋のしっぽひとすじ口にはいらんこともあった〉

作品はその生活ぶりをこう表現した。十歳の時、家計を支えていた兄に両手をついて「外国さん（外国に）行ってくれ」と頼まれ、決意。マレーシア・サンダカンで働いたあと帰郷した。

曾祖母がからゆきさんで、本渡市で旅館を経営する傍ら、シンガポールなど各地を巡って現地調査をしている大久保美喜子さん（五十一歳）は、一九九九（平成十一）年、山崎が別の取材で来島したのをきっかけに手紙のやり取りをした。

「からゆきさんの生き方には人間のたくましさを感じます」と山崎は書き送っている。

作品は、山崎が東京へ帰る前の晩の出来事で終わる。泣いてすべてを打ち明ける山崎の背中をさすりながら、おサキさんは言う。「本当のこと書くとなら、誰にも遠慮することはなか」。作品の発表後に亡くなった。墓は河浦町内にある。

（松下宗之 2004.7.30）

熊本市黒髪

中野孝次□麦熟るる日に、苦い夏

学生を見守る街

まだ暑さの残る日、五高の「習学寮」があったあたりを訪ねた。中野孝次が、この第五高等学校（いまの熊本大学）に入学したのは、日本の敗色が日増しに濃くなっていた一九四四（昭和十九）年の春。自伝的小説「麦熟るる日に」に青春の日々をつづった。

〈はじめて見る熊本は黒い町であった〉

〈曲りくねった大通りを走る市電の外に次々とひらける町並は、どれも重い屋根の下に暗い口をあけていて、古く、うす汚れて、色彩が乏しかった。それでいてふしぎな活気があって、大きくて、人が多かった〉

作中で、熊本の印象と様子をこう記した。

千葉県生まれ。父親は大工で、「職人の子に教育なんかいらない」と息子が学問をすることを喜ばず、中学進学を断念。しかしその後、一日十四時間の猛勉強で検定試験に合格し、五高を受験した。

「弊衣破帽」の五高生は、寮で起居をともにし、哲学や政治、文学について激しく議論した。

肥後銀行常任顧問の長野吉彰さん（七十九歳）は、中野と習学寮で同室だった。

「デカルト、カント、ニーチェ。東西古今の名著をみんなよく読み、よく話した。読まない者は相手にされなかったからね。単純なやつという意味で、シンプルをもじってタンプルという悪口があったほど」

当時の熊本の街はそうした学生に優しかった。悪のりが過ぎ、繁華街で高唱乱舞したあげく市電を止めたこともあったという。

「麦熟るる日に」に長野さんは「長井」として登場する。軍事教練の最初の授業で、中野にゲートルの巻き方を教えたのは長野さんだった。中学に行かなかったから、ゲートルの巻き方のような学生生活に必要なことの多くを知らな

麦熟るる日に，苦い夏

中野孝次（1925−2004年）の作品。「麦熟るる日に」は1977年から翌年まで文芸誌に掲載，平林たい子文学賞を受けた。「苦い夏」は1979年から翌年にかけて発表された。当時の単行本はともに河出書房新社刊。いまは『中野孝次作品02』（作品社）などに収録。

学生たちが高唱乱舞した五高のファイアー・ストーム（1945年。長野吉彰さん提供）

かった。それが「事件」につながった。

号令を受け、ほかの学生が三つの決まった動作で銃を担いだのに、中野だけがひょいと肩に載せてしまった。激怒した配属将校は中野を殴打。以後、中野は教練に二度と出なかった。

〈ひまさえあれば本を読み、話すことときたら書物の世界から得た観念の話ばかり〉

中野を「孤高の人」とからかい半分に言う同級生もいたが、ファイアー・ストームなどでは〈必ずはしゃぎださずにいられなかった〉と作中に記している。

「孤高を感じさせる反面、ひょうきんなところがあった。私とは不思議にウマがあった」と長野さん。

一九四五年一月、熊本市健軍町にあった三菱の航空機製作工場に動員される。一三七万平方メートルもの広大な敷地の工場で、単純作業が延々と繰り返された。

〈行き帰りに毎日目にする健軍の原野の変化だけが新鮮であった。麦はいま伸びられるだけ穂をのばして、ゆたかな穂を風にゆさゆさなぶらせていた〉

見渡す限り広がっていた畑は、ほとんどが住宅になった。

「嫁に行った女性が帰省して、自分の家を探したという話があるぐらい変わりました」

この土地に生まれ育った元市議の村上裕人さん（七十六歳）は、昔は中野が書いた通りの光景だったと懐かしんだ。

習学寮が建っていた場所は現在、法文学部棟になっている。取材した日、ラフカディオ・ハーン（小泉八雲）の没後百年の記念レリーフの工事が行われていた。

「麦熟るる日に」は召集で終わり、続編の「苦い夏」は復員して学校に戻るところから始まる。中野は、ハーンや夏目漱石が教えていたころに完成した赤れんがの本館（いまの五高記念館、国重要文化財）に強い印象を受ける。

〈くろずんだ樟《くす》の大樹と蘇鉄《そてつ》の群落を従えて朱煉瓦の本館建物が少しも変らず立っていた〉

中野と長野さんの交流は、中野が二〇〇四（平成十六）年七月十六日に逝くまで続いた。同窓会は敬遠したが、徴兵猶予の特権のなかった文科をあえて選んだ仲間の集まりには出席した。

「五高を選んだのは生涯で最も正しい判断の一つだった」と語っていたという。

（岩永芳人 2004.10.1）

水俣市・不知火海沿岸

水上勉□海の牙

小説が語る公害の現実

防波堤から、紺碧に広がる晩秋の水俣湾が見える。家族連れが楽しそうに釣り糸を垂れている。約半世紀前、この地の工場からメチル水銀が排出され「水俣病」が発生した。不知火海沿岸は毒の海と化し、数多くの命が奪われた。未曾有の公害だった。

水上勉は、水俣病が社会的問題に発展しつつあった一九五九（昭和三十四）年冬、水俣を訪れて約二週間滞在。翌年「海の牙」を発表した。舞台は架空の水潟《みながた》市。病名は水潟病。

殺人推理小説に仕立てたこの作品で、作家として水俣病をいち早く告発した。さらに驚くべきは「水潟」の名が、第二のメチル水銀公害の存在をも暗示していたことである。

当時、旧日本軍が海中投棄した爆薬の劣化による汚染など、様々な病因がささやかれていた。そんな段階だった。

しかし、廃液が流れ出す排水口を見た水上は、「犯人は目の前にいる」と見抜いた。

市内に住んでいる友田タミエさん（八十四歳）は、水上が泊まり込んだ市内の旅館「三笠屋」の元従業員。作品の中で仲居の民江として登場する。

「あの排水口を見て、海が牙を向いていると感じたんでしょう。『工場廃液の汚染による公害だ』と訴えたかったんでしょう」

水上が見た「百間《ひゃっけん》排水口」では、一九三二年から政府が公害に認定する六八年まで、アセトアルデヒドの製造工程で副生されたメチル水銀化合物が排出されていた。水俣湾に排出された水銀量は約七〇―一五〇トン。排水口付近に積もった汚泥は約四メートルにも達した。県は汚泥の除去に四百八十五億円の巨費と十三年の歳月を費やした。

水上の取材は、困難を極めたようだ。

「中年の面会客でした。水上勉と名乗りましたが、私は

海の牙

水上勉（1919―2004年）の第14回日本探偵作家クラブ賞受賞作（1961年）。工業都市で発生した病気を調査する保健所医師が他殺体で発見される。妻の不審な行動や刑事と警察嘱託医の推理をちりばめ，公害病の現実を描いた。双葉文庫など。

有毒な廃液は長期間，水俣湾に流れ込んだ（公害認定後の1977年，干潮時に撮影。水俣市提供）

（作家であることを）知りませんでした」

元熊本日日新聞社記者の平山謙二郎さん（七十二歳）は、こう話してくれた。水上は平山さんの水俣病関係の連載記事を読み、直接会いに来た。まだ無名だった作家を相手にする人は少なく、救いの手を地元紙に求めたのだ。

平山さんは、たった一人で「取材で来た」と話す作家に共感した。患者や漁業者の苦しみ、行政の無策、企業城下町の歴史などを夜を徹して語り聞かせた。

漁業者の総決起大会や工場への乱入、警官隊との衝突、国会議員団などの視察――。「海の牙」で水上が描いた場面は、平山さんの渡した資料が参考になっている。

三笠屋の二代目経営者・田崎美孝さん（七十三歳）は「朝から晩まで患者の多発地域を回っているようでした」と言う。

さらに、新潟も連想させる「水潟」の名。新潟県の阿賀野川流域には、やはりアセトアルデヒドの工場が操業していた。第二水俣病の公式確認は、水上の取材から六年後の一九六五年だった。事実が小説の後を追った。

福井県で生まれた水上は、九歳から寺院で修行するなど苦労した。本格的に作家活動に入ったのは、四十歳以降。根底には常に弱者への視点があった。和紙作りにも励み、水俣市の紙すき職人・金刺潤平さん（四十五歳）とは長い交流をもった。金刺さんは「世の中の矛盾を嫌っていた人でした」と言う。

水上が八十五歳で逝って一か月後の二〇〇四（平成十六）年十月十五日。「関西水俣病訴訟」最高裁判決は、水俣病の被害を拡大させた国と県の責任を断罪した。認定基準も現行より幅広い救済を認めた二審判決を支持した。しかし、国は判決後、認定基準を変えないという立場だ。

〈おれたちが今せなきゃならんことは何だろう。（略）患者をまじめに治療せよということか。犯罪が起こらんように足を棒にして走れということか……それもよかろう、だが、（略）不知火海沿岸漁民の生活保障を国家が考えないかぎり、まだまだ（略）血の雨がふるかもしれない〉

「海の牙」の終わりの方で、警察嘱託医は、こう語る。司法判断と行政認定の溝は、最高裁判決を経ても深い。

（白石一弘 2004.11.26）

大分県

福岡県
［中津市］
松下竜一
「豆腐屋の四季」
［宇佐市］
阿川弘之
「雲の墓標」
伊予灘
［本耶馬渓町］
菊池寛
「恩讐の彼方に」
［宇佐市］
横光利一
「旅愁」
［別府市］
佐木隆三
「別府三億円保険金殺人事件」
［日田市］
岡田徳次郎
「銀杏物語」
［湯布院町］
内田康夫
「湯布院殺人事件」
［大分市］
遠藤周作
「王の挽歌」
［中津江村］
松本清張
「西海道談綺」
［臼杵市］
野上弥生子
「迷路」
［竹田市］
小長久子
「滝廉太郎」
熊本県
［くじゅう］
坂井ひろ子
「ありがとう! 山のガイド犬『平治』」

本耶馬渓町・青の洞門

菊池寛□恩讐の彼方に

禅海和尚の実像

山国川沿いの駐車場に降り立つと、寒風が吹きつけ、枯れ葉が舞い上がった。観光シーズンのはざまで、車もまばらだが、「青の洞門」が残る岩の峰々・競秀峰が川に沿ってそびえ立っていた。

身を縮ませ、駐車場わきのドライブインに入った。店主の稲男公人さん（五十三歳）は三代目。昭和初期の開業という。「川の水量は、昔の三分の一に減った。戦後、山々の雑木を切り開き、保水力の劣る針葉樹に植え替えた影響だろう」と、少し寂しそう。

菊池寛が大正期、執筆に際して現地を訪れたことは想像されるが、彼の目にどんな光景が映っていたのか。現在の山国川は、小説で了海となっている禅海和尚にトンネル開削を決意させたほどの荒々しさを感じさせない。鯉が浅瀬でのんびり泳いでいた。

歩いて洞門に向かった。禅海が掘ったトンネルは、明治期に軍用道路として拡張工事されたため、わずかな面影しかとどめない。町道トンネルの川沿いと、町道の下をくぐる計二本、それぞれ約三〇メートル。遊歩道になっている。川沿いのトンネルには、岩を縦約一・五メートル、横約三メートルにくりぬいた「明かり取りの窓」が残る。光が殺風景な岩肌を照らしていた。

土産品販売の女性店主（七十三歳）は、「町道をくぐるトンネルは、一九六六（昭和四十一）年の電話線工事の時に見つかったんよ」と教えてくれた。「以前は川が増水すると、トンネルが不通になり、競秀峰の山を越えたりしたけれど、国道バイパスができて、最近はそんなことはない。いまでは競秀峰めぐりは観光ルート」と笑った。

洞門から車で約十分、郷土史に詳しい町文化財調査委員

恩讐の彼方に

菊池寛（1888－1948年）が1919年に発表した短編小説。主殺しの大罪を犯したうえ，悪事を重ねる市九郎が改心して出家，了海と名乗る。諸国巡礼の旅に出た市九郎は，羅漢寺もうでの絶壁道・鎖渡しの難所を踏み外し，命を落とす村人を目撃。これまでの罪を償おうと，1人でトンネル開削を志す。『藤十郎の恋』（小学館文庫）などに収録。

の神野哲さん（七十七歳）方を訪ねた。

「小説にあるように、禅海が人を殺した罪滅ぼしに洞門を掘ったというのは、事実ではありません」と断言した。禅海が江戸中期に開削したのは間違いないが、「あだ討ち話に根拠がない」ことが、町史編纂に伴う調査でわかったというのだ。

禅海は田畑を羅漢寺に寄進し、経歴を書き残している。通行料も徴収している。「貧困だったとは思えないし、罪人であれば出生を記すことも考えられない」と言う。

上：明治期ごろの青の洞門（三光村諫山・岩淵武子さん提供）
下：町道トンネルわきに「青の洞門」の石碑。その左側に禅海手掘りのトンネル入り口が見える

明治期、町内のお坊さんが説教話として創作したものが、郷土史家の著作を通じて、菊池寛の目にとまったというのが真相のようだ。

神野さんはむしろ、禅海を交通の利便性を重視した事業家と分析する。小説のイメージとの違いに驚く。

「歴史上の人物評価というのは人の見方、考え方によって大きく変わる。歴史を記すのは、恐ろしい仕事と考えるようになった」との言葉は、説得力があった。

（坂本宗之祐 2003.1.8）

宇佐市・光岡城跡

横光利一□旅愁

魂を呼び寄せる碑

国道10号線の南側に長々と連なる丘陵地（宇佐市赤尾地区）。その一角に、横光利一の魂が眠るという。戦国時代の山城跡を目指し、坂道を上った。

「光岡城跡」（標高約一三〇メートル）。宇佐平野が一望でき、柔らかな春の光に周防灘がきらめく。物語で、先祖が城主だった主人公は、父の遺骨を抱き、ここを訪れる。県が史跡公園として整備し、「旅愁」の一節を刻んだ文学碑が立っていた。

〈家を一歩外に出たもので　胸奥に絶えず　描きもとめてゐるふるさとと　今身を置く郷との間に　心を漂はせぬものは　恐らく誰一人もゐなかつたことだらう〉

建立に携わったのは、まちおこしグループ「豊の国宇佐市塾」塾頭で、僧侶の平田崇英《そうえい》さん（五十四歳）、市民図書館司書の松寿《しょうじゅ》敬さん（三十八歳）ら地元の人たち。二人が同行してくれた。

「（碑には）さまよい続ける利一の魂を宇佐に戻そうという思いを込めた。まな弟子だった芥川賞作家の森敦さん（一九八九年死去）の筆」。平田さんの言葉に力が入る。一九九三（平成五）年の建立。森さんは死の一年前に揮毫していた。

横光の本籍地は宇佐郡長峰村（いまの宇佐市）だが、土木技師だった父の勤務の関係で福島県で生まれ、宇佐に住んだことはなかった。遺骨は東京・多磨霊園に葬られている。

なぜ、魂はさまよっていたのか――。

松寿さんは「幼いころは各地を転々とした。戦後は、戦争に協力したとして、文壇で責任を追及された。安住の地はなく、望郷の念を募らせて亡くなったから」と説明。

「横光のふるさとは宇佐」と、二人が中心になり、一九八

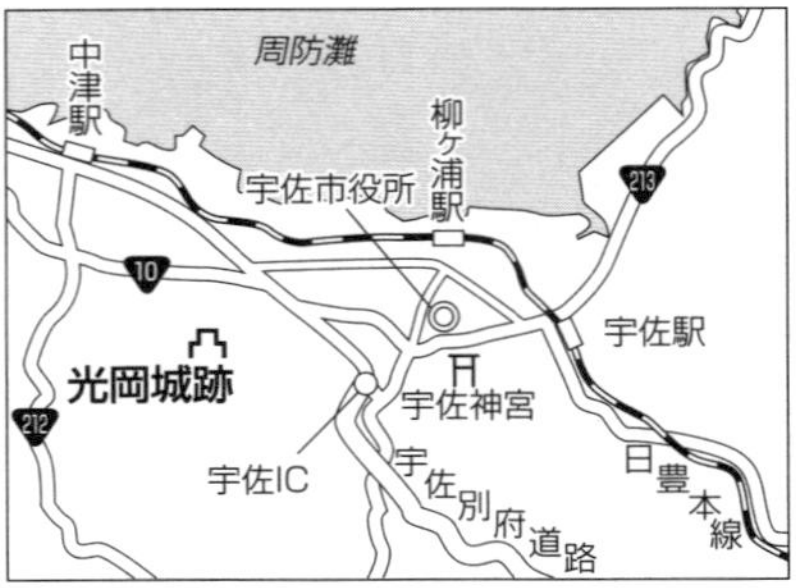

旅愁

横光利一（1898－1947年）の代表作。1937年から46年まで断続的に新聞，雑誌に連載されたが，横光の死で未完。前半はヨーロッパ，後半は日本が舞台。太平洋戦争に向かう時代を背景に，主人公・矢代耕一郎とカトリック信者・宇佐美千鶴子の恋愛などを通し，東洋と西洋，伝統と科学，道徳と論理の対立を描いた。講談社文芸文庫など。

八（昭和六十三）年から遺品の展示、座談会開催など、魂を呼び寄せる活動を続けた。

秋、宇佐市では、横光をしのぶ俳句大会が開かれる。俳句好きで、約三百句を残しているのにちなむ。平田さんらが別の面も知ってもらおうと、一九九九年に始め、作品を募集する。

四回目の二〇〇二年は全国各地から六千四百五十一句が寄せられた。毎回、特選二十句など入賞作を決めており、選者は、俳人で芥川賞作家の清水基吉さんと別府大学名誉教授の倉田紘文《こうぶん》さん。「利一の碑たづね高きに登りけり」、「城跡に建つ文学碑風薫る」……。入賞作品集を開くと、横光への思いが伝わる句が並ぶ。姓の一字をとった「秋光祭」も光岡城跡であり、市民らが舞踊や詩吟を披露する。

横光は「旅愁」を執筆中の一九四三年十一月、宇佐市を訪れ、光岡城跡、先祖の墓地などを回った。

「ふるさとの山仰ぐ眼に霰《あられ》落つ」。その際に詠んだとみられる句だ。日帰りの慌ただしい〝帰郷〟で、心が安らぐことはなかったのかもしれない。

城跡から東へ下りながら約五〇〇メートル歩くと、先祖の墓地がある。近くの集落の横光克規さん（六十四歳）、妻・圭子さん（六十一歳）は、「親類ではないが、掃除をしたり、花を供えたりしている」と話す。約二百五十世帯の集落にこの姓は十数軒あり、元俳優で衆院議員の横光克彦さんは、ここの出身。

訪問から六十年。ふるさとの人たちの温かさに、彼の心は癒されているだろう。

（高梨忍 2003.3.11）

上：空から見た光岡城跡一帯。雑木林に覆われ，横光が訪れた当時の様子を伝える（1967年10月撮影。宇佐市提供）
下：文学碑を見ながら，「ふるさとに帰り，横光は喜んでいるでしょう」と話す平田崇英さん（右）と松寿敬さん

中津江村・鯛生金山跡

松本清張□西海道談綺

津江郷の隠し金山

江戸時代、金山の警備はどんなに厳重だったろうか、と思う。金鉱石を持ち出そうとすれば、見張り役人にその場で切り捨てられそうな。松本清張はそんな緊張感を、鯛生《たいお》の山中に求めた。いまは金のテーマパークになっている坑道に足を踏み入れると、冷気に首筋をなでられたような気がした。

中津江村は日田市から約四〇キロ。車窓の眺めは「九州山地へ向かって進む」という表現そのものだ。三国山――。大分、福岡、熊本の分水嶺を、名で表したのだろうか。ほかに釈迦岳、酒呑童子山など九〇〇―一二〇〇メートルの山々が迫ってくる。

「西海道談綺《さいかいどうだんき》」の下敷きになった鯛生金山が操業したのは、一八九四（明治二十七）年から一九七二（昭和四十七）年まで。江戸史には登場し得なかった。

清張の構成力の驚くべきは、「津江郷の隠し金山」とすることで史実と整合させ、現実味を吹き込んだ点だ。

謀略、探索、打算、裏切り、謎解き、男女の愛憎、怨念、恐怖、そして斬殺。富と、時に欲の象徴となる金をめぐって物語は展開する。

天領・日田と津江郷の金山を舞台に、佳境を迎えた時の地元の喜びは大きかった。当時、村役場に勤務していた矢野邦彦さん（六十七歳）は、「『点と線』や『砂の器』などで押しも押されもせぬ大作家が、私たちの里を題材にした小説を書いてくれるとは。毎週、週刊誌が出るのが楽しみでした」と言う。

矢野さんの感慨は、これだけでは終わらなかった。廃鉱後の活用策として、一九八三年四月十五日、坑道などを整備した村営の「地底博物館　鯛生金山」がオープンした時のことだ。

折しも大分は「一村一品、村おこし運動」のただ中。偶然とはいえ、「西海道談綺」の舞台のPR効果に期待して、

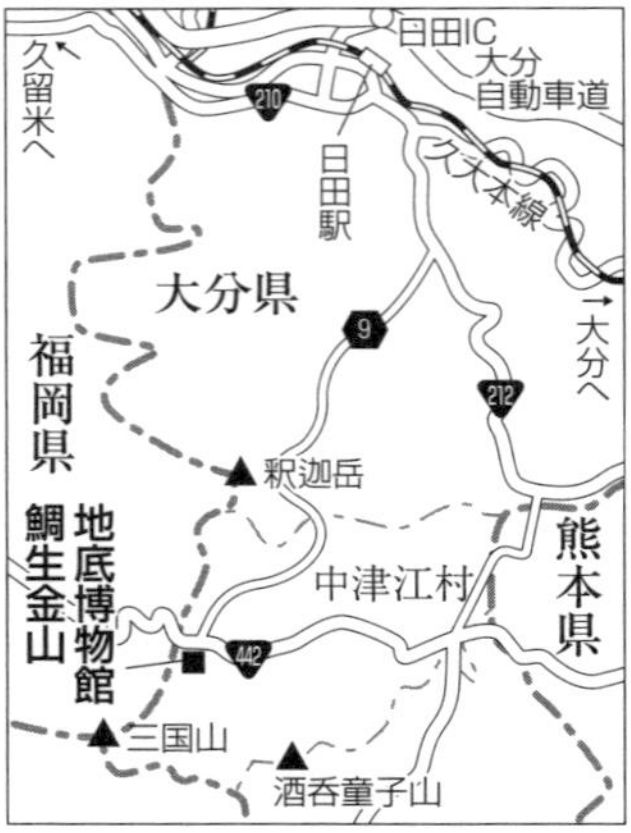

西海道談綺

松本清張（1909―92年）が1971年から５年間「週刊文春」に連載。上司を殺して逃走した伊丹恵之助が幸運と知略で旗本に立身し，幕府に内密で採掘されていた金山の探索に乗り出す。文春文庫。

1955年ごろの鯛生金山全景（中津江村提供）

清張が前日の開設式典に招かれた。案内役だった矢野さんは、思いきって尋ねた。

――中津江の詳しい地理が出てきます。さぞ念入りに現地調査されたのでしょうが、だれも知りませんでした。

「連載中に一度、タクシーで走り抜けただけだよ」

あっけに取られる矢野さんに、「詳しい地形は、地図を見ればわかる」と続けたという。

〈高山と深谷が錯綜し、その入り組んだ地形ゆえに杣人《そまびと》でも山間の小径を踏み迷う〉

中津江村は、二〇〇二（平成十四）年のサッカー・ワールドカップで、カメルーン代表のキャンプ地になった。これだけでも絶好の売り出し機会だったが、選手団の遅刻で全国に知られることに。博物館の入場者も増えているという。

遅刻という、本来ならまゆをひそめる行為が「ラッキー」に変わる。金山のもつ不思議なパワーがそうさせたような気がした。

（田中博之 2003.5.21）

女子生徒たちが楽しそうに「砂金採り」に挑んでいた

臼杵市

野上弥生子□迷路

変わらぬ旧家の町並み

石畳には雨がよく似合う。運のいいことに、訪ねた日は梅雨の雨がやむ寸前だった。臼杵市二王座。ぼんやりしていたら見落としてしまいそうな脇道に「歴史の道　入り口」と書かれた小さな看板があった。二王座から浜町へ。雨上がりでつやつやと光る坂道を歩いた。野上弥生子のふるさとである。一九三七（昭和十二）年に発表した「迷路」で、城下の商都・臼杵のたたずまいを活写した。

一五六二（永禄五）年、豊後を治めていた大友宗麟は、いまの臼杵市臼杵に城を築いた。豊後水道から瀬戸内、そして日向への南下も視野に入る要衝。貿易船の出入りする九州有数の商業都市となった。

弥生子は旧姓、小手川。臼杵有数の大店《おおだな》「小手川酒造」の家に生まれた。東京の明治女学校に進学、卒業後に同郷で、後の法政大学総長となる野上豊一郎と結婚した。

石畳の途中に生家はある。白壁の酒蔵は弥生子が育った当時のままという。中は薄暗く、空気は冷たい。低い天井、太い柱。そして何代にもわたる、日本酒の香りがあった。

女学校入学で上京したあと、九十九歳で逝くまで、数えるほどしか臼杵に帰らなかった弥生子。

地元でも、大正期から昭和にかけての弥生子を知る人を探すのは、年々困難になっている。

甥の「フンドーキン醤油」会長・小手川力一郎さん（八十一歳）は、そうした弥生子の素顔を語ることができる人だ。その小手川さんを、会社に訪ねた。

「商家出身だから、お金の貴重さを身にしみて知っていた」

質素だった。

「ごちそうと言えば、一緒に鎌倉へ墓参りに行った時に、寺の近くのそば屋で食べさせてもらったくらい」と、懐か

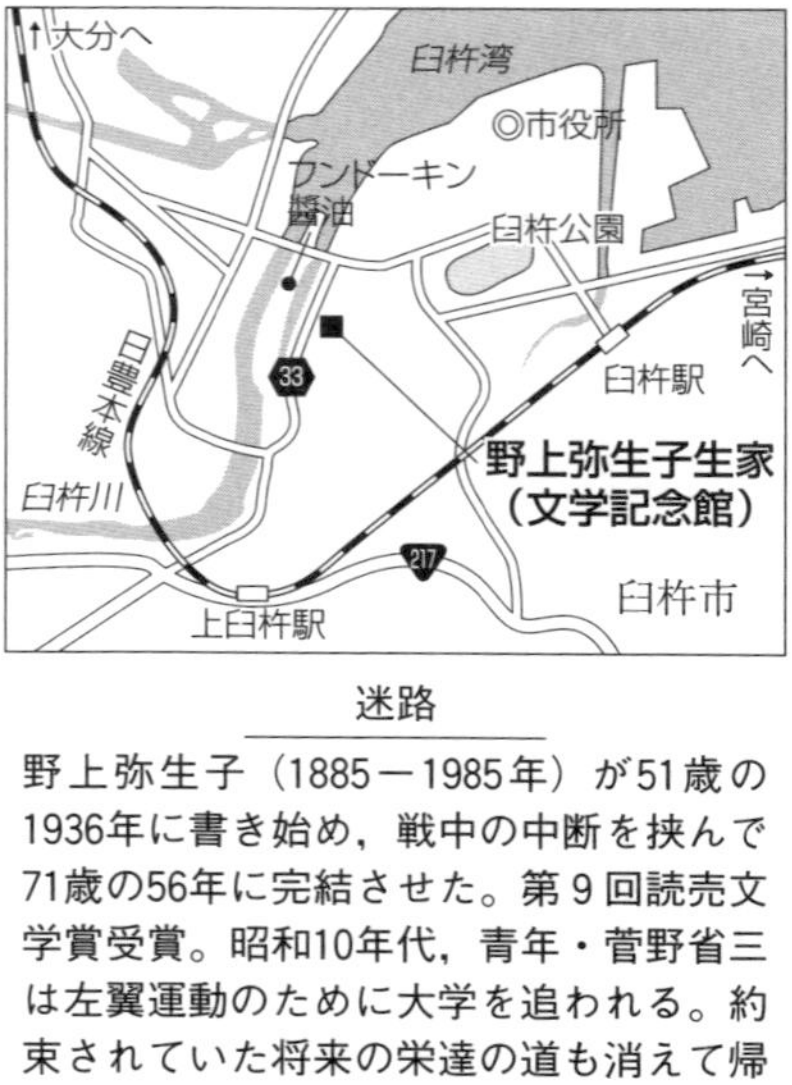

迷路

野上弥生子（1885－1985年）が51歳の1936年に書き始め，戦中の中断を挟んで71歳の56年に完結させた。第9回読売文学賞受賞。昭和10年代，青年・菅野省三は左翼運動のために大学を追われる。約束されていた将来の栄達の道も消えて帰郷。やがて召集を受け中国の戦地へ赴く。しかし，友人との再会を契機に脱走を決意する。岩波文庫など。

上：昭和初期の二王座付近（臼杵市教育委員会提供）
下：野上弥生子生家（臼杵市浜町）。構えは昔のまま

しそうに笑った。

「迷路」の主人公・菅野省三は、大学を追われ、ふるさとに戻ってくる。彼を迎えたのは、変わらない臼杵の町並みだった。

〈それぞれの通りが昔ながらの町名で、道路の幅一インチもひろげなければ、狭めもせず、まっ直ぐでも、曲がりくねっても、（略）みじん変らず保たれている〉

弥生子の里帰りがなぜ少なかったのか、知るよすがはない。ただ、土地の言葉でこんなものがある。

「嫁をもらうなら臼杵から」

倹約に努めた弥生子に重なりそうだ。東京で家族を守ることに懸命で、それでも、心のよりどころはふるさと。そんな思いが、臼杵の情景の記述に透けるような気がする。

年老いても、地名の記憶は鮮明だった。小手川さんは言う。

「上京すると『あの町はどうなった』としきりに尋ね、私が答えると懐かしそうにうなずいていました」

小手川さんに礼を述べ、石畳に戻った。空襲を免れた町並みは、商家や武家屋敷、寺院など、歴史的建物が残っている。行き交う人は少なく、鳥の鳴き声と自分の靴音が路地に響く。

「暗い」というのではない。

古いものを大切にする風土と人。大林宣彦さん（映画監督）が、この町で「なごり雪」を撮った一番の理由でもあった。変わらぬ町並みが、出会いと別れ、そして故郷への思いを鮮やかに描き出した。

夕方になった。臼杵公園（臼杵城跡）に登った。子供たちが野球を楽しんでいた。隅にひっそりと弥生子の文学碑。

町が見下ろせた。商家を縫うように小道が走る。弥生子もここから見たに違いない。「迷路」は、記憶の中のふるさとと地図ではなかったか。

（有馬博子 2003.7.16）

湯布院町・由布院温泉

内田康夫□湯布院殺人事件

「癒しの地」の精神

由布岳（一五八四メートル）。豊後富士とも呼ばれる。別府市からの県道は鶴見岳（一三七五メートル）を経て、この円錐形の秀峰の山腹に沿って延びている。坂の上の展望台（狭霧《さぎり》台）から由布院盆地が見下ろせた。全国からの観光客でにぎわう由布院温泉。内田康夫はここに取材して「湯布院殺人事件」を書いた。

一九五五（昭和三十）年、盆地の名でもある由布院（旧町）の区域と、湯治場としてこちらも名高い湯平《ゆのひら》（旧村）が合併して「湯布院町」になった。

内田が由布院温泉を訪れたのは、一九八八年十二月。JRと民間放送会社が連携した「和泉教授シリーズ」の取材だった。前年に国鉄が分割民営化。新生JRの集客に貢献したのがフルムーン旅行の切符だった。書き下ろされた作品は「フルムーン探偵シリーズ」とも言われ、多くの読者の旅心をかきたてた。

主人公夫妻の旅行先に選ばれたこと自体、湯布院の知名度がすでに「全国区」になっていたことを示している。

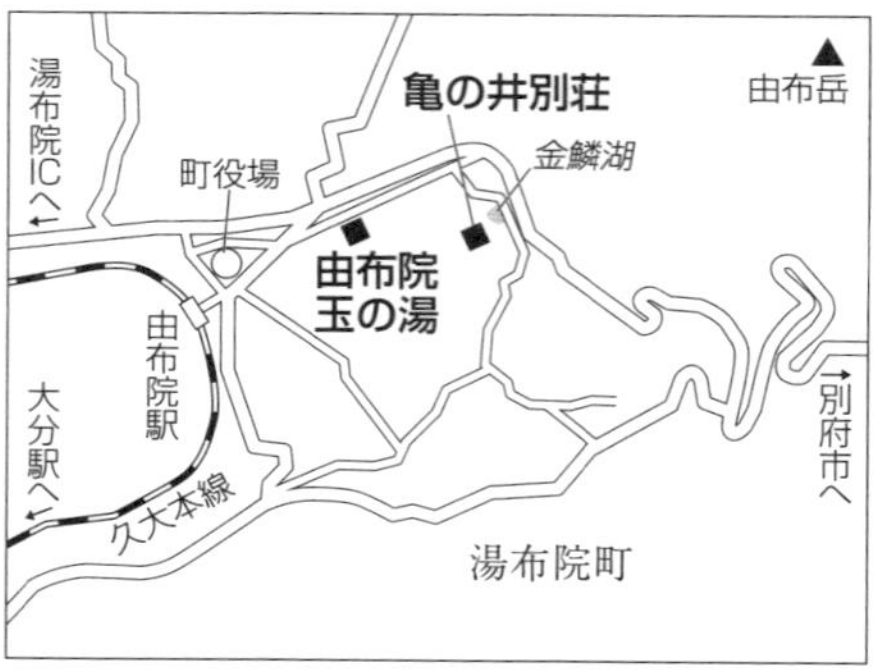

湯布院殺人事件

内田康夫（1934年ー）の1989年の作品で，中央公論社（現・中央公論新社）から刊行された。湯布院町の廃ビルで，大学をめぐる疑獄事件の渦中にあった前文部事務次官秘書が自殺。一方，その大学に愛想を尽かした法学部教授の和泉直人は自ら辞める。妻と九州旅行にでかけた和泉だったが，湯布院に着いた日から殺人事件が起きる。中公文庫，光文社文庫。

「事前にあまりテーマを決めないで取材に入る」と言われる内田。それでも、絶対に外せない素材は、まちづくりの歴史だった。

〈湯布院（由布院）の空前といえる繁盛は、地元有志の長い間の奮闘の成果である。（略）別府のおこぼれを頂戴して、なんとか暮らしていた時代が長かった〉

作中にこう記した。

高度成長期の初めあたりまで、隣の大温泉地・別府の旅程に組み込まれたり、「ついでに」足を運んだりして来る客をあてにした旅館経営が続いていた。しかし合併を契機に、湯平温泉を含めて「別府とは一線を画した自然あふれる温泉保養地」に、長期的な振興の道を求めた。

大規模ホテルなどの進出を阻む一方で、一九七五年にゆふいん音楽祭、七六年には湯布院映画祭が民間実行委員会によってスタートし、いまも続いている。こうした取り組みのニュースは、多くの場合、好意的に、金鱗《きんりん》湖畔の美しい風景などとともに全国に発信された。九〇年には無秩序な開発を制限する条例も、町民の強い要請を受けて制定された。作品中に、推理小説には場違いと思えるほど丹念に書き込まれている。

取材を受けた一人に「由布院玉の湯」社長の溝口薫平さん（六十九歳）がいる。「亀の井別荘」社長の中谷健太郎さん（六十九歳）とともにアイデアを出し、実現の先頭に立ってきた。

「湯布院の歩みやまちづくり、その中で何を守るべきなのかを話した。いきさつを作品で取り上げてくれたのは、湯布院の精神に共鳴してくれたからでしょう」

中谷さんは、「湯布院の豊かさはゆっくり滞在できること。癒されるために来ている湯布院に、大きなエネルギーを消費する施設は必要なかったのです」と言う。

殺人推理小説の舞台になったことに、町内でも論議があったという。町商工観光課の衛藤秀人さん（五十三歳）は、「内田先生自身にやや抵抗があるということが、後にわかってほっとしました。だからこそ容認できます」と話してくれた。

この原稿を書いている時、湯布院町長ら二人が収賄容疑で逮捕された。動揺の広がる中、中谷さんは「影響は少ない」と言い切った。

映画祭も音楽祭も、そして長い時間をかけて獲得した「癒しの地」の称賛も、「行政の手を借りない、あてにしない」情熱が原動力だった。短い言葉に、いまの湯布院の自負と自信がうかがえた。


（脇田隆嗣 2003.9.3）

上：1988年のＪＲ由布院駅。当時は年間約300万人，いまは約400万人が訪れる（湯布院町提供）
下：いまの湯布院町中心部。人力車も定着した

くじゅう

坂井ひろ子□ありがとう！ 山のガイド犬「平治」

安全登山のシンボル

やまなみハイウエーの車窓からの眺めは格別だった。湯布院から阿蘇方面へ。晩秋の飯田《はんだ》高原ではススキが風に揺れていた。長者原登山口に着いた。近くの指山《ゆびやま》（一四四九メートル）の斜面で、カエデやケヤキが赤、橙《だいだい》に色づいていた。くじゅうの山々では一九七〇年代から八〇年代にかけて、ガイド犬「平治《へいじ》」が活躍した。登山者を遭難の瀬戸際から救ったこともある「賢犬」だった。

　福岡県黒木町で建設会社を経営する富安一夫さん（五十五歳）は、あの日を忘れない。

　一九八八（昭和六十三）年一月三十日夜。仕事仲間と二人で長者原から法華院温泉を目指していた。翌日、登山の予定だった。雪は吹雪に変わり、遭難の寸前まで追い込まれた。後を歩いていたのが平治だった。それまではいつ行っても、登山道で寝ている姿しか見たことがなかったのに。

「この人たちは、困ったことになる」と予感して、ついてきたとしか思えないという。富安さんらの前に出て、すがもり小屋（当時）、そして法華院温泉まで導いた。

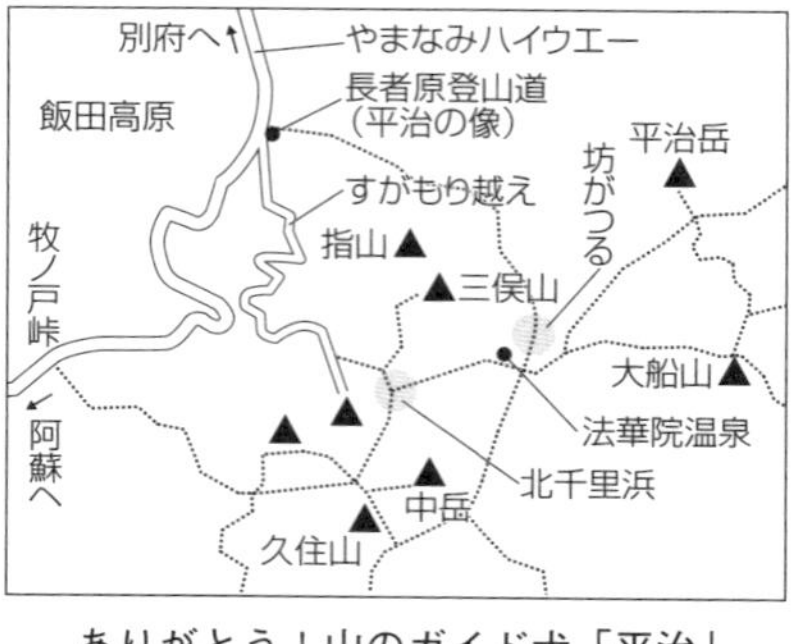

ありがとう！山のガイド犬「平治」

坂井ひろ子（1936年—）の作品。1989年に偕成社から刊行された。捨てられていた子犬が，厳しくも愛情あふれる訓練を受け，くじゅうの登山ルートをすべて覚えてガイド犬になる。その一生を，登山口の寄せ書き帳に残されたメッセージとともにつづった。角川文庫版もある。

「奉仕への使命感。確かに、そのようなものをもった犬だったと思います」と、富安さんは話してくれた。

　育てたのは、荏隈保《えのくま》さん（七十歳）だった。

　一九七四年のある日。登山口のバス切符売り場で働いていた荏隈さんは、捨て犬を見つけた。皮膚には病気もあった。治療をしてやり、平治《ひいじ》岳（一六四三メートル）にちなんで平治と名付けた。読みの通りに「へいじ」と呼んだ。よく雄と勘違いされたのは、この名前のためだろう。ぐんぐん大きくなって、体長一・一メートル、五五キロに。顔だちや体格から、秋田犬系の雑種だろうと判断した。

　荏隈さんや登山者と一緒に歩くのが何より好きになった。その賢さに気づいた荏隈さんは、分かれ道では正しいルートを選ぶよう平治をしつけた。平治は喜んで登山者を案内するようになった。

児童文学作家・坂井ひろ子は、平治の活躍を通じて、自然と動物、人間の共存を描こうと考えた。

久住山（一七八七メートル）、大船山《たいせん》（一七八六メートル）などの名峰にひかれ、学生時代から足を運んだ地。これ以上の舞台はないと思った。

「何匹も子を生んだ、母としての平治にも興味をもちました」

〈雄大な景観と、なだらかなスロープが美しくとけあい、阿蘇山にくらべて女性的な山ともいわれます〉

「ありがとう！　山のガイド犬『平治』」で、くじゅう連山の眺めを、こう表現した。

平治と荏隈保さん（1988年ごろ，長者原登山口で。荏隈さん提供）

高度成長とともに、勤労者や家族にも親しみやすい山々として訪れる人が増えたくじゅう。しかし優しい外観の一方で、特に冬場、自然はしばしば人に牙をむく。一九六二年の元日には、九人の登山者が吹雪の中、北千里浜で遭難。七人が死亡した。

〈美しい草原をすそ野にもち、（略）のぼりやすい山だともいわれていますが、そのため、かんたんに山にはいる人もおおく、遭難さわぎがたえません〉

特に一九六四年、やまなみハイウエーが別府、くじゅう、阿蘇を結んでから（いまは無料化されて県道）、初心者の比率が高くなっていった。こうした中で活躍する平治は、安全登山のシンボルだった。

平治が歩いた道をたどった。鬱蒼とした林、石だらけの道。坊がつる、そして法華院温泉、北千里浜へ。迷っていて平治の助けを受けた人の感謝の言葉が、当時は多く長者原登山口のノートに書かれていた。

坂井が平治に会ったのは、富安さんらを救った年でもあった。しかし十四歳の老犬は、死期の近いことをうかがわせていた。

「あんな利口な犬に会えて、幸せでした」と荏隈さん。少し寂しそうにも見えた。

一九八八年八月、眠るように死んだという。

（有馬博子 2003.11.12）

中津市小祝《こいわい》
松下竜一□豆腐屋の四季

心を養った故郷への思い

許可を得て、松下竜一を病院に訪ねた。前年六月に福岡市内で脳内出血で倒れ、北九州市近郊の病院でリハビリに励んでいた。まだ声が出ない。妻・洋子さん（五十六歳）が付き添っていた。質問を書いたメモを渡すと、文字盤をなぞって答えてくれた。豆腐を卸していた小祝への思いを聞いた。すると洋子さんを向きながら、「か・え・ろ」の三文字を指がたどった。

「帰ろう」。闘病を支える郷里への思い。ひたすら豆腐を作った日々を、松下は「豆腐屋の四季」に書いた。

小祝は、大分県と福岡県を分ける山国川河口の三角州にある。さえぎるもののない夕方の川面を、ほおを刺すような冬の潮風が吹き抜けていった。シギやカモが見えた。川向こうから小祝に入る北門橋。松下は雨の日も雪の日も、バイクでこの橋を渡って小祝の店々に豆腐を卸した。

幼いころから病弱だった松下。一九五四（昭和二十九）年、中津西高校（いまの中津北高）三年の時に肺結核と診断され、休学を余儀なくされた。復学後「秀才」と呼ばれた松下を再び悲運が見舞う。一九五六年五月、母を亡くした。この年の春に高校を卒業し、翌年の大学受験を目指していた。母の死は進学を断念させ、父の営む豆腐屋への手伝いへと向かわせた。

虚弱な体に、未明から起き出す仕事は重い負担を強いた。

「泥のごとできそこないし豆腐投げ怒れる夜のまだ明けざらん」

一九六二年、作業の失敗を歌にして投稿した歌が新聞で入選。以来、日常を詠んだ。

〈ほんとうにものをいとしみつつ造るのに、わが手にまさる道具があろうか〉

〈箸でたぐって、一枚ずつ丹念に揚げるあぶらげはしだいに稀《まれ》なものになりつつある。（略）私は、手製のものを遺し続けたい気がする〉

豆腐屋の四季

松下竜一（1937－2004年）の1968年の作品。1967年11月から１年間，豆腐屋の日常と自らの人生を，短歌と文章でつづった生活記。『松下竜一その仕事１』（河出書房新社）などに収録。

「豆腐屋の四季」で松下は、手作りの誇りを、こう表現した。

小祝の七軒の食料品店に卸していた。七店はしかし、一軒も残っていなかった。土地の歴史に詳しい高倉清さん（六十八歳）は五、六〇年代の様子について「活気にあふれていた。井戸水を使って農業も盛んでした」と振り返る。冬は土手に青ノリが網干しにされた。いまはコンクリートの擁壁になり、青ノリの網干しもほとんど見られないという。店の消えた背景まで見えるような気がした。

最も人通りが多かった場所に店を構えていた本間昭雄さん（六十九歳）は、松下について「とにかく口数が少なかったね。でも研究熱心。豆腐はだんだんとよくなりました」。別の店を切り盛りしていた角富貴子さん（六十八歳）は、「口に入れると『ツルッ、フワッ』という感じ。油揚げは分厚くて、七輪で焼いてしょうゆを垂らすと、本当においしかった。いまの豆腐は比較になりません」と松下の味を思い出した。

いまの小祝。狭い路地は昔のまま

体調のすぐれない松下は、ついに一九七〇年、豆腐店を廃業。作家へと転身した。仕事場は松下の書斎となり、豆腐作りの機械や道具は一つも残っていない。

反原発、反開発の運動に力を注いだ。「過激になった」と受け止める人もいた。だが原点は「豆腐屋の四季」の風景にあった。豊前火力発電所建設計画の差し止め訴訟の法廷で次のように述べた。

「山国川の河口（略）ここを行き来する中で、自分の心というものを養われてきたわけです」。そこに「かえろ」と言う。

病院での面会は約十五分。回復の一日も早いことを心から願い、別れのあいさつをした。

（野口芳弘 2004.1.14）

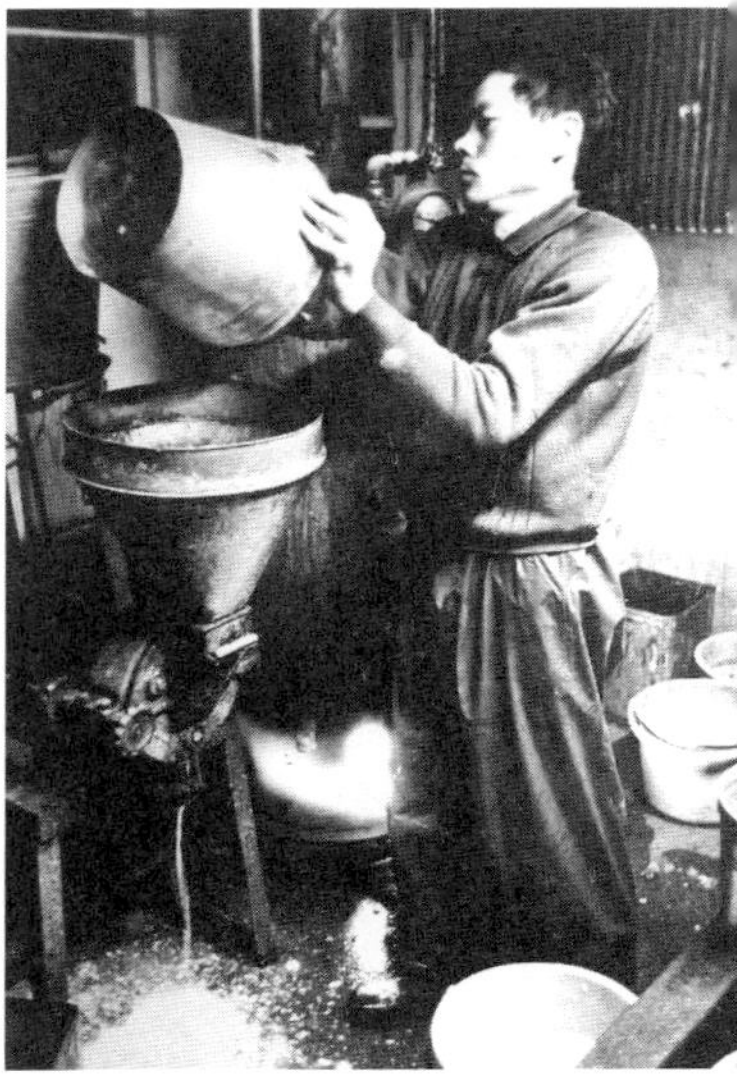
豆腐を作る松下竜一（1969年ごろ。図録「松下竜一その仕事」から）

竹田市・岡城跡

古城を渡る松風の音

小長久子□滝廉太郎

石段を踏みしめ、かつて天守閣のあった場所を目指した。竹田の盆地に春が訪れようとしていた。滝廉太郎が作曲した「荒城の月」の舞台・岡城跡。北にくじゅう連山、南に祖母・傾、そして西には阿蘇山。峰々はかすんでいた。

「松籟《しょうらい》」。一九九六（平成八）年、この岡城跡に吹く松風の音が「日本の音風景百選」に選ばれた。小長久子が廉太郎の伝記取材でここを訪れた時には、まだ老松があり、松風を奏でていた。

廉太郎は一八七九（明治十二）年、東京で生まれた。滝家は日出藩（大分県日出町）家老の名門で、祖父・吉惇は儒者、理学者として有名な帆足万里《ほあしばんり》の門下。

父の吉弘が一八九一年、大分県直入郡長として竹田町（いまの竹田市）に赴任。廉太郎は直入郡高等小学校高等科を卒業する一八九四年まで、郡長官舎で過ごした。父の仕事で転校を繰り返した廉太郎が、初めて腰を落ち着けた地。十二歳から十四歳の多感な時期だった。

廉太郎の、大分での姿を中心に描いた著書はなかった。「大分の人物としてとらえたい」。小長は『滝廉太郎とその作品』（一九五二年、大分大学教育研究所。著者名は旧姓の中園）を手始めに、六三年、六五年と続けて廉太郎に関する著書を刊行。『滝廉太郎』は四冊目だった。

戦後まもなくから始めた取材で、小長は多くの人に会った。大分市に住んでいた廉太郎の妹の安部トミさんにも話を聞いた。

当時でさえ知る人の少なかった廉太郎。

「友達との肝試しで、誰もが尻込みする中、悠々と出かけて仲間を驚かしていました」――。こんな、実像に迫る証言を得た。

〈町の東に岡城がある。（略）城址の老松は悠久八百年の歴史をつたえ、城壁は蔦蔓《つたかずら》に蔽《おお》われ石段は苔むしている。明治維新で城はこわされ、明治十年西南の役に町は兵火を

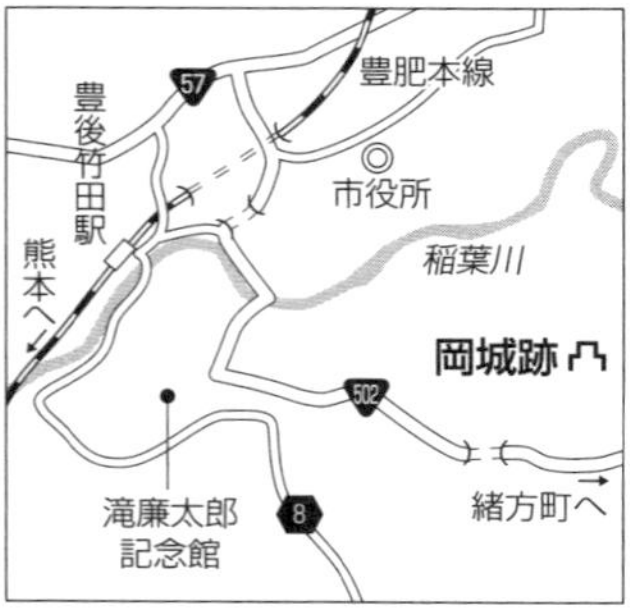

滝廉太郎

大分大学名誉教授の小長久子（1922年ー）の1968年の作品。滝廉太郎（1879ー1903年）の生い立ちから，竹田市居住時代，東京音楽学校在学時，ドイツ留学時など年代ごとにその姿を追った。吉川弘文館。

うけたが旧に復した田舎の城下町である〉

小長は、廉太郎の育った竹田を、こう表現した。

岡城は十四世紀に志賀氏の居城として築かれたというのが定説で、江戸時代は中川家の居城となった。

上：明治初期，廃城前の岡城。あたりには松が茂っていた（竹田市教育委員会提供）

下：本丸跡に植樹された松は順調に成長していた

松籟とはどんな音だろうか。

「季節ごと、風の強弱それぞれで異なる。木々のざわめきとも違う、言葉で表現し難い音。でも、何となく想像できませんか」

滝廉太郎記念館運営委員の後藤誠子さんは言う。

廉太郎は詩「古城」で詠んでいる。

「千本《ちもと》の松のこるははや五《いつ》本《もと》六本《むもと》　一夜星暗く雨細き夜半《よわ》　老松の上枝《ほづえ》の魂《たま》と　下《しづ》枝《え》の魂と　二人《ふたつ》よりあひて　空しくならむ君恩《くんおん》を　泣きてさゝやく聲《こえ》したり」

江戸時代の岡城の姿を示す屏風絵には、松と思われる鮮やかな緑の木々が描かれている。市教育委員会文化財課の佐伯治さん（四十五歳）は、「まさに豊後南画のような景観が広がっていたでしょう」と思いを巡らす。

小長が「荒城の月にふさわしい、岡城のシンボルでした」と振り返る松の数々。

だが一九六〇年代から虫害で樹勢は衰え、本丸跡の最後の老いた一本が切り倒されたのは九七年。

市は前後して植樹を続けている。城跡は、少しずつ往時の様子を取り戻そうとしている。「本来の姿になるまで五十年、百年単位で考えています」と佐伯さん。

石垣の経てきた年月を思った。

（脇田隆嗣 2004.3.17）

宇佐市柳ヶ浦地区

阿川弘之□雲の墓標

戦争の記憶をとどめる場

車窓から、夏の始まりを感じさせる風が飛び込んできた。自然の広がる風景は、心を落ち着かせてくれる。宇佐市柳ヶ浦地区。戦時中、ここに海軍航空隊が置かれ、多くの若者が特攻隊員として出撃。二度と帰らなかった。

阿川弘之の「雲の墓標」の舞台である。目指す掩体壕《えんたいごう》が、田園の中で大きな口を開けていた。

掩体壕は、空襲から戦闘機などを守るために造られた。市は一九九五（平成七）年三月、その一つを史跡に指定し、九七年度には史跡公園を整備した。

黄色や紫の野の花に彩られたコンクリート塊は、幅二一・六メートル、奥行き一四・六メートル、高さ五・四メートル。中には、国東半島沖から引き揚げられた零戦の、エンジンとプロペラが置かれている。

壕の中と外。ひんやりとした空間と初夏の日差し。その落差に、見えないカーテンがあるように感じた。

「雲の墓標」の主人公・吉野次郎も、学徒兵としてここで訓練を受けた。特攻隊員として出撃するまでの心情が胸を打つ。

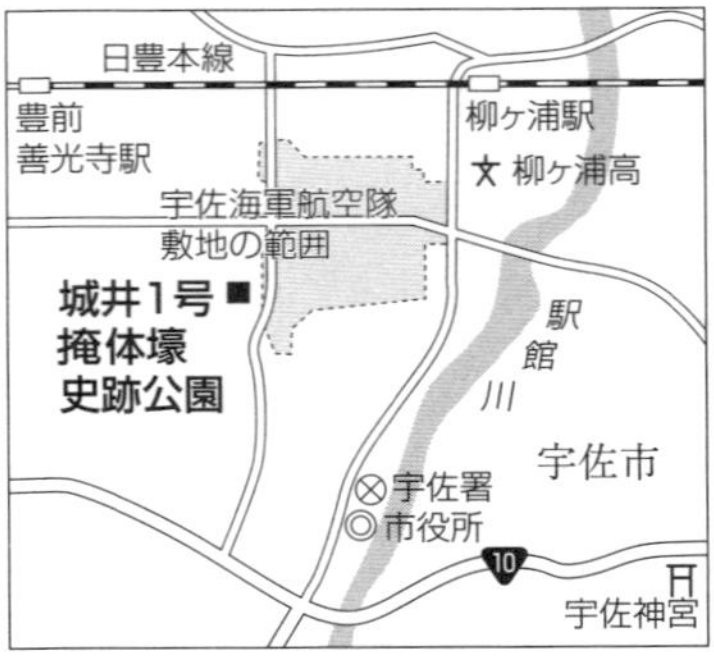

雲の墓標

阿川弘之（1920年―）が，友人の日記をもとに小説化，1956年に刊行された。太平洋戦争末期，海軍に入隊した学徒兵の吉野次郎。その特攻出撃までを日記形式でつづった。新潮文庫など。

宇佐で特攻隊が初めて編成されたのは、一九四五（昭和二十）年の春だった。

「参拝した宇佐神宮で桜を一輪手折り、軍服の襟に差して出撃した隊員もいました」。中津市に住んでいる賀来準吾さん（八十二歳）は、当時のことを知る数少ない一人。航空隊の教官として、若い人たちを訓練した。

一九三九年十月、基礎訓練を終えたパイロットを実戦に配備するための施設として設置された。戦況悪化に伴い四五年二月、特攻隊の訓練が始まった。春の訪れとともに次々に出撃。賀来さんの先輩や後輩、教え子も、ここから鹿児島県の串良、国分基地を経て、百五十四人が海に散った。

「疑問をもちながら、それでも行かざるを得なかったの

宇佐海軍航空隊を出撃する直前の特攻隊員。首の後ろに桜を差していた（豊の国宇佐市塾提供）

です。私には、彼らの成功を祈ることしかできませんでした」。多くの隊員を見送った賀来さんは、すっかり姿を変えた公園の東に広がる田畑に目をやった。

航空隊の敷地は、東西一・二キロ、南北一・三キロ。約一八〇ヘクタールあった。滑走路一八〇〇メートル。最も多い時期には、定数が二千四百八十六人になった。

掩体壕は、一九四三年七月以降に建設され、終戦直前には五十七基があった。戦後、圃場《ほじょう》整備などでほとんどが取り壊され、半壊の一基を含め、現在は十二基が残っている。

「掩体壕という言葉は辞書にも載らず、死語になっていました」。保存活動に取り組んだまちおこしグループ「豊の国宇佐市塾」の平田崇英《そうえい》塾頭（五十五歳）は言う。

「言葉がなくなれば、その意味、歴史も忘れ去られてしまう。『我が町も戦場だった』という事実を子供らに引き継ぐため、掩体壕の保存は必要だったのです」。平田さんらの思いは実った。

「特攻を、いいとか悪いとかでは考えられんかった」

艦上攻撃機の搭乗員として宇佐海軍航空隊に所属したこともあるという、阿南富次郎さん（八十一歳）は言う。一九四五年五月四日、串良基地から特攻隊員として出撃したが、エンジントラブルで不時着し、生還した。

掩体壕に置かれたプロペラを見る賀来準吾さんの表情は複雑だ

「生まれた時から、軍国主義教育を受けた。みんなが戦争というレールに乗せられ、動いていたんです」

吉野次郎は、千葉県の木更津海軍航空隊から飛び立った。〈私もほんとうに晴れ晴れとしたこころになって、出て行けるとおもいます〉〈友よたっしゃで暮らせよ〉

遺書に、こう記した。

壕の外に出た。太陽がまぶしく照らし、畑には青い麦が風にたなびく。公園にはボール遊びをする子供たちの笑い声。次郎たちも、いまのような時代を生きたかっただろう。そう考えて振り返ると、掩体壕が穏やかな風景の中に見えた。静かに、しかし強く、戦争の記憶を訴え続けるに違いない。

（北川洋平 2004.5.21）

大分市・上原館《うえのはるやかた》跡

遠藤周作□王の挽歌

戦国武将の夢と苦悩

大分市上野丘西。県都の中心部にほど近く、小高い丘の上にある一帯は、古くから閑静な住宅地を成してきた。ここに十六世紀後半、大友宗麟の「上原館」があった。遠藤周作は、このキリシタン大名の夢と苦悩を「王の挽歌」に書いた。「宗麟と大分を、NHKの大河ドラマに」と願った県当局の、熱心な要請を受けての執筆だった。

大友宗麟。幼少から武芸より文芸を好んだ。武将に向かない息子の廃嫡を企てた父の義鑑《よしあき》が重臣に討たれ、豊後を治めることになる。

「三代目のぼんぼん」——。遠藤は、宗麟をこう評した。小説の題材としての魅力を全くもち得なかったというのである。証言してくれたのは、後藤正二《まさつぎ》さん（七十一歳）。一九八七（昭和六十二）年ごろのことだ。県教育委員会の文化課参事だった後藤さんは、東京の遠藤事務所で遠藤と向き合った。門前払い二度。三度目にかなった面会だった。

「大友宗麟の小説を書いていただきたいのです」と頼む後藤さんへの返答は、冷や水を浴びせるような内容だった。

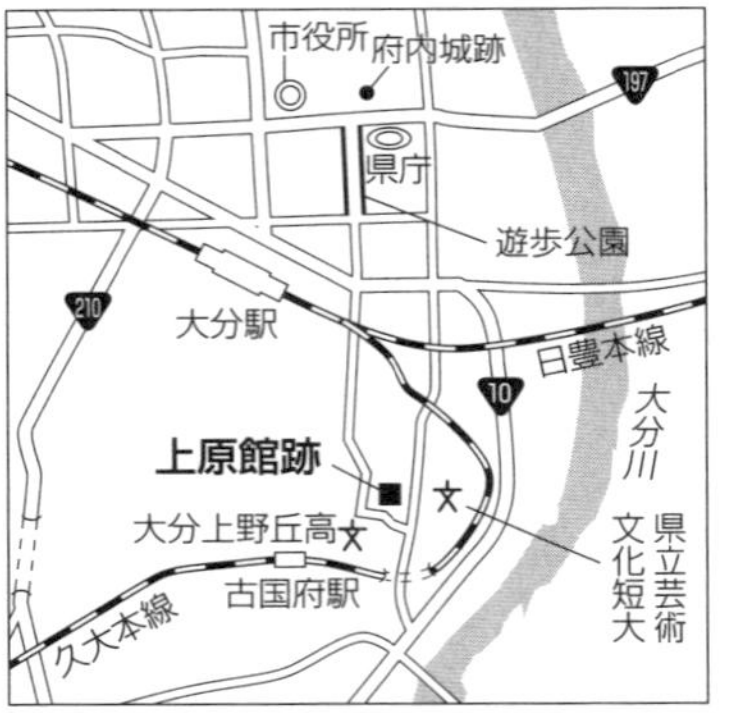

王の挽歌

遠藤周作（1923—96年）の歴史小説。中世の豊後，豊前など北部九州六か国を治めた大友宗麟は，自身を「弱い人間」と悟っていた。人間不信の救いを信仰に求めるようになる。1990—92年に「小説新潮」で連載。新潮文庫など。

「私に言わせれば、宗麟なんて良家の三代目のぼんぼんみたいなもの。書いても大分県民を失望させるだけです」

一九八〇年代の大分県は、知事だった平松守彦さんが提唱した「一村一品運動」で全国的な脚光を浴びていた。大河ドラマ。県の新たな地域おこしの狙いは、放映を通じて大分、豊後の名と歴史をアピールすることだった。

交渉は不調だった。NHKから一九八五年ごろに届いた回答は、「宗麟は知名度が低い。著名な作家の原作がないと難しい」というものだった。「それならば」。県は、カトリック信者でもある遠藤に頼むことにした。

後藤さんは必死だった。

「知事から届け物をことづかっています。近くまで来ているので会ってほしい」などと口実をつけては訪ねた。

遠藤が懇願を受けるまで、一年近くかかった。「三代目のぼんぼん風で」という線は崩せないという遠藤。県は「言われる通りに」と、のむしかなかった。

上原館の跡には石碑が立ち、見学者のための説明が添えてある。隣に住んでいる小野英敏さん（六十一歳）は、「この十年余りでしょうか。宗麟が注目されて訪れる人も多くなりました。それまでは、あまり知られていなかったのでは」と話してくれた。

遠藤の小説化の時期と符合する。遠藤は取材で、大分市を訪れた。大作家の来訪に「宗麟熱」は高まった。あの時代に港があった春日浦やJR大分駅前の宗麟像などを連れのスタッフと見て回ったが、あまり興味のない様子だった。

「それが上原館では違ってました」と後藤さん。それは府内（当時の中心地）を見下ろす館の位置と密接な関係があったようだ。すでに草稿が浮かんでいたのかもしれない。

〈当時の府内は正方形の町割りで南端にこれも方形の土塁をめぐらし、東に大手門を持った父の館や公文所《くもんじょ》、記録所、奥の蔵、細工所等の建物の並ぶ、いわゆる「大友御屋《や》舗《しき》」が存在し……〉と作中に鳥観の眺めを記した。

大分上野丘高校の近くを通って府内町まで歩いた。「遊歩公園」は、様々な彫刻を見ながら散歩が楽しめる約一キロの緑道である。中に、子供がコーラスをする像がある。宗麟時代を再現した作品で「西洋音楽発祥の地」とあった。

近くで酒類販売の店を営む田崎一彦さん（五十八歳）は、「戦のない時代に生まれたかったのではないでしょうか」と言う。

気乗りのしない出発点ながら、出来上がった作品は、時代に合わない戦国武将の苦悩を鋭く問うた。

大河ドラマは夢に終わったものの、一回完結で正月に放送された。

（渡辺直樹 2004.7.16）

上：県の執筆要請がきっかけで平松知事（当時）と対談する遠藤周作（1988年，東京で。大分県提供）

左：石碑の前に立つ後藤正二さん。「西山城大友屋形阯」と彫られている。長く荒れていたが，小説化を機に手入れされたという

日田市・照蓮寺

岡田徳次郎□銀杏物語

寺になった大イチョウ

各地に被害を出した台風16号は日田市を通過していった。大きな被害こそなかったものの、市内を東西に流れる三隈《みくま》川の水かさは増し、上流からの土砂で茶色く濁った。いつもは穏やかな表情を見せる川である。

〈軈《やが》てタカは大きな橋の袂《たもと》に出た。町のほゞ中央を貫いてゐる川に架ったこの橋は、四五十間《けん》もあらうとは思はれ、ゆるい弧形を川の上に渡した橋の向うに、低い家が群がって見えた〉

作家で詩人だった岡田徳次郎の芥川賞候補作「銀杏《いちょう》物語」の一節である。橋の名は銭渕《ぜにぶち》橋。物語の重要な舞台になった照蓮寺は、この橋を渡った先にあった。

「ある懇親会の席で『日田にもかつて、芥川賞候補作家がいた』と聞いたのがきっかけでした」

照蓮寺に近いホテルで八月に開かれた『漂泊の詩人　岡田徳次郎』の出版祝賀会。著者の医師・河津武俊さん（六十五歳）は、こうあいさつした。

「純粋に文学に生きた岡田を、多くの人に知ってもらいたい」

「銀杏物語」では、孤独な女性タカが寺に住みつき、同じ境遇の女性と境内の大きなイチョウを守り続ける。劇的な展開があるわけではない。しかし日々の暮らしが淡々とつづられて、それがかえって胸に迫ってくる。

岡田の人生は、その筆致とはまるで逆の、破天荒なものだった。

兵庫県明石市出身。高等小学校卒業後、珠算、英語などを独学し、大阪鉄道管理局に就職。太平洋戦争の敗色がいよいよ濃くなった一九四五（昭和二十）年、姉夫婦を頼って日田市に疎開した。戦後はそのまま日田に住み、市役所に勤務しながら同人誌「日田文学」を創刊するなど、文学活動を展開した。

銀杏物語

岡田徳次郎（1906－1980年）が名古屋市の同人誌「作家」に発表。1955年，第33回芥川賞候補となる。受賞は遠藤周作の「白い人」。岡田自身は生涯，1冊も出版したことはなく，銀杏物語は河津武俊さんの著作『漂泊の詩人　岡田徳次郎』（弦書房）に，詩73点とともに収録。

左：日田を離れる数日前の岡田（前列右から２人目。久恒隆弘さん提供）
右：イチョウは本堂天井などの部材として使われた（立っているのは新田元周さん）

しかし酒浸り。借金がかさみ、一九五四年、市職員共済組合の組合費を使い込んだとして退職に追い込まれた。翌年、「銀杏物語」が芥川賞候補となる一方で、離婚した。五六年から放浪の人生。下関、岡山、名古屋、京都などを転々とした後、脳卒中で倒れ大阪府吹田市の老人ホームに収容され、そこで逝った。

　職を追われ、文学で生計を立てようと小説家を志したらしい。その意思通り「銀杏物語」は芥川賞の候補に名を連ねた。しかしその後も原稿の依頼は届かず、生計を立てる方途はなかった。

「いまの時代だったら、岡田もまた、違った人生を送っていたでしょう」と河津さんは言う。

　同じ元市職員で、文芸仲間だった久恒隆弘さん（八十四歳）らが、岡田が日田を離れる数日前に「記念に」と、市内の写真館で撮影した写真が残っている。失意の表情かと思いきや、意外と淡々、さっぱりとしていた。「岡田さんは、いい意味でも悪い意味でも明治の文士だった」と久恒さん。

　波乱の人生とは対照的な美しい文体。その舞台になった照蓮寺の境内に入った。

　寺もまた、波乱の歴史を刻んでいた。前住職の新田元《げん》周《しゅう》さん（九十歳）が、物語のイチョウについて、こんな話をしてくれた。

「岡田さんが小説に書いたのは、本堂の木材になった大イチョウでしょう」

　寺は、一九〇六（明治三十九）年に隈地区の大火で全焼。岡田がよく訪れた当時は再建されておらず、高さ二〇メートルものイチョウが境内にそびえていた。付近に高い建物がなかったので、遠くからでも寺の位置がわかったという。

　そして戦後の一九五六年に再建された。木は伐採され、美しい木目を見せる材木として再建に貢献した。

「もし、『銀杏物語』が芥川賞を受賞していたら、もっと訪れる人が増えていたのではないですか。芥川賞を生み出したイチョウで建てられた寺としてね」

　古老は想像を楽しむように笑いながら言った。

（田中博之 2004.9.17）

別府市・別府国際観光港

佐木隆三□別府三億円保険金殺人事件

観光ブームの陰で

秋空の広がった日曜日。その埠頭を訪ねた。別府国際観光港。穏やかな波が、陽光にきらめいていた。

泉都・別府は、九州観光の屋台骨を支え続けてきた。この海の玄関口にも、本州からの団体や修学旅行生らが続々と降り立ち、温泉や「地獄めぐり」を楽しんだ。特に東京五輪と同じ一九六四（昭和三十九）年、別府からくじゅう連山のふもとを縫って阿蘇へと続く九州横断道路が開通すると、船で着く人々を待つ貸し切りバスの数はピークを迎え、その後も長く続いた。犯罪とは何の縁もない港。だれもがそう思っていた。

一九七四年十一月十七日夜。時計が十時をさしたころ、一台の乗用車がこの埠頭から海に転落した。「別府三億円保険金殺人事件」の始まりだった。

佐木隆三は、同名のノンフィクション小説に記録した。

「十七日午後十時ごろ、別府市・国際観光港関西汽船フェリーふ頭付近で、乗用車が海に転落したのをふ頭にいた会社員が見つけ、別府署に通報した。三分後に男性一人が浮かび上がり、会社員らが救出したが、車中に三人いることがわかった。同署は漁船や潜水作業員、レッカー車などを使い、同十一時四十分、車を引き揚げたが、いずれも死んでいた」

「読売新聞」の翌十八日朝刊は、「事故」をこう報じた。

別府通信部記者だった江島晃教さん（七十歳）を訪ねた。

「あれは、日曜日の寒い晩でね。救急車のサイレンが聞こえたので別府署に電話すると、『車が海へ落ちた。何人か乗ったままだ』と興奮した署員の声。慌てて現場に走りましたよ」

死亡したのは市内の女性と、その中学生と小学生の娘だった。

荒木虎美・元被告は「生還」した。当時四十七歳。女性

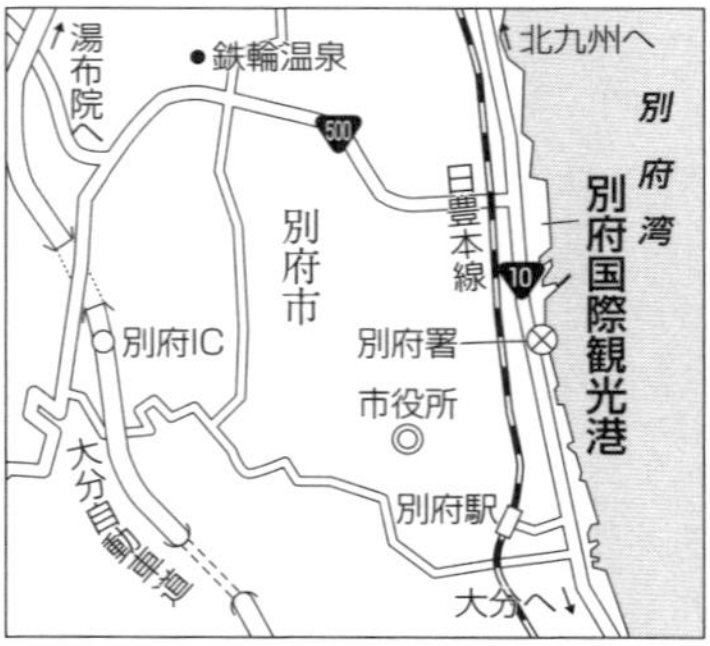

別府三億円保険金殺人事件

佐木隆三（1937年－）が1981年から82年まで「同時進行ドキュメント・ノベル」として月刊誌に連載。1985年に『一・二審死刑，残る疑問　別府三億円保険金殺人事件』（徳間書店）として出版された。

と再婚した直後だった。翌日には、死亡した子供二人に多額の保険金が掛けられていたことが判明。事故は事件になっていった。

十二月十一日、荒木元被告は殺人容疑で逮捕された。事件は初の多額保険金殺人として位置づけられることになる。

江島さんは「当時の別府は、未曾有の観光ブームにわき返り、木造の温泉旅館が競うように鉄筋コンクリートの近代的ホテルに衣替えしていった時代でした」と振り返る。

こんな世情を背景に、マイカーが使われた。その後の「車犯罪」の多発をも暗示していた。

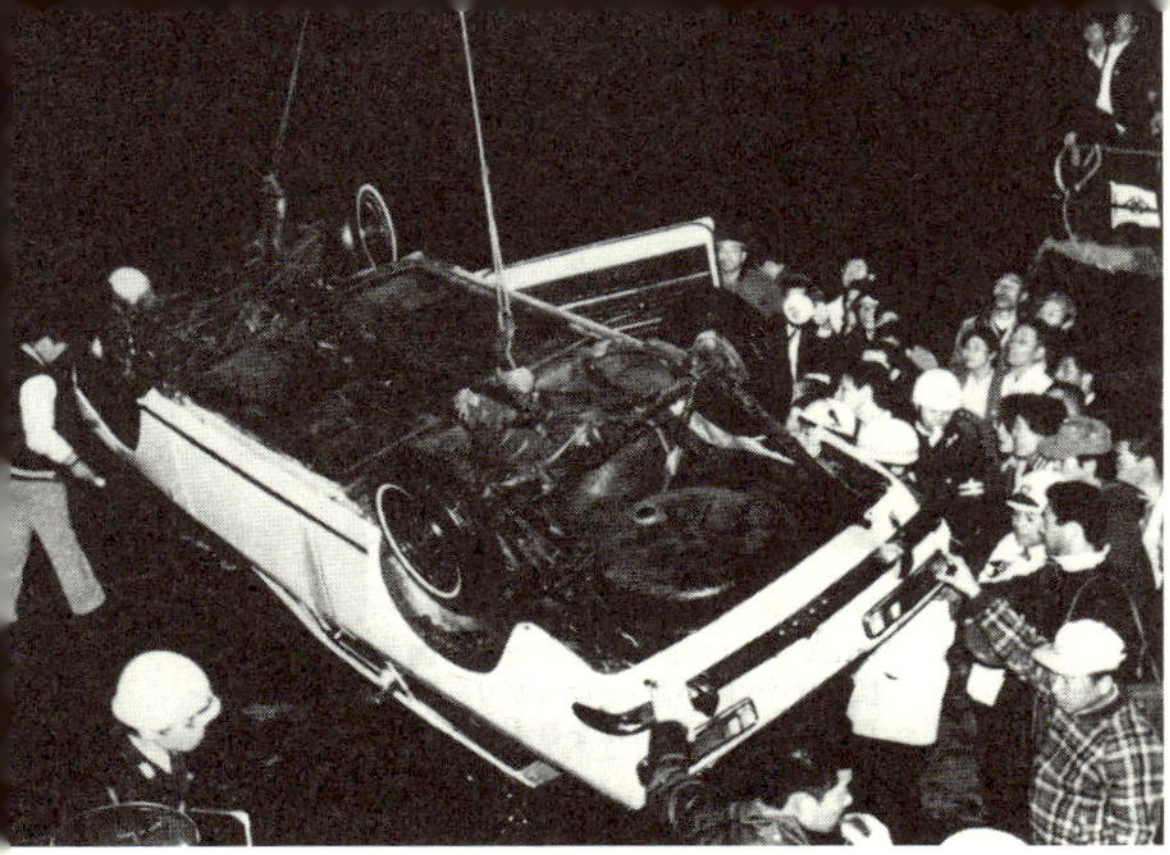

引き揚げられた乗用車。捜査はすでに始まっていた（1974年11月17日深夜）

一九八〇年三月二十八日、大分地裁で死刑判決。

当時、関西汽船別府―大阪航路の客船に乗務し、いまは関連会社勤務の桑原輝幸さん（六十二歳）は、「港も、その後の拡張工事で、すっかり様変わり。事件を知らない人が増えているのも無理ないですね」と言う。

佐木は、福岡高裁での控訴審から取材を開始した。

〈被告人荒木虎美の入廷は、開廷二分前だった。（略）入口のところで立ちどまると、ピンと背筋を伸ばしていた上体を、おもむろに傾けて一礼し、笑顔で傍聴席を見渡すのだった。不敵な笑い――〉

一九八一年五月二十一日、控訴審初公判で被告の様子を著書にこう記した。

傍聴と面会、書簡のやりとりを重ねた。「最後まで見届ける」。強い決意をもっての取材だった。

だが、控訴審の一審判決支持を経て上告中の八九年一月十三日、荒木元被告はがん性腹膜炎のため東京の八王子医療刑務所で死亡した。判決は確定しなかった。

佐木は言う。

「人が抱える心の闇は、傍聴に通い、裁判記録をどんなに読み込んでも、理解しきれるものではありません」

「埴谷雄高さんが、こう書いていた。文学とは、人間という摩訶不思議な動物の正体にどこまで迫れるか、だと。だが、正体を見つけるのは容易ではない。だから、私は書き続けているとも言えます」

あの夜の暗い海面は、心の闇を映していたのだろうか。

（中野護 2004.11.6）

宮崎県

熊本県
鹿児島県
日向灘
［延岡市］
遠藤周作
「無鹿」
［東郷町］
若山牧水
「おもひでの記」
［椎葉村］
吉川英治
「新·平家物語」
［高鍋町］
梅崎春生
「無名颱風」
［木城町］
武者小路実篤
「土地」
［佐土原町］
松本清張
「西郷札」
［宮崎市］
新田次郎
「日向灘」
［宮崎市］
川端康成
「たまゆら」
［宮崎市］
中村地平
「山の中の古い池」
［高千穂峰］
斎藤茂吉
「高千穂峰登山記」
［日南市］
吉村昭
「ポーツマスの旗」

木城町・新しき村

武者小路実篤□土地

時を超える理想の力

峠の展望台に立った。木城町石河内《いしかわち》地区を一望できる。小丸川に舌状に突き出した土地が「新しき村」。背景には九州中央山地の一〇〇〇メートル級の山々が連なる。朝もやの中、時間がゆっくりと流れていく。

一九一八（大正七）年秋。武者小路実篤は、この峠から見下ろした土地を「理想郷にしよう」と思い定めた。山道を下り、舟で小丸川を渡り、村を開いた。七年後には去ったが、現在も「日向新しき村」として、二組の夫婦が農業をしながら守っている。車一台がやっと通れる橋を渡り、村に入った。

緑を抜けると田畑が現れ、古い木造住宅の近くで代表の松田省吾さん（五十九歳）が待っていた。実篤が住んでいた家で、使っていた机はそのまま残り、壁にかかる杉板には「新しき村の精神」という実篤の書。どんな精神かは、墨が消え、読めなかった。

「村の地形は変わってしまった」。松田さんは村ができたころの写真を見せ、話し始めた。現在より丸みを帯び、広々としている。「河原では水遊びを楽しんでいたそうだ」と続けた。一九四〇（昭和十五）年、すぐ下流にダムができ、水量が増し、村の下流側がえぐれるように水没したという。

土地

武者小路実篤（1885－1976年）が，「新しき村」を開いた2年後の1920年4月に書いた短編。作者自身である主人公の「自分」が理想の社会をつくるため，宮崎県内で適地を探し回る過程がテーマ。村での実篤は午前中に執筆，午後は畑仕事などをしていたという。『現代日本文学全集72巻　武者小路実篤集2』（筑摩書房，1957年）などに収録。

松田さんは北海道函館市出身で、東京の大学を卒業後、埼玉県毛呂山《もろやま》町の「新しき村」に参加。一九七六年、実篤と同じように舟で川を渡り、移住した。その後、橋が架かった。

「（ものは）足りる最小限でいい。あとは健康でさえあれば」

松田さんの言葉を思い出しながら橋を戻り、対岸の集落を歩いた。小丸川上流で九州電力の揚水発電所建設工事が一九九九（平成十一）年二月に着工。二〇〇二年二月、石河内地区につながる県道が開通し、大型ダンプが行き交う。

道で出会った牧平ミヤノさん（八十一歳）は十代のころ、新しき村に住み込んで家事手伝いをしていたという。「実篤さんは時々、村に来ており、姿を見かけた。有名な人だったから話しかけられず、遠くから眺めるだけだった」

村の人と交流している飲食店店員の橋本綾子さん（五十九歳）は、「土地」冒頭の一節をそらんじていた。

〈ある岸の岩の上に自分は立つた。自分は顔を洗ひ、うがひをつかつた〉

真剣な表情で披露し、「何もないふるさとを全国に知らせてくれた。あそこは誇りだから」と、はにかんだ。

集落の人たちは実篤への親愛の情をもち続け、その思いは子供たちにも受け継がれている。石河内小学校には、児童たちが手作りした実篤カルタや、書「勉強　勉強　勉強のみ　よく奇蹟を生む」が飾られている。

強い信念に支えられ、淡々と生きる松田さんら、それを見守る人たち。時を超える理想の力を感じた。

（浦郷明生　2003.1.29）

上：1920年春の「新しき村」（日向新しき村提供）
下：峠から望んだ「新しき村」（中央）。実篤はここに立ち建設を決めた

宮崎市・大淀川河畔

川端康成□たまゆら

旅人の心をとらえる夕日

「また夕日を見たい」と二日目。「もう一度、見たい」と三日目……。川端康成は宮崎市・大淀川河畔のホテルを動こうとしなかった。そして、生まれたのが「たまゆら」だった。夕日を眺めていると、美しい物語が生まれるのだろうか。こんなことを考えながら、河畔を歩いた。

空を映し、あかね色に染まった川面。きらめく波紋が広がり、フェニックスの並木が黒いシルエットに変わっていった。日が沈みきると、時の流れがとまったように感じた。

川端が訪れたのは一九六四（昭和三十九）年十一月。NHK朝の連続ドラマ原作の取材のためで、宮崎観光ホテルに泊まった。

「空港からホテルに向かうタクシーの中で『夕日が美しい』とおっしゃってました。二泊の予定が十五日もの滞在になりました」。案内役を務めた渡辺綱纜《つなとも》さん（七十二歳）は振り返る。当時は宮崎交通企画宣伝課長だった。

〈二人は川べりに立って、夕映えのなかにつつまれて夕映えをながめた。夕映えは大川の水面にもひろがって来ていた〉

河畔の橘公園には、「たまゆら」の一節を刻んだ文学碑が立っている。物語の二人は新婚旅行中。渡辺さんは「先生の部屋以外は全室、新婚客でした」と話す。

一九六〇年に昭和天皇の五女で、新婚だった島津貴子さまご夫妻、六二年に天皇陛下、皇后さま（当時、皇太子、皇太子妃）が宮崎市を訪問。カップルのあこがれの地になり、「たまゆら」の放映がさらにあおった。七四年には、新婚百五万組のうち三十七万組が宮崎を訪れた。

ホテル裏の理容店で、店主の酒井哲雄さん（六十七歳）は、「毎朝、スーツ姿の新郎四、五人が髪のセットに来ていました。『カメラのシャッターを押してほしい』とよく頼まれました」と懐かしがる。

だが、ハネムーンの場所は沖縄やハワイ、グアムなどに。

たまゆら

川端康成（1899―1972年）がNHK朝の連続ドラマの原作として1965年に執筆。新旧世代の生き方を対比しながら，幸福を求める姿を描いた。『反橋・しぐれ・たまゆら』（講談社文芸文庫）などに収録。

上：川端康成を魅了した大淀川河畔の夕焼け（右は宮崎観光ホテル）
左：昭和40年代，観光客でにぎわう青島海岸の「こどものくに」（宮崎交通提供）

ピーク時、年間四百万人を超えていた県外からの観光客は、二〇〇一（平成十三）年には二百九十六万人に減った。河畔（左岸）には三十軒以上のホテル・旅館が並んでいたが、いまは八軒。

「にぎわいを取り戻したい」とホテル経営者らが、温泉を掘削した。一九九八年に掘り当てた泉源は地下一三〇〇メートル。夕日が見える展望浴場、南国ムードの露天風呂、打たせ湯……。「たまゆら温泉」と名付け、各ホテルが趣向を凝らす。全国に募集した温泉名で最も多かったのが「たまゆら」だった。

ホテル神田橋の専務・重永光慶《ひろやす》さん（六十一歳）は、「一年前、温泉祭り（一－三月）を始めました。神楽の公演やドラマ『たまゆら』写真展を開き、二、三度来られるお客さんが増えてきました」と話す。

橘公園を近くの清武哲郎さん（七十二歳）、国子さん（六十八歳）夫婦が散歩していた。「ここで新潟の新婚さんと知り合い、『親切にされたお礼に』とせんべいが送られてきたことがありました」

夕日に包まれた若い二人も、いまは熟年カップル。再訪し、河畔にたたずむ夫婦も多い。険しかった道を振り返り、豊かな老いをともに迎えよう――。落ちる日は、こんな思いを抱かせるのかもしれない。

（内田正樹 2003.4.2）

延岡市無鹿町

大友宗麟の「理想郷」

遠藤周作□無鹿

五ヶ瀬川水系は六月一日にアユ漁が解禁された。若葉から梅雨、そして夏。清流はいつも、宮崎県北部の豊かな自然を彩ってきた。その支流、北川の右岸にある延岡市無鹿町。「むしか」と読む。ｍｕｓｉｃａ。音楽を意味するラテン語の「ムジカ」に通じるという。日向に遠征したキリシタン大名・大友宗麟が、理想郷建設を決めたとの言い伝えがある。夢と挫折。遠藤周作は、不思議な響きをもつここを、小説の題にした。

無鹿は市の中心部から北へ約三キロ。遠藤周作が訪れたのは、一九九〇（平成二）年十二月ごろだった。スタッフを含め三人の乗った車が、地区内のスーパーに駐車した。

「何かご用ですか。どちらからですか」

経営していた山本繁昭さん（七十五歳）は、遠来の観光客と思ってガイドを買って出た。

一五七八（天正六）年四月、豊後（大分）の大友宗麟は大軍を南下させ、自らも海路、延岡を目指した。

支流と言っても、日向灘に注ぐ河口に近いこのあたりは、幅が約二〇〇メートルもある。船を着けて上陸した宗麟は、陣を現在の川島橋下流の高台に敷いた。前方に北川、東西には山。清い流れと緑に魅せられたのだろう。「余生はここで」と決めたという。

そして、府内（いまの大分市）で聞いた西洋音楽の調べを重ねて地名に。「ムジカ伝説」の始まりだった。

しかし――。大友軍は薩摩の島津軍に大敗して撤退。宗麟は二度とこの地を踏むことはなかった。

作中には、西南戦争（一八七七年）も登場する。和田越の丘は、政府軍と西郷軍の最後の激戦地だ。大友を駆逐した薩摩人が、三百年の時を隔てて敗走した。

〈それぞれ夢賭けて、そん夢が破れたのが無鹿〉

運命の巡り合わせを、遠藤周作は精緻な筆ですくい上げ

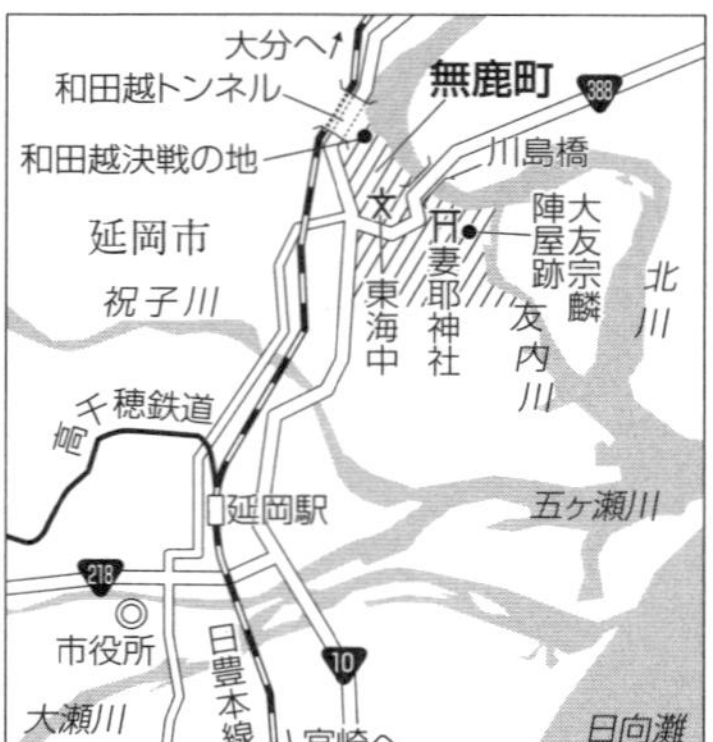

無鹿

遠藤周作（1923－96年）の短編小説。1991年に別冊「文藝春秋」に発表，1997年に刊行された。東京の銀行員が延岡市出身の男性から無鹿の歴史を聞かされる。自らのがんを疑っていた彼は，大友宗麟と西郷隆盛の足跡を追いながら人生を振り返る。文春文庫など。

右：無鹿町を流れる北川では，清流ならではのノリ漁が盛んだった（1962年12月。河野直昭さん提供）
下：いまの無鹿町。住宅地に変わり，北川との間は近年完成した堤防で仕切られている

た。

無鹿には昭和の後半まで、手つかずの野山が残っていた。いまはベッドタウンとして家が立ち並び、戦国や維新のころの面影はうかがえない。本陣の跡は池田奈良一さん（八十七歳）ら三人の共同所有地。

「あたり一面、子供のいい遊び場やったが」

池田さんは、山と野と川で育った大正時代からの記憶をたどりながら話してくれた。

陣地の跡を示すのは近くにある妻耶《つまや》神社の石段に立つ標柱だけだ。「見学の人たちが戦国の昔に思いをはせる時のよすがに」と、住民の提案で市が建てた。

戦で倒れた兵を慰めるためだったろうか。本陣跡には観音堂があったが、よそに移されていた。いつまでも色あせない歴史があれば、薄れゆく歴史もある、と思った。

あの日、山本さんの軽ワゴン車に乗り換えた遠藤周作は、無鹿を約二時間、見て回った。寡黙だったという。質問はスタッフ。静かに聞き入っていた。

「時折だが、威厳のある話し方だった。私は歴史をいろいろ説明した。誰なのか知らんもんやから。遠藤さんなら余計なお世話じゃった」と笑った。

北川の土手に下りた。遠藤が腰を下ろし、無鹿を眺めた場所だ。

「時折、深く考え込んでいるようじゃった。体調が悪いようにも見えた」

世を去ったのは、六年後。「無鹿」は最後の短編となった。山本さんは死後、単行本の発売をもって、あの時の人が遠藤周作だったことを知ったという。

（森洋二 2003.6.11）

東郷町坪谷

若山牧水□おもひでの記

歌人をはぐくんだ自然

夏、山に降る夕立。「雨の直前、緑を背景にして雲の白いカーテンがかかります。本当にきれいです」と、地元に住む中野勝子さん（六十五歳）が教えてくれた。九州山地の南東に、一〇〇〇メートルをゆうに超える山々が尾根を重ね合っていた。その緑にも濃淡があって美しい。耳川の支流・坪谷《つぼや》川の峡谷沿いに広がる東郷町坪谷地区が、歌人・若山牧水のふるさとである。

生家は、周囲を木々に囲まれた中にあった。四部屋。中に入った。低い天井、小さな囲炉裏、ゆがみの出た柱が約百六十年の歳月を物語っていた。

若山家の東郷での歴史は、江戸末期にさかのぼる。一八四五（弘化二）年に祖父の健海が建てた。健海は武蔵の出身。いまの埼玉県所沢市に生まれた。長崎で医学を修め、二十六歳の時、坪谷で開業した。

父の立蔵も跡を継いで医師になった。牧水も医の道を期待されていただろう。そんな長男の将来像を描きながら、両親は幼い牧水を自然の中で育てた。野山を駆け回り、川で魚釣りに熱中した。とりわけ母のマキの愛情は、自然に対する牧水の深い感性をはぐくんだ。

「牧水」は、母の名（マキ＝牧）と坪谷川の水を合わせたものである。

生家には、昭和の半ばまで親類が住んでいたが、転居で空き家になって荒れた。東郷村（当時）が買い上げたのは一九六五（昭和四十）年。補修が施された家には、夏休みの子供たちも見学に来る。若山牧水顕彰会が管理。夕立の雲のカーテンの美しさを語った中野さんは会員の一人だ。

生家の隣の矢野征充さん（六十二歳）を訪ねた。父の今《け》朝市《さいち》さん（故人）は、牧水と親交があった。大切にしている牧水からの手紙。牧水が病没する数年前のものだ。大勢

おもひでの記

若山牧水（本名・繁，1885—1928年）が1918年，短歌雑誌に発表した。「順序から云つて私は先づ自分の誕生の時の事から筆を起さねばならぬ様に思ふ」の一文に始まり，ふるさとの自然や生家，家族に関する思い出を書き連ねている。若山家のルーツや，牧水の生い立ち，幼少期の成長ぶりを知る貴重な資料。増進会出版社『若山牧水全集』第７巻などに収録。

上：明治半ばの坪谷尋常小学校（坪谷小学校提供）
下：いまの牧水生家。子供たちが見学に来ていた

にあてたのだろう。「此《この》上とも貴下の御健康を祝福し再會を楽しみ居ります」などの印刷に続いて、「ととやん（今朝市さんの父親）によろしく」と直筆の追伸があった。

矢野さんは、「牧水さんが見たのと同じ景色を眺めているのだと思うと、いっそう親近感がわいてきます」と誇らし気に言った。

生家の東側には「牧水記念館」。原稿や遺墨など約四百五十点を収蔵している。早稲田の学生時代、作歌のための旅行先で撮った写真、愛用した机、家族への手紙、成績表などが並んでいた。

「牧水公園」も町民の憩いの場。毎年九月十七日の命日には「牧水祭」が開かれ、全国のファンが朗詠して牧水をしのぶ。

母校の坪谷小学校（旧坪谷尋常小）では、校舎のあちこちに短歌が掲示され、牧水の心を伝えていた。戦後ベビーブーム世代が学んだ一九五八年には約四百人いた児童は、いま三十三人。

〈私の家の眺望は雨の日が特にいい。それは雲と山との配合が生きて来るからである。（略）私はものごころのつく頃から痛くこの渓と山の雨とを愛した〉

随筆「おもひでの記」に牧水は、ふるさとの眺めの白眉を書いた。やはり、山と雨だった。

医業を継がず、再び生家に住むことのなかった牧水。

「ふるさとの尾鈴の山のかなしさよ秋もかすみのたなびきて居り」

生家裏山の歌碑には望郷の思いが刻まれていた。

中野さんとしばらく歩いた。一番見たかった夕立は来なかった。「春の芽吹き、秋もいいです。ぜひ来て、見てください」と言ってくれた。牧水の詠んだ紅葉のころに、再び行きたい。

（森洋二 2003.8.6）

宮崎市・一ツ葉海岸

新田次郎□日向灘

残された聖域

南国宮崎でも、ようやく秋風が吹くようになった。一ツ葉海岸は青空の下。消波ブロックで、波がしぶきを上げていた。深緑の美しいクロマツ林が広がる。ここ三十年間、開発で林は大きく減った。自然と人間との共生を問い続けた新田次郎は、ここを舞台に「日向灘」を書いた。

新田がこの海岸を訪れたのは、大阪で万国博覧会が開かれた一九七〇（昭和四十五）年夏。六年前の東京五輪に続く万博は、日本の高度成長を世界に示した。「消費は美徳」の価値観が広く支持された時代である。開発に伴う環境破壊もまた、各地で深刻になっていた。

宮崎交通企画宣伝課主査（当時）の本村浩美さん（六十五歳）は、頼まれて、市街地から北東へ三キロの海辺に新田を案内した。「きっと気に入ってもらえるはず」。確信があった。それほど、松林と海は調和していた。

新田は、長野県諏訪市の角間新田《かくましんでん》地区に生まれた。本名は藤原寛人。新田《にった》のペンネームは、ここに由来している。

無線電信講習所（いまの電気通信大学）から一九三二年に中央気象台（気象庁）に就職した。結婚後に中国東北部で勤務。捕虜という過酷な体験を経て四六年の秋、先に帰っていた家族のもとへ生還した。

妻の藤原ていは、苦難の帰国記「流れる星は生きている」の著者として知られる。妻に刺激され小説を書くようになった。懸賞の応募作品だった「強力伝」で一九五六年、直木賞。六六年に気象庁を退職し、作家の道に専念した。

そして一九七〇年を迎えた。

故郷の長野では、霧ヶ峰に観光客を呼ぶための道路計画が進められていた。「自然が損なわれてしまう」。反対運動が起きた。

当時の世相下のこと。環境保護運動は、いまよりずっと困難で、勇気が要ったに違いない。文筆による支援に立ち上がった。

「霧の子孫たち」で、霧ヶ峰の自然のかけがえのなさと、

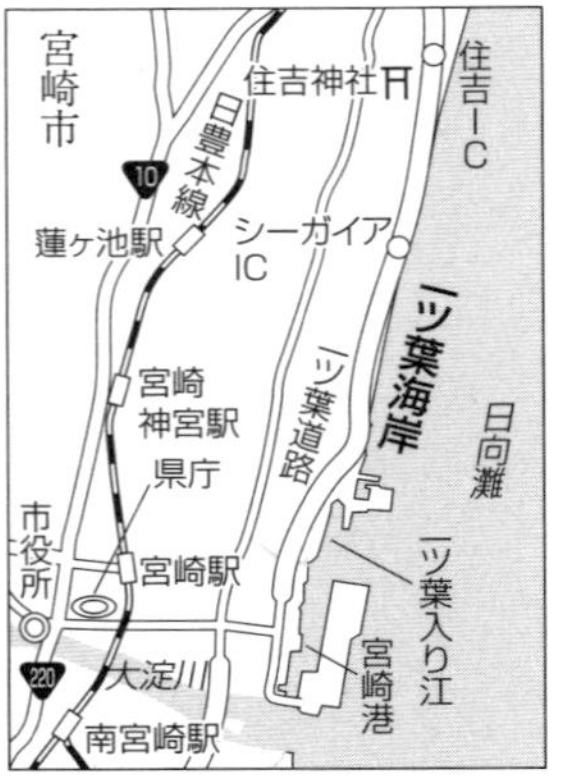

日向灘

新田次郎（1912—1980年）が1971年「オール讀物」に発表した短編。一ツ葉海岸開発を計画した会社に勤める稲葉と、その地に暮らす17歳の恵津子の悲恋。『新田次郎全集』第12巻（新潮社）などに収録。

左：1965年の一ツ葉海岸。まだ手つかずの浜辺があった（宮崎市・金丸文昭さん提供）
右：当時のままの入り江に，本村浩美さんは感慨深げだった

それを守ろうとする人たちを描いた。

同じ年の一ツ葉海岸への旅だった。これより以前にも、高千穂峡などに同行した本村さんは、自然への愛の深さを知っていた。だから自信があった。

予想通りだった。

「きれいだ」「きれいだ」

何度も繰り返しては、立ったまま一時間近く海を見つめ続けた。

そして「日向灘」の冒頭に、その情景を置いた。

〈彼は松林から浜に出たとき明るさに狼狽した。白い砂浜から反射して来る光線がまぶしくてしばらくは動けなかった〉

しかし、ゴルフ場などの建設はすでに進んでいた。

一九九〇年代まで続く大規模開発だった。松を伐採しての「一ツ葉有料道路」の工事も、この翌年に始まった。広大な林が消滅した。

海岸沿い約一五〇ヘクタールの地権者である住吉神社の宮司・金丸幸市さん（六十七歳）は言う。

「昔は、風呂わかしや炊飯時の薪にするため、大勢が松葉や枝を拾いに来ていました」

ガスの普及で松葉とりの光景も絶え、林の管理が大変になった。コンクリートによる開発への転換には、こうした時代の背景もあったのだ。

本村さんと草地をかき分けて海に向かった。

新田の歩いた場所だけは県によって、手つかずの入り江が残されていた。マガモやアオサギなどの観察ができるという。

『日向灘』は、霧ヶ峰と同じように、自然破壊に警鐘を鳴らす作品でした」

長女の高校教諭・藤原咲子さん（五十七歳）の言葉をかみしめた。ここは、遺志が実ってのサンクチュアリ（聖域）ではないか。

海岸に行き着いた。ハマヒルガオを見つけた。主人公の稲葉と恵津子が愛した花だ。リゾート施設に咲くランやバラに負けない輝きがある、と思った。（安部由紀子 2003.10.22）

宮崎市・大淀川
中村地平□山の中の古い池

ヒョウスンボウの棲む川

宮崎県を一〇七キロにわたって貫く大淀川。宮崎市内では川幅が約三三〇メートルにも及ぶ。南国のシンボルの一つである。マンションなどが立ち並ぶ一方で、古い町並みも残っている。中村地平《ちへい》は河畔の家で生まれ、生涯をここで閉じた。そして大淀川の河童《かっぱ》伝説を取材した「山の中の古い池」を書いた。

本名は治兵衛《じべえ》。一九〇八（明治四十一）年、宮崎市淀川に生まれた。父の常三郎は宮崎無尽（いまの宮崎太陽銀行）の創業者。台北高校から東京帝国大学文学部へ。井伏鱒二に認められ門下生になった。太宰治ら若い仲間と交友。太宰、小山祐士とともに井伏門下三羽がらすとも呼ばれた。一九三八（昭和十三）年、三十歳の時に発表した「南方郵信」は、芥川賞候補に推された。

順調な作家活動も、太平洋戦争の戦局の悪化で頓挫する。一九四四年、妻・玲子さんとともに幼い長女・弓子さんを連れ、宮崎市の実家に疎開した。

ヒョウスンボウ。宮崎の方言で、河童のことをこう呼ぶ。

山の中の古い池

中村地平（1908―63年）が1955年，文芸誌「群像」に発表した短編。東京から宮崎に疎開してきた主人公・地平が，夫を亡くした河童と出会い，ともに暮らすようになる。『中村地平小説集』（鉱脈社）などに収録。

戦後十年経って書いた私小説の「山の中の古い池」で、主人公の地平は女のヒョウスンボウと不思議な生活を送る。そこには、東京での作家生活に戻りたくても戻れない地平の複雑な心境が垣間見えるようだ。

〈あなたって、傲慢な方ねえ。田舎名士にまつりあげられて、いい気になっているようでは、小説なんか書けなくなるわよ〉

〈生活からはみだしたくないなんて、常識的よ。そんな常識に反逆しなきゃあ駄目じゃないの〉

一九四七年、地平は県立図書館長に就任。宮崎の文化振興に尽くした。移動図書館を作り、同人誌「竜舌蘭」の発行人を務めた。当時の部下で、県芸術文化協会会長の黒

左：地平が物語に書いたころの大淀川河畔（1954年。宮崎河川国道事務所提供）
右：ほぼ同じ場所のいま。マンションや住宅が並んでいる

木淳吉さん（七十九歳）に「小説に集中する時間がない」と話し、多忙な仕事を引き受けたことを、実は悔やんでいたという。

「本当は東京に出たかったんだと思います」

いまは二女の槙子さんと都内に住んでいる玲子さん（八十二歳）は、電話の向こうで振り返った。

ある日、「小説家の奥さんと社長の奥さん、どちらがいい」と、地平に聞かれた。

「私は社長夫人のがらではないですから。小説を書くなら一緒に東京に出ますよ」と答えた。

しかし、宮崎にとどまった。

これより前。地平の家には坂口安吾、志賀直哉、火野葦平らが訪ねてきては酒を飲んだ。黒木さんは「地平さんは下戸。私がいつも相手を務めていました」と笑った。

「筆が走る時こそ、一度筆を置きなさい」。志賀直哉が黒木さんに文章家の心構えとして贈った言葉だ。

しかし地平は、置くより折る方を選んだ。父の跡を継ぐという使命は動かしようもなかったのだ。一九五七年、図書館館長を辞め銀行に入社。その直前に蔵書や、作家仲間と交わした書簡、書きかけの作品などのほとんどを焼いた。

「踏ん切りをつけるためだったのでしょう」と玲子さん。

その後、作品と呼べるものは出さなかった。

地平が住んでいた場所を訪ねた。井戸や石垣は当時のまま。地平の、戦死した兄・彦一の孫・中村洋介さん（三十八歳）が住んでいる。

「昔はもっと大淀川の堤防が低く、そのまま土手に行けたんですが」

地平をよく知る小野和道さん（七十二歳）は言う。

「ヒョウスンボウの存在は信じられていました。私も大淀川の河畔に住んでいましたが、小学校のころは『川を流れるのを見た』というような話を友達同士でよくしていました」

一九六一年、銀行の社長に就任した地平は、二年後、急性心不全で逝った。

銀行家としての日々は、天分に合わなかったのではないか。そんな思いで冬の川面を見つめた。（坂田元司 2003.12.17）

椎葉村・鶴富屋敷

吉川英治□新・平家物語

憎しみを消した落人の里

五ヶ瀬町から国道を南に向かった。国見トンネルを抜けると椎葉村。道路工事の車両整理をしていた初老の男性に「鶴富屋敷に行きたいのですが」と聞いた。

「地図にはないけど林道があるよ。そっちが早いよ」

「こんな所を通るのか」――。入り込んだ道は離合も難しい。平家の人々はどれほど険しい山中に逃れたのだろうか。

吉川英治が「新・平家物語」に書いた悲恋の地である。椎葉村は九州のほぼ中央に位置。国見岳（一七三八メートル）、市房山（一七二〇メートル）などの山々が囲んでいる。

八百年以上も前、平家滅亡の十二世紀末にさかのぼる伝説はこうだ。

「那須大八郎が、平家を追って椎葉山中に入った。残党を発見したが、ひっそりと農耕をして暮らす姿を見るうち、討伐する気持ちは消えうせる。やがて鶴富姫と恋仲になった。屋敷を構え、山中に溶け込んで暮らしていたものの、鎌倉に知れ帰還命令が下り、身ごもった姫を残して戻った」

鶴富屋敷に着いた。

大八郎と鶴富姫の恋物語の舞台と言われる国重要文化財。村の中心部を見下ろす斜面に立っている。四つの部屋と土間が一列に並ぶ横長の造り。改修が続けられ、現在の建物は十九世紀前半の建築という。太い柱が歳月を感じさせる。

庭には英治の直筆を刻んだ歌碑。

「庭の山椒《さんしょ》乃《の》木　鳴る鈴かけて　すゞの鳴るときゃ　出ておじゃれ」

「ひえつき節」の一節だ。大八郎と鶴富姫は、鈴の音を合図に逢瀬を重ねていたと言われる。

英治は「新・平家物語」の取材で九州を回った。

「大八郎と鶴富姫の話を聞き、『ひえつき節』のレコード

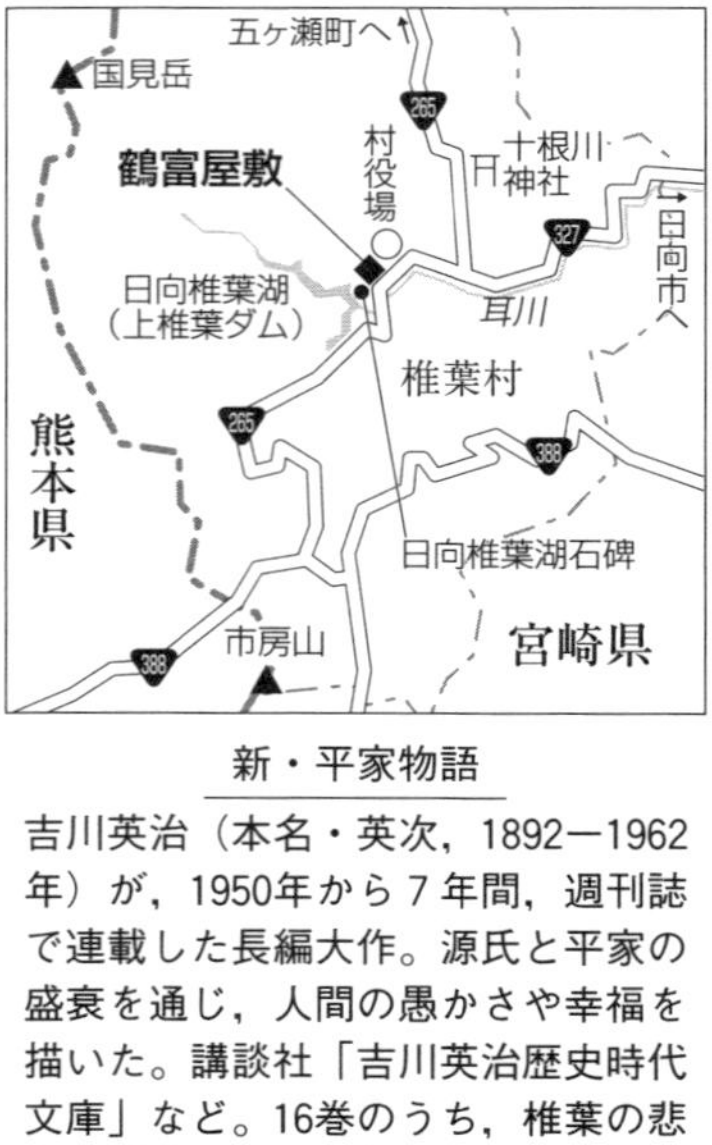

新・平家物語

吉川英治（本名・英次，1892―1962年）が，1950年から７年間，週刊誌で連載した長編大作。源氏と平家の盛衰を通じ，人間の愚かさや幸福を描いた。講談社「吉川英治歴史時代文庫」など。16巻のうち，椎葉の悲恋は「吉野雛の巻」にある。

左：十根川神社の八村杉。那須大八郎が植えたと伝えられている

右：「新・平家物語」が連載されていた1950年代の鶴富屋敷（椎葉村提供）

を買って帰りました。客や私たち兄弟に聞かせたり、ほとんど歌を歌わない父が、口ずさんでいました」

英治の死後に村を訪れた長男の英明さんは、案内した村職員（当時）の山中重光さん（六十四歳）にこう話した。山深い椎葉までは足を延ばせなかった。その後ずっと訪れたがっていたものの、かなわなかった。そんな英治の心にあったのは、「ひえつき節」だった。

〈人の足跡は見落とすな、煙にも心をつけよ。嶮岨《けんそ》へ向かったら馬も捨てろ。見つかるまでは、どこまでも追え〉

大八郎は功名心に燃えていた。その彼が、椎葉で変わる。〈この寂《しず》かな麗しい自然の中では、およそ、敵とよぶ者を、意識に持つなどは、不可能に近いことをかれは知った。どういう憎しみもわかないのである。（略）人と人との血みどろを見ないでいいここの天地は、下界でも心ある者が探している幸福そのものの境ではないか〉

「ひえつき節」の歌碑は「新・平家物語」完結後、同村選出の県議・椎葉重人さん（故人）が、上京して掛け軸に書いてもらったものをもとにした。

同時に英治は、上椎葉ダムを「日向椎葉湖」と命名。その揮毫も石碑になって、ダムを一望する所に立っている。

椎葉さんの三男で村長の椎葉晃充さん（五十七歳）は、「争いのない世界の尊さを『新・平家物語』の中の悲恋の伝説に託されたのでしょう。私たちには互いに助け合う心が息づいています。村づくりにこの心を生かしていきたいんです」と感慨深げ。

椎葉さんに礼を言い戻る途中、耳を澄ませると、谷川のせせらぎが聞こえた。車を降りてみた。谷を渡る風はまだ寒かったが、木漏れ日の当たる場所は暖かかった。山深い村にも春が訪れつつあった。

（向山勤 2004.3.24）

佐土原《さどわら》町下那珂

松本清張□西郷札

薩軍の紙幣製造所

宮崎市から北へ約一五キロの佐土原町。とうに田植えを終えた水田で、稲が三〇センチにも育っていた。梅雨を目前にした晴天の日、すべての緑が輝いて見えた。

一八七七（明治十）年の西南戦争。敗走する薩摩軍は、宮崎に本隊を移して逆襲の機会をうかがった。その宮崎で「西郷札《さいごうさつ》」という、薩摩の影響下にある地域だけにしか通用しない紙幣を大量に発行した。西郷とはもちろん、西郷隆盛のことである。その印刷所が、佐土原にあったという。松本清張は「西郷札」として小説化した。

「キカイショ」――。地元の人にこう呼ばれる一角が佐土原町下那珂にあると聞いて訪ねた。

下那珂は、石崎川沿いの平坦地にある。住宅と農地の共存する地域だ。川面が陽光を受けてまぶしかった。

「キカイショ」に漢字を当てると機械所。西郷札の印刷工場に違いない。そう思いながら川沿いを歩いた。民家の庭で日なたぼっこをしていたのは赤池勉さん（八十五歳）。快く話に応じてくれた。

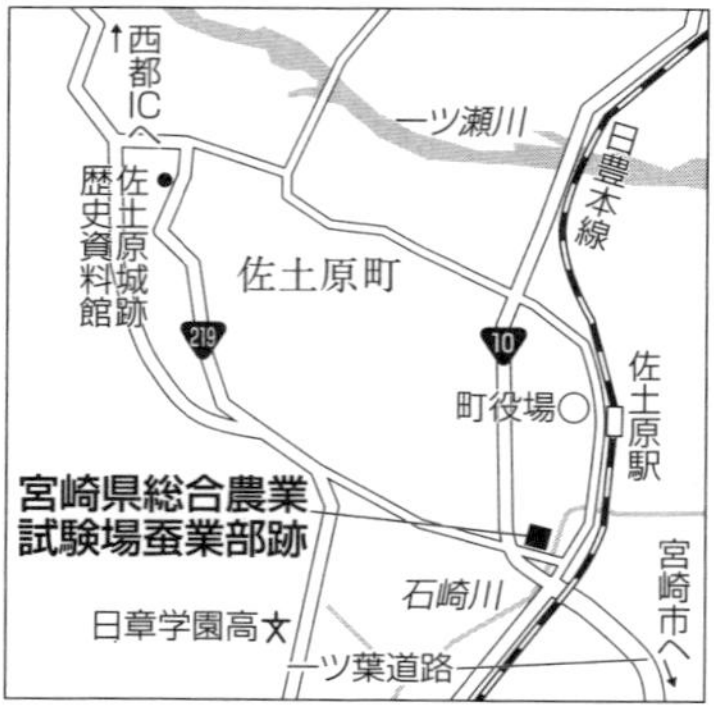

西郷札

松本清張（1909—92年）が1951年に出した最初の作品。西郷札をめぐる人模様と悲恋を描いた。懸賞小説として入選，直木賞候補にもなった。「ヒントは百科事典から得た」と明らかにし，想像力の豊かさをのぞかせた。新潮文庫など。

「以前は畑だった。そこを子供のころ、そう呼んでいました」と言って指さしたのは、県総合農業試験場蚕業部のあったあたり。蚕業部の廃屋が残っている。

西郷札。最大の十円札で縦約一二センチ、横約八センチ。「金五圓」、「金拾圓」などと額面を印刷した寒冷紗《かんれいしゃ》という布を張り合わせてできていた。

〈薩軍はこれを以《もっ》て近在の商人や農家から必要な物資を得ようというのであった。十銭、二十銭札はともかく、五円、十円という高額札は発行のその日から頭から信用がなく、皆それを受け取ることを渋った。（略）半分は威嚇でこれがどんどん商人たちに押しつけられて食糧や弾薬と変わった〉

清張は小説で、恐喝に近い買いつけに遭う商人の様子を

西南戦争から30年後，1907年の佐土原（郷土出版社提供）

描いた。

　一八七七年六月一日、薩摩軍の人吉盆地（熊本県）の拠点が陥落。宮崎に退いた時は兵力、資金とも激減していた。

　西郷札はこの窮状を背景に発行された。佐土原での敗戦は約二か月後、西郷隆盛の死は約四か月後のことである。敗北とともに西郷札は布きれと化した。持っていた人々は大きな損害を受けた。

　下那珂をさらに訪ねて歩いた。山下勝之助さん（七十六歳）は、「子供のころ、川が周りを取り囲み、島のようだった。桑畑やサツマイモなどの畑だったが、キカイショと呼んでいた。親が『昔、工《こう》場《ば》があった』と言っていた」と、地形について証言してくれた。

　蛇行する川がつくった「島」。いま、川は埋められて島の痕跡はうかがえない。この地形が「印刷所のあった場所」に一層の根拠を与える。

　佐土原城跡歴史資料館館長の赤木達也さん（六十九歳）に聞いた。

「官軍から防備するために、三方向が川に囲まれていたそこは、絶好の場所だったのです」

　それにしても、西郷札を代々受け継いでいるという人にはついに会えなかった。郷土史家の青山幹雄さん（八十九歳）は、「西郷札のあることがわかると、薩摩軍に関係していると判断され、罰を受けることを恐れたのでしょう」と、明治政府による西南戦争の厳しい戦後処理と関連づけた。

　自営業の前田冨男さん（七十四歳）も、「『戦《いくさ》の時に西郷札をキカイショで作ったげな』と父や祖父が話していたのを覚えています」と言うように、印刷所の記憶は、口伝で現代に生きていた。札を言って帰ろうとすると、「札は残っていないが」と赤池さん。「子供のころ、そこで土遊びをしていたら、三、四センチの鉛の玉が出てきた。西南戦争の弾丸だったのでしょう」

　印刷所を守る薩摩軍と攻める政府軍。弾は佐土原も主戦場になった西南戦争の、数少ない物証だったに違いない。

（牛島康太 2004.6.4）

斎藤茂吉□高千穂峰登山記

神聖なる連山

天孫降臨。「ニニギノミコトが地の国を治めるため高天原から日向の高千穂のくじふる峰に降り立った」と『古事記』にある。高千穂町と並ぶ伝説の地が、鹿児島県境・霧島連山にある高千穂峰《たかちほのみね》（一五七四メートル）である。

登山口の一つ、鹿児島県霧島町の高千穂河原に着いたのは、台風が去った後の暑い日。新緑を陽光が照らしてまぶしかった。種類が違うのだろうか、町なかではまだ聞こえないセミの声がにぎやかだった。遠くに、高千穂峰への通過点にあたる御鉢《おはち》（一二〇六メートル）の、フタコブラクダの背中のような輪郭が浮かんでいた。

歌人の斎藤茂吉は一九三九（昭和十四）年の十月に登り、「高千穂峰登山記」を残した。

すでに歌人としての名声を揺るぎないものにしていた茂吉は、翌年の「皇紀二千六百年」を前に鹿児島県の聖蹟などを詠むため、県の招きで九州を訪れた。

霧島町の霧島神宮を出発、高千穂河原近くの霧島神社（いまの霧島神宮）跡と御鉢を通って、高千穂峰に登った。高千穂河原からの登山道を選んだらしい。

同じルートで登った。山頂には山小屋があり、峰守《みねもり》が三代にわたって守り続けている。

茂吉は登山記の中で、この山小屋を「山室」と呼び、石橋天恵という老翁が登山者をもてなしていたと記している。絵はがき、キャラメル、ラムネなどがあり、登山者への説明役も快く引き受けていた。

当時十代半ばだった甥の石橋利幸さん（八十一歳）の六十五年も前の記憶は鮮明だ。天恵さんと利幸さんは山小屋で、登ってきた茂吉と話をした。

「宗教について話をしました。ブロッケン現象（太陽光と雲のプリズム作用）のために斎藤さんに後光が差しているようで、威厳がありました」

高千穂峰登山記

斎藤茂吉（1882−1953年）が，鹿児島県に招かれて高千穂峰に登った時の手記。登山道の険しさを前にしての緊張ぶりも，率直につづっている。『ふるさと文学館』第52巻（ぎょうせい）に収録。

上：神秘の山として崇敬されてきた高千穂峰（中央）。霧島は国内初の国立公園となり，茂吉が登ったのは指定から５年後だった（1934年ごろ。岡田紅陽さん撮影）

下：高千穂峰山頂の天の逆鉾。拝む人が絶えない

神秘的なムードをさらに高めたのは、はるかに続く雲海だった。「宮崎まで歩いていけるような感じがしますね」と話すと、茂吉は「そうですね」と、その美しさに感動の面もちだったという。

茂吉は記念に、直筆の書面を置いた。利幸さんの長男で三代目の晴生さん（五十五歳）は、「ことあるごとにじいさん（天恵さんの弟の国次さん）から聞いていました。ここにあったのですが、台風で吹き飛んでしまって」と残念そうだ。

茂吉は十月八日に登山を試みたが、悪天候のため二日間足止めを食ったという。

途中に「馬の背」という場所がある。御鉢の火口縁を指し、ふもとから見えた「フタコブラクダ」の背中だ。そこから先は幅三―五メートルの火口縁の上を歩くことになる。右は火口、左はふもと。いずれも急傾斜で、転がり落ちたらひとたまりもない。登山道の両側に転落を防ぐものはない。硫黄のにおいがして、シューッという音が聞こえた。

御鉢の斜面を下っていく。下りきった所は、やや平らな広場になっていた。ここには平安時代まで霧島神社があり、御鉢の噴火で焼失したという。

ようやく山頂に立った。山小屋はこの日、林満男さん（六十八歳）が守っていた。登山シーズンの日曜には四百人が登ってくるという。

〈私等は只今その天孫降臨の神聖の連続なるこの山のいただきに立つてゐるのである〉

茂吉は「高千穂峰登山記」にこう記し、次のように詠んだ。

「大いなるこのし津けさや高千穂の
峯のすべたるあまつゆふぐれ」

歌心はない。でも、山頂で声に出してみると、茂吉と同じ感動が体をつつんだように感じられた。

（江崎宰 2004.7.9）

日南市飫肥《おび》

吉村昭□ポーツマスの旗

無私の精神の原点

白壁と石垣が美しい日南市飫肥。江戸時代、伊東家五万一千石の城下町として栄えた。その面影はいまも残り、国の重要伝統的建造物群保存地区に選定され、「九州の小京都」とも呼ばれる。

その中心地に、明治時代に活躍した外交官・小村寿太郎の生誕地はある。訪ねたのは八月も終わりに近い日だったが、南国特有の強い日差しが照りつける。蒸し暑い。セミがまだ、せわしく鳴いていた。吉村昭は寿太郎の活躍と苦悩を「ポーツマスの旗」に書いた。

寿太郎は一八五五（安政二）年、飫肥藩の下級武士・小村寛の長男として生まれた。六歳で藩校の振徳堂に入学。記憶力は抜群で成績は優秀だった。長崎の英語学校に藩費留学し、いまの東京大学からアメリカのハーバード大学留学などを経て外務省に入った。一九〇四（明治三十七）年、日露戦争が起きた。日本海海戦の大勝利をはじめ、戦利を続ける日本。「多額の賠償金とロシア領土の割譲は当然」。講和の機運が盛り上がった時、多くの日本人はそう考えた。

ポーツマスの旗

吉村昭（1927年―）の歴史小説（1979年）。日露戦争講和をめぐる日本，ロシア双方の外交交渉の駆け引きを丹念につづり，「国辱外交」ではなかったことを証明していく。新潮文庫など。

しかし――。

〈国力はすでに尽き、（略）国民が求めているような講和条件を受諾させることは不可能にちがいなかった〉

〈外相としての責任上、国民の怒りを買うことを覚悟の上で、全権を引き受けたのである〉

吉村は作品で、全権大使としてアメリカのポーツマスに向かう寿太郎の決意をこう記述した。

吉村が飫肥を訪れたのは、一九七八（昭和五十三）年十二月だった。

「『外務省の資料だけでは小村寿太郎の人間性が描けない』、『どのように育ったのか、その土地柄を見ておきたい』と話しておられました」。吉村を案内した当時の市総

大正時代の寿太郎の生誕地付近（日南市国際交流センター小村記念館提供）

務課長・早田明さん（七十三歳）は振り返ってくれた。

日南には二泊した。小村の係累の家や生家などを訪ね歩いたが、期待に応える資料は残っていなかった。顕彰のための「日南市国際交流センター小村記念館」ができるのはこの十年以上あとだ。「（小村のことを）書いてもらっては困るという、そんな雰囲気すら感じた」。吉村の後日談である。

この「空気」は、講和条約の締結が国民の理解を得られなかったことと無縁ではない。日本に平和をもたらしたが、賠償金は取れなかった。「弱腰外交」などとののしられ、日比谷焼き打ち事件まで起きた。

「それでも小村公は言い訳などしなかったんです。無私の精神を貫いたんですよ」。三月まで十年以上、記念館の館長を務めた宮浦直さん（七十五歳）が強調した。

当時、だれより寿太郎を理解していたのは、やはり故郷の人たちだったのである。飫肥に戻った際、住民はちょうちん行列で迎え、歓迎行事では郷土舞踊の泰平踊を披露したという。

「此盛況を見んとて集まりし老幼万以上に達せり」

当時の地元紙はその歓迎ぶりをこう伝えている。

生誕地の近くに住む安藤英雄さん（六十三歳）方を訪ねた。みそ、しょうゆを製造販売する老舗の四代目。曾祖父の与市さんは、寿太郎の父・寛の親類で、親しかった。

寿太郎が戻ってきた際、与市さんも出迎えた。「その時、小村公に座布団を差し出すと、逆にじいちゃんの方に返されたと、代々、口伝されています」。英雄さんが誇らし気に語った。

「あれだけのことをやり遂げても、威張ることはなく、謙虚な方だったという証しです」と英雄さん。

飫肥には寿太郎の弟・寿平の子孫がいる。小村幸子さん（七十五歳）。寿平の孫嫁にあたる。夫の寛さんは二〇〇三（平成十五）年四月、七十五歳で亡くなった。会社勤めを退いて飫肥に戻ると、月二回の墓掃除を欠かさなかったという。幸子さんは「寿太郎の子孫ということを誇りに思っていたんでしょうね」と、かみしめながら話した。

寿太郎が学んだ振徳堂まで歩いた。生誕地から十分程度だが、すぐに汗ばんだ。「無私の精神」を貫いた寿太郎。いまの日本を見たら何と思うのだろう。聞いてみたくなった。

（内田正樹 2004.9.10）

高鍋町

梅崎春生□無名颱風

復員兵を迎えた家

ホームに立つと、潮騒が心地よく耳をなでる。松林を挟んで、すぐ向こうに日向灘が広がる。

ＪＲ日豊本線高鍋駅。床はコンクリートがむき出しで、板壁はペンキで白く塗られている。所々塗装がはげ、時の流れを感じさせていた。一日の乗降客は千七百人と少ないが、貴重な通勤通学の拠点であることは、都会のターミナルと変わりがない。駅長の西山秀憲さん（五十八歳）が切符の販売から電話応対まで受け持つ。実に忙しそうだった。

梅崎春生の「無名颱風」。戦後しばらく台風には女性の英名がつけられていた。それのない台風という意味の題をもつ小説は、終戦から十日余りしか経っていない一九四五（昭和二十）年の八月下旬、海軍から復員した「私」が、台風の中、鹿児島駅から日豊本線で北上する場面から始まる。

高鍋の町は〈住民ひとり居ない感じの、死に絶えた町の様相〉と描かれている。無理もない。空襲でひどい被害を受けていたのだから。爆撃で鉄橋が落ちていたため、復員兵は必ず、ここでいったん列車を降りた。

高鍋での梅崎を覚えている人はいない。戦後の混乱の中で、一人の復員兵のことなど記憶にとどめる方が難しかっただろう。

泊まったのは駅の近くの大山満郎さん（七十七歳）方だろうと推測されている。空襲で焼け野原となった近辺では、唯一全半壊を免れた大山さん方が、復員兵の泊まる場所になっていたからだ。

「十四畳の二階に寝泊まりしていた復員兵の人たちは、二十歳代前半のようでした。やつれ果てていました」

それでも、大分県の耶馬渓出身という復員兵は魚の缶詰をくれた。大工だったという復員兵が柱を修理してくれた思い出もある。

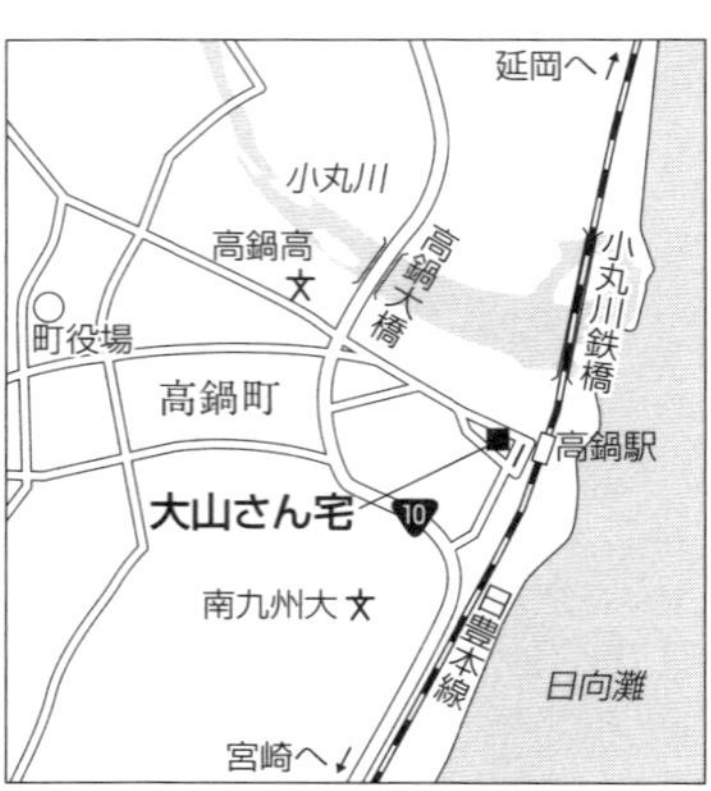

無名颱風

梅崎春生（1915－65年）が1950年，「別冊文藝春秋」で発表した短編小説。駅や汽車内，町で見聞した復員兵の姿を通して，混沌とした終戦直後を描いた。『梅崎春生全集』第1巻（沖積舎）などに収録。

左：現在の高鍋駅。小さくても，通勤通学の人たちにはなくてはならない駅だ
右：戦前の高鍋駅舎（高鍋振興会編「高鍋御案内」より）

それから十年後。一つの新聞記事が大山さんの目に留まった。「著者（梅崎）が避難したといわれる大山政一氏宅」として、写真が掲載されていたのだった。

「あのリュックを担いだ男たちの中に、梅崎さんがいたのでしょう」

築七十年の家屋を見回しながら、大山さんは感慨深げに話してくれた。

高鍋の駅舎が完成したのは一九二〇（大正九）年。翌年には、町を貫流する小丸川に、当時としては九州一の長さ（一八〇五メートル）を誇る鉄橋が完成した。河口近くに住む黒木昭人さん（七十七歳）は、「何もなかった一帯が、鉄道開通とともに、街になっていった」と振り返る。

日向灘に面した高鍋は、太平洋戦争末期、空襲の標的になった。九州一の鉄橋も崩落してしまった。故郷への帰路を遮られた復員兵が恨めしそうに川を眺めていた。そんな復員兵を、黒木さんは、地区の若手とともに、川船で向こう岸まで渡したことがある。

「貧しく、敗戦で気分はすさんでました。それでも渡した復員兵の喜んだ顔を見ると、すがすがしい気分になったものです」

宮崎地方気象台によると、一九四五年八月二十七日、日向灘に接近した台風が「無名颱風」の正体とみられる。最大瞬間風速四七メートル。

「空襲で路上に飛散していた瓦や戸板が飛び交い、外に出られなかった」と大山さん。黒木さんは、「雨戸が竹のようにしなり家の内側から必死で押さえつけていた」と振り返った。

いまの高鍋駅をよく見ると、陸橋の天井を覆うスレートの一部が色違いになっている。「八、九月の台風16、18号でスレートが飛んでしまった。応急処置ですよ」と駅長の西山さん。「台風の怖さは、いまも昔も変わらないねえ」

16、18号の後にも相次いで襲来した今年。梅崎の遭遇した台風の雨と風の凄《すさ》まじさを、図らずも実感した。

（大野亮二 2004.10.29）

鹿児島県

熊本県
宮崎県
［大口市］
海音寺潮五郎
「二本の銀杏」
［沖永良部島］
一色次郎
「青幻記」
［与論島］
森瑶子
「アイランド」
［出水市］
水上勉
「鶴の来る町」
［薩摩川内市］
永井龍男
「けむりよ煙」
［川内市］
里見弴
「極楽とんぼ」
［栗野岳］
椋鳩十
「栗野岳の主」
［鹿児島市］
山下洋輔
「ドバラダ門」
［桜島］
梅崎春生
「桜島」
［桜島］
新田次郎
「桜島」
［鹿児島市］
向田邦子
「父の詫び状」
［鹿屋市］
川端康成
「生命の樹」

鹿児島市平之町

向田邦子□父の詫び状

思い出が詰まった街

「向田邦子寓居跡地」──。桜島が望める鹿児島市平之町の高台。白い記念柱が雑草の中に立っていた。駐車場の一角にあり、高さ約一メートル。てっぺんは塗料がはがれ、木目がむき出しになっている。

東京生まれの向田は、保険会社に勤めていた父親の転勤で、十歳だった一九三九（昭和十四）年から約三年間、鹿児島で暮らした。ここが一家の住んでいた社宅跡と思い、訪れるファンもいる。

ところが、社宅が建っていたのは、記念柱から東へ約五〇メートル離れた場所。遺品約八千点を収蔵している「かごしま近代文学館」（鹿児島市城山町）が、向田の弟の幼なじみらの証言などから確認した。

「一帯は十五年ほど前、防災工事で古い住宅が取り壊され、更地になった。（記念柱の場所に）名字の一字が『向』という人が住み、家の造りも作品に登場する社宅に似ていたので、近くの人が跡地と思い込み、立てたようだ」

地元の男性はこう説明する。近所でも「真相」を知る人は少ない。

実際の社宅跡に建つ住宅を訪ねた。家主の会社役員・上《かみ》拾石《じゅっこく》秀一さん（五十七歳）は、「（社宅は）三十年前に取り壊されました。部屋が十一もあり、隠れんぼができるくらい大きな家でした」と教えてくれた。

詳しいのは、壊される前にも住んでいたからだ。仏間に案内した上拾石さんは、「社宅の床の間にあった柱と、松や雲を透かし彫りした欄間をそのまま使っています」。

〈曲りなりにも「人の気持のあれこれ」を綴って身すぎ世すぎをしている原点──というと大袈裟だが──もとのところをたどって見ると、鹿児島で過した三年間に行き当る〉

父の詫び状

向田邦子（1929―81年）の初のエッセー集で，1978年に出版された。幼いころの思い出や身の周りの出来事をつづった24編を収録。文春文庫の解説で，ノンフィクション作家・沢木耕太郎は，「どれもが極めて視覚的で，読み手は話の流れに沿って，登場してくる人や物や風景を，いとも簡単に映像化することが出来る」と評している。

向田は鹿児島に深い愛着をもっていた。学校の帰りに寄り道したさつま揚げ屋、社宅の様子……。「父の詫び状」には、思い出がいっぱい詰まっている。

向田とは山下尋常小学校（いまの山下小）の同級生で、作品にも登場する白坂俊子さん（七十三歳）は、一九七九年二月、鹿児島市内のホテルで三十八年ぶりに再会した。「あんまり昔の変なことばかり書かないでよ」と語りかけると、「ごめんね」と照れ笑いを浮かべた向田の姿が忘れられない。

向田が暮らした社宅。1972年に取り壊された（かごしま近代文学館提供）

いまのところ、記念柱を移す動きはない。歴史探訪をしている市民グループ「かごしま探検の会」理事の東川隆太郎さん（三十歳）は、「地元の人が向田さんを身近に感じていたのでしょう」と言う。社宅跡やさつま揚げ屋など作品に登場する場所を紹介する「向田邦子マップ」作りを計画している。

好意からの勘違いが生んだ小さな「ドラマ」。向田は楽しそうに見つめているような気がした。

（堺拓二 2003.2.5）

思い違いで建てられた記念柱と，向田ゆかりの場所を調べている東川隆太郎さん

桜島

梅崎春生□桜島

生と死が交錯した台地

「海上特攻隊」の基地が桜島にあった。「袴腰《はかまごし》」（桜島町）と呼ばれる台地。太平洋戦争末期、壕《ごう》がえぐられ、米軍を迎え撃とうと、兵士たちが身を潜めていた。生と死が交錯し、梅崎春生の戦後が始まった場所を訪ねた。

桜島と鹿児島市を結ぶフェリー発着所から北に約二〇〇メートル。台地の海側斜面はコンクリートで固められ、三つの穴が一〇メートルほどの間隔で並ぶ。高さ約二メートルの入り口は、いずれも板でふさがれ、雑草が覆いかぶさるように伸びていた。

「入れませんが、内部はアリの巣のようにトンネルが巡らされ、かなり広いようです」。桜島町文化協会会長の野口豊志さん（七十八歳）が、妻の教子さん（七十四歳）とともに案内してくれた。教子さんは敗戦直前、基地の女子事務員が足りないと聞き、下見に訪れたが、履歴書も出さなかった。「薄暗くて健康に悪そうで、兵隊たちの顔色も青白かったから」と言う。

袴腰から北東へ約一キロ歩くと、県道沿いの土手に大きな壕が口を開けていた。入り口は高さ約四メートル。県道を挟んで向かいの造船所内では、海に向かってレールが延び、漁船が載っていた。

「この壕が特攻艇の格納庫。いまは造船所の資材倉庫になっています。艇の出撃用レールもありました。その跡に造船所のレールが敷かれました」と、野口さんは説明。物語には、体当たり攻撃用の特攻艇「震洋」の名前が見える。

野口さん夫婦は、「地元でも、基地のことを知っている人が少なくなりました。史跡として保存していければと思うのですが」と話す。

「丸眼鏡をかけ、優しい人でした」。鹿児島市東千石町の

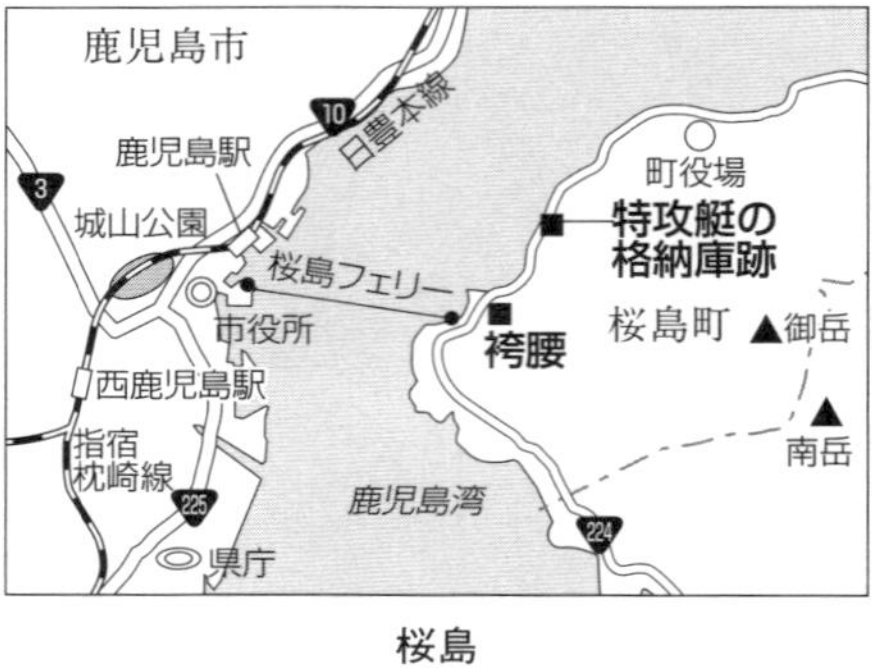

桜島

梅崎春生（1915—65年）が，1946年９月に発表した短編小説。桜島の「海上特攻隊」基地で，海軍の暗号電文を解読する暗号特技兵だった経験をもとに，兵士たちの人間模様を描いた。最後のシーンで，敗戦を知った主人公は落日に輝く桜島の姿を見て，涙を流す。梅崎の妻・恵津さんは，「戦争というよりも，『極限状況に置かれた人間がどうなるのか』を描きたかったのでは」と話す。講談社文芸文庫など。

海上特攻隊の基地跡前で「貴重な戦跡」と話す野口さん夫婦

洋品店経営・奈良迫ミチさん（六十六歳）は、敗戦直後の梅崎の姿を見ていた。奈良迫さんは子供のころ、桜島の祖父宅で暮らしており、一人の兵士が壕内に連れていってくれた。「友だちと一緒で、帰りに貴重だった卵と乾パンをいっぱい持たせてくれました」

大人になり、作家を紹介する写真集で見覚えのある顔に出会った。「あの時の兵隊さん」。思わず言葉が口をついて出た。

「米軍戦闘機から機銃掃射を受け、弾が体のすぐそばを抜けていったこともありました。戦争が嫌でたまらず、祖父から『戦争は終わった』と教えてもらった時は、本当にうれしかった」。奈良迫さんは自らの戦争体験や梅崎との出会いをつづったエッセーをまとめ、一九九六（平成八）年、「さくらじま」の題で出版した。

梅崎は、空襲を受け、焼け野原になった鹿児島市も描いている。

〈鉄筋混凝土（コンクリート）の建物だけが、外郭だけその形を止め、あとは瓦礫《がれき》の散乱する巷《ちまた》であった。（略）海の彼方に、薄茶色に煙りながら、桜島岳が荒涼としてそそり立った〉

その情景を記録した写真が残っている。同市長田町の写真家・平岡正三郎さん（九十歳）が、敗戦から三か月後の一九四五（昭和二十）年十一月十日に撮影した。平岡さんは「『いま、残さなければ』と城山に登り、焼け野原にカメラを向けました」と振り返る。市が年二回、公民館などで開く「戦災と復興写真展」で展示される。

戦災の跡が生々しい鹿児島市街地（1945年11月10日，平岡正三郎さん撮影）

敗戦から六十年。城山から市街地を望むと、ビルや住宅が立ち並ぶ。海の向こうには、厳しい山肌の桜島。たなびく噴煙に、変わることのない自然の営みを感じた。

（小西慶幸 2003.4.16）

川内市平佐町

里見弴□極楽とんぼ

有島三兄弟のルーツ

川内市は、薩摩半島の北部にあり、西には東シナ海が広がる。遠く奈良時代には薩摩国分寺が置かれた。そして有島三兄弟のルーツがここにある。末弟の里見弴《とん》は、平佐町にある父の生家を「極楽とんぼ」に書いた。土壁や石塀が武家屋敷の名残をとどめる町並み。梅雨空の下、主のいない家の周囲には夏草が伸び出していた。

川内は、島津の分家の北郷家の所領だった。約一万千五百石。

里見弴（本名・山内英夫）は男五人、女二人の七人きょうだいの四男である。長男の作家・有島武郎、二男の洋画家・生馬（本名・壬生馬《みぶま》）と里見弴が「有島芸術三兄弟」と呼ばれる。里見は叔父の養子になったので、姓が異なる。父の名は武（一八四二―一九一六年）。領主の北郷久信の近従として一八六二（文久二）年、主とともに江戸に赴き、維新後は官と民の両方で立身を遂げた。再び川内を生活の場にはせず、横浜生まれの里見弴も、晩年まで川内の地を踏むことはなかったのである。だから文壇で活躍しても、川内の人たちにとっては、どちらかといえば遠い存在ではなかったか。「極楽とんぼ」の発表までは。

主人公の周三郎が、父の市蔵のふるさと川内に勘当同然に送られる。ところが川内でも締まらず、あきれた両親が「極楽とんぼ」と呼ぶ。特に親近感を高めたのが、父の生家の描写だったという。

〈当時の屋敷がそのまま捨て置かれていた。屋敷と言っても、二反何畝かの（二反は約二〇〇〇平方メートル、一畝はその十分の一）、大部分は畑地、その片隅に、今なお気息奄々《きそくえんえん》たる姿を曝《さら》している十坪（三三平方メートル）ばかりのぼろ家〉

後に親交を深める米盛弘さん（七十一歳）は、その正確さに驚いた。

「どう考えても、小説を書いた時点では川内に来たこと

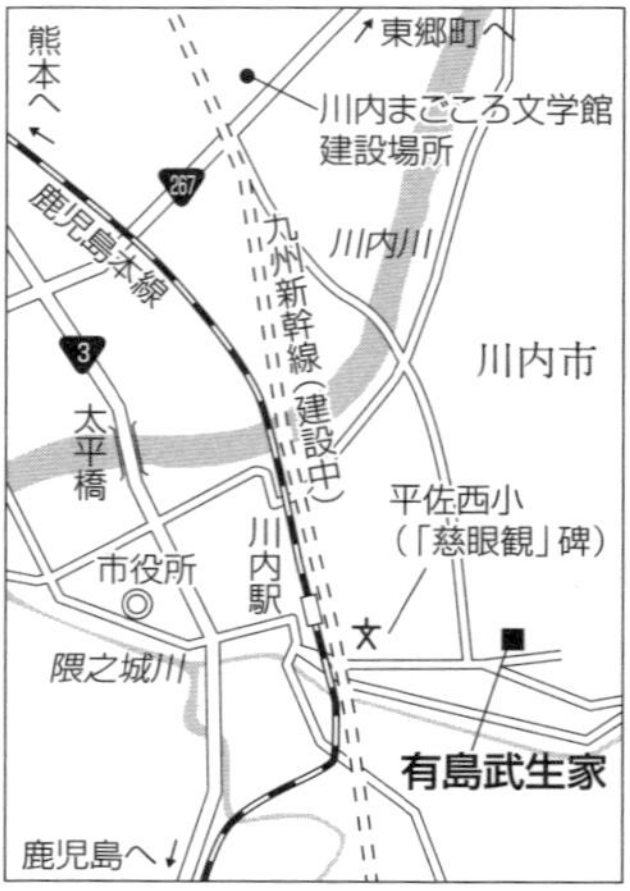

極楽とんぼ

里見弴（1888—1983年）が1961年,「中央公論」に発表した。わがままで怠け者だが憎めない,吉井周三郎の75年の生涯を描いた。岩波文庫など。

はなかったはず。父の武さんに聞いた話から家を想像し、描いたのではないでしょうか。父の故郷がどんな所なのか興味もあったろうから」

作品を貫くおおらかさには、父の生まれた南国の気質が色濃く反映されていると、米盛さんは言う。

「極楽とんぼ」発表から八年後の一九六九（昭和四十四）年。市民会館で有島兄弟の手紙や作品などの資料展が開かれた際、里見弴は有島生馬らとともに招かれた。当時八十歳。父の郷里への初めての訪問だった。

改築は重ねたものの確かに父の生家。自分でも描写の正しさに驚いたのか、「ずいぶんとくたびれた家だねえ」と嘆息したという。

極楽とんぼの優しさ。それは里見が常とした「まごころ哲学」に通じる。

この世を去った一九八三年のこと。遺族から一点の書が、平佐西小学校に送られてきた。六九年に同校で講演して以来の縁だった。「慈眼観」と書かれていた。いま、それは碑になって校庭に立っている。「いつくしみの目で、すべてを見る。天地にあるすべてのものや人を愛して大切にすることです」。校長の長坂克寿さん（五十七歳）は子供たちに、そう説いている。

思いやりのある人に――。願いを込めた卒業の記念品には毎年、「慈眼観」と刻まれている。

九州新幹線の新八代－鹿児島中央間は、二〇〇四（平成十六）年三月に開業する。列車の名は「つばめ」。川内は、新八代を出てから三番目の駅になる。

合わせて川内市は同年一月、有島三兄弟や、やはり郷土ゆかりの山本実彦の原稿や作品を集めた展示館を開く。名は市民の意見もいれて「川内まごころ文学館」に決まった。里見の哲学は、父の里で生き続けていた。

（中村明博 2003.6.18）

上：父の生家を訪ねた里見弴（帽子をかぶっている）。左に兄の有島生馬の顔も見える（1969年２月20日撮影。米盛弘さん提供）
下：現在の有島武の生家（空き家）。里見の訪問後に一時，人が住んだといい，補修で雨戸はなくなっていた

与論島

森瑤子□アイランド

サンゴ礁に囲まれた島

鹿児島市から南西へ五六〇キロ。与論島（与論町）は二〇〇三（平成十五）年、日本復帰五十周年を迎えた。奄美群島の最南端、サンゴ礁に囲まれた島は夏の盛り。周囲二二キロの小さな島に約六千人が暮らしている。五十二歳で逝った森瑤子の別荘は海辺にあった。都会を描いた彼女の、真の安らぎの場だった。

広告代理店勤務を経て一度は専業主婦。その後、自己表現の場を求めて小説の道に入った。

初めて与論島を訪れたのは、一九八八（昭和六十三）年。雑誌に依頼されての取材行だった。

サンゴ礁の海と空と人が、東京に住む彼女の心をいかに魅了したか。帰京から四日間、ホテルにこもって一気に執筆したのが、与論島を舞台にした「アイランド」だった。

〈南側に菜園らしきものがあって、果実もたわわに実っている。陽子はなんだか急にすべての細胞が生き生きと活気づくのを感じた。（略）そこからの眺めは息を呑むほど美しかった。（略）小さなプライベートビーチを抱くように湾曲に広がる珊瑚礁〉

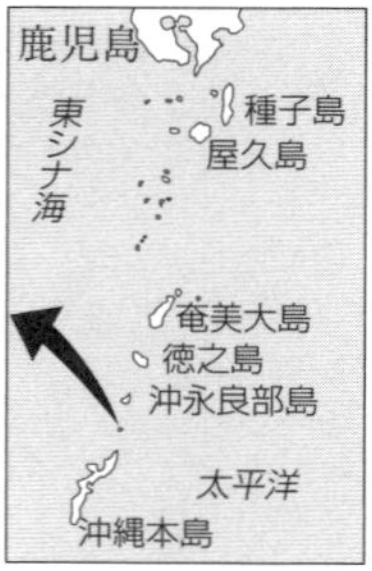

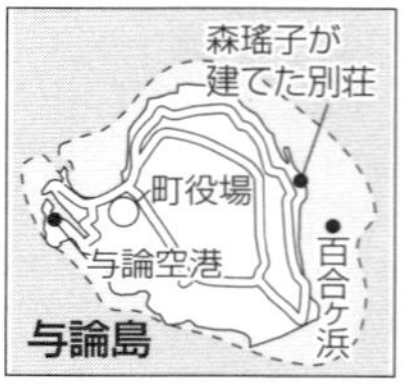

アイランド

森瑤子（本名・伊藤雅代，1940―93年）が1988年に発表。時代設定は2003年。羽衣伝説をテーマに物語を書いた。作家・星良雅也が与論島を訪れるうちに，不思議な記憶が現れる。島の太古の風景がよぎり，神社にまつわる言い伝えも，自らが体験したような感覚に包まれる。時を同じくして島に向かった知人・廻陽子の娘・晶世と，運命的な出会いを遂げる。角川文庫。

当時は架空の別荘の様子を、こう表現した。

「島に住む人たちの目の輝きに、ひと目ぼれしてしまったの」

一九八九年に実現させた別荘。その管理人になった井上清一郎さん（四十九歳）、とも子さん（四十五歳）夫妻は、この言葉を何度となく聞いた。琉球瓦でふいた屋根を持つ平屋。太平洋と東シナ海の両方が望める場所だった。

島は華やいだ。

別荘は、十本もの連載を抱えた彼女の仕事場ともなった。その忙しさの中で、地元の人たちを心からもてなした。夕食会が機会あるごとに開かれた。

竹村繁代さん（六十歳）には忘れられない味がある。与論産の黒糖焼酎に細かく刻んだキュウリを入れたカクテル風の飲み物。

「それまで、焼酎はお湯や水で割って飲むことしか知らなかった。さわやかで、こんな飲み方もできるのかと驚きでした」

別荘の庭で強い日差しを避けるため、つばの広い帽子を目深にかぶっていた。

「センスにあふれ、女性として強くあこがれたものです」

訪ねてくる友人も、島の人たちを驚かせた。五木寛之さん、C・W・ニコルさん、浜美枝さん……。井上さんは、「とにかく人のことを大切に考える人でした。パーティーの最中も自分は台所にこもって、料理作りに一生懸命だった」と振り返る。

多くの作品を生み出すはずだった別荘。

一九九二年の夏だった。「胃の調子が悪いので、効き目がありそうなアロエを庭に植えてほしい」と、井上さんに言った。植木に関しては任せきりだった彼女が、初めて樹種を指定した。翌年三月、胃がんの診断。手術までの短い時間、与論の別荘に向かった。病名を島の人には明かさなかった。二泊三日を百合ヶ浜などで過ごした。

七月六日、男女の機微、愛、そして孤独を書いた女流作家は、別荘に再び帰ることなく生涯を閉じた。いま、ソテツやハイビスカス、グァバなど、二十種以上の樹木が別荘を囲む。

墓は、敷地の入り口にある。いまも全国からファンが訪れる。この年も命日に、庭で地元の人が黒糖焼酎を酌み交わし、彼女をしのんだ。翌日は島外の人らが集った。

竹村さんは「時折『生きていたら、どんなふうに年をとられただろうか』と考えます。きっと、おしゃれだったでしょうね」と早すぎた死を惜しんだ。（堺拓二 2003.7.30）

上：地元の人たちと歓談する森瑤子。芝が生えそろっておらず，ゴザを敷いていた（1989年ごろ，井上清一郎さん提供）

下：2003年７月７日，別荘の庭にファンが集い，生前と同じようにパーティーが開かれた。サバニと呼ばれる古い漁船に料理が盛られた

椋鳩十□栗野岳の主

望郷の念を呼び覚ます山

福岡県から南に続く九州の山地も、霧島連峰でほぼ終わる。鹿児島と宮崎を分ける険しい山々の西端に、栗野岳（一〇九四メートル）がある。広葉樹林が広がり、ウスイロオナガシジミなど珍しい蝶の生息地として知られる。平地よりはるかに早く、十月後半には紅葉が始まるという。児童文学作家・椋鳩十《むくはとじゅう》は、この山を舞台に「栗野岳の主」を書いた。

一九〇五（明治三十八）年の冬、長野県喬木《たかぎ》村の乳牛牧場の家に生まれた。本名は久保田彦穂《ひこほ》。野山が好きだった。大自然を背景に多くの作品を生み出す感性は、すでに長野ではぐくまれていた。友達と、朝から晩まで山あそびをした。そして、十歳を過ぎるころから読書にも熱中した。

自宅裏の赤松林。渡り鳥が飛び、四季の空が見渡せるこの林の中で一人、「猿飛佐助」などの講談本を何度も読み返した。

法政大学文学部国文科を一九三〇（昭和五）年に卒業。鹿児島にいた姉の勧めで、種子島の小学校代用教員として三か月勤めた。

同じ年に、作家・椋鳩十となる転機が待っていた。加治木町の加治木高等女学校（いまの加治木高）への赴任である。

校長の山口斎《ひとし》は、新任教師の文才と、野生の命に寄せる深い愛情を鋭く見抜いた。教師と作家活動の兼業を認めた。山口の支えもあり、初の作品「山窩《さんか》調」をはじめ、動物の物語を次々に発表。児童文学界での評価を次第に高めていった。

「栗野岳の主」では珍しく、舞台となる地名を冒頭で紹介した。

〈栗野岳（鹿児島県にある山）の原始林は、井戸の底の

栗野岳の主

椋鳩十（1905―87年）が1943年２月に雑誌「少年倶楽部」に発表。栗野岳の原始林で，「栗野岳の主」と呼ばれる大イノシシとその家族が，猟犬と狩人に追い立てられる。大イノシシは，家族を安全な場所に隠し，たった１匹で猟犬の群れと戦い，がけから落ちて大けがをする。戦時の統制下で，子供を思う親の心を動物に託した作品の１つとして知られている。「椋鳩十の本」（理論社），『月の輪グマ』（ポプラ社）などに収録。

ような暗さであった。（略）月が出た。（略）十五六匹の猪《いのしし》の姿が照らしだされた〉

「父は、栗野岳が特に好きだったようです」

長男で、加治木町にある椋鳩十文学記念館の館長を務める久保田喬彦さん（七十三歳）が話してくれた。

一九三七年、鳩十は長野の生家を手放し、鹿児島での永住を決めた。しかし、鹿児島は長野と比べ、年中といってよいほど温暖。四季の明確でないその気候が、鳩十を山へ向かわせたのかもしれない。

上：戦前と変わらぬ自然があった1960年代の栗野岳中腹。牛が放牧されていた（栗野町・薬師寺新子さん提供）

左：現在の公園化された場所では家族連れがひとときを楽しんでいた（霧島アートの森で）

「栗野岳はその標高から、鹿児島には珍しく、季節の感じ取れる山です。霧島ほど人も来ませんでした。栗野岳に故郷の山々を重ねていたのではないでしょうか」

栗野岳温泉の旅館「南洲館」の永峰奘康《そうこう》さん（八十歳）は一九五〇年ごろ、鳩十が取材に来た時のことを、よく覚えている。

地元の猟師の男性の話に、夢中で聞き入った。

翌日は大雪。帰路を案じる永峰さんに、「私の周りは、雪だらけだったんですよ」と言い、六キロの道のりを歩いて帰った。

「故郷を思い出したのでしょうか」。喜んでいるようにも見えたという。

鳩十は、一九六四年に帰郷した。実家を引き払ってから二十七年の歳月が流れていた。六十歳を前に、望郷の思いがいよいよ強くなったのだろう。このあとは度々長野を訪れた。

喬彦さんは、十一月末で館長職を退く。作家の家族から直接、話の聞ける貴重な文学記念館だけに、とても残念だ。「鳩十記」の語り部の仕事がライフワークであることに変わりはないという。自然を愛した父親の素顔を、世に伝え続けてほしい。

（益田美樹 2003.10.15）

海音寺潮五郎□二本の銀杏

自然と慈善の象徴

県の最北部・大口市は、熊本・宮崎両県に隣接している。南国でも特に今年は紅葉が遅かった。十二月になってようやく散ったイチョウの葉が川内川《せんだい》を流れていた。全長一三七キロ。筑後川、球磨川《くま》と九州三大河川をなしている。海音寺潮五郎は、この自然豊かな故郷を舞台に「二本《ふたもと》の銀杏《ぎんなん》」を書いた。深い郷愁に彩られた作品である。

潮五郎は一九〇一（明治三十四）年、大口村（いまの大口市）に生まれた。鉱山業の末冨利兵衛《りへえ》とトメの二男。名は東作。四人のきょうだいがいた。両親は優しかった。文学好きの父の影響で、幼いころから本が友達だった。読み出すと止まらなくなったという。

いとこの貴島テルさん（九十二歳）が、大口市里で健在だ。家を訪ねて話を聞いた。「東作あんさん」と慕っていたという。「物静かな人で、家に遊びに行くと、六畳間でよく本を読んでいました。たんすの隅に隠れて、夜遅くまで本に没頭して怒られたと聞いたこともありますよ」と、あんさんの少年時代の様子を話してくれた。

国学院高等師範部（いまの国学院大学）から教師になり、指宿市や京都の旧制中学で国語、漢文を教えていた。京都時代、投稿小説が認められて作家に転身。神奈川県鎌倉市、東京と転居した。

再び大口に戻ったのは一九四四（昭和十九）年。太平洋戦争の戦局悪化でふるさとに疎開した。終戦を挟んで四八年まで、ほとんど執筆はせず、漢籍や欧米文学を読みふけっていた。敗戦の虚脱感があったのだろうか。

小説への情熱を再び呼び覚ましたのは、そのふるさとだった。

江戸末期の山伏・堀之内良眼坊《りょうがんぼう》の伝説を聞いた。神社の宮司でもあったという。上納米を運ぶため、川内川の改修工事を行い、農民の労力軽減に尽力した。

この良眼坊が、小説「二本の銀杏」の主人公・上山源《うえやまげん》

二本の銀杏

海音寺潮五郎（1901－77年）が1959年10月から61年１月まで「東京新聞」に連載。貧困に苦しむ農民を救い地域を復興させるため，川内川を開削する工事に取り組む主人公の姿を描く。文春文庫など。

昌坊《しょうぼう》のモデルとされる。

〈村は薩摩の北端にあった。肥後に境を接していた。山また山に囲まれた小さな盆地だ。（略）目立つものがあった。（略）銀杏の巨樹があることであった〉

潮五郎はある日、大口市目丸の堀之内家を訪ね、庭先の大木を見上げながら、「良眼坊について小説を書きたいのですが」と家の人に告げた。イチョウの木は当時から一本だけ。いまは高さ約一五メートル。樹齢は百年以上になるという。

上：大口市内の名所・曽木の滝で地元の人たちと懇談する海音寺潮五郎（右端，1969年４月。大口市教育委員会提供）

左：轟公園にある望郷の碑。多くのファンが献花をして潮五郎をしのぶ

〈毎年の租米は、ここから五里下流のお蔵まで、百姓がそれぞれ持って行って納入することになっている。（略）源昌坊が考えたのは蔵を近くへ引き寄せることだった。（略）川をさらって、上流まで舟行できるようにする必要がある〉

郷土史家の永井利実さん（七十七歳）は、「この小説の大半は史実に基づいています」と言う。作品通りの位置に木はない。しかし堀之内家の木をモデルにしたのは間違いないだろう。真っすぐな姿が作中、自然と慈善の象徴になっている。

亡くなるまで、度々大口を訪ねた潮五郎。

「ふる里のさつまの国は空あをし　ただあをあをと澄み通るなり」。望郷の碑が、幼い時に遊んだ轟公園にある。

命日の十二月一日「海潮忌」が開かれる。没後八年目に「海音寺潮五郎を偲ぶ会」が始め、一九九五（平成七）年からは市が主催している。今年も約百二十人が碑に白菊を供えた。会長の奈良迫博子さん（六十八歳）がしみじみ言った。「先生がどんなにふるさとを愛していたか教えてくれているのが『二本の銀杏』です」

この本から、潮五郎の世界に入っていける人は多いだろう。鹿児島で暮らす一人として、こう考えた。

（中村明博 2003.12.10）

桜島

新田次郎□桜島

噴火の教訓を刻む碑文

船で桜島へ向かった。錦江湾を吹き抜ける風は、まだ冷たく感じられた。青空を背景に、白い噴煙がくっきりと見える。桜島に着くと、のどかな眺めは一変する。膨大な、ごつごつとした黒い岩。あの日の溶岩だ。一九一四（大正三）年一月十二日、この火山は大爆発を起こした。大正大噴火。新田次郎が「桜島」に書いた舞台である。

強烈な碑文だった。

「住民ハ理論ニ信頼セズ」――。

桜島は北西側が桜島町、南東側は鹿児島市の飛び地。その飛び地、同市東桜島町にある東桜島小学校を訪ねた。目の前に錦江湾。

「桜島爆発記念碑」は、校庭に立っていた。碑文はその裏面に刻まれている。学校の近くで酒店を営む野添武志さん（七十五歳）は、「理論の二文字は当初、測候所となるはずだったのです」と教えてくれた。大爆発の貴重な見聞録「爆発の日」の著者である。人々の証言は生々しかった。「数日前から地震が続いていた」、「井戸水は熱く、頂上の岩は崩れ出していた」

山体爆発の迫る、避難に一刻を争う事態ではないか。

しかし、鹿児島測候所（いまの鹿児島地方気象台）の判断は「桜島には噴火なし」。

事実は正反対に推移した。噴煙は上空約八〇〇〇メートルに達し、流れ出る溶岩は集落をのみ込んだ。逃げ遅れた人は約二キロ離れた沖小島へ泳いで渡ろうとした。大勢が波にのまれた。

「信頼セズ」。十年後の一九二四年に建立された碑で、人々は測候所への憤りをこの言葉に込めた。

爆発を経て、京都大学が観測施設を開設した。そして半世紀余の歳月が流れた一九六八（昭和四十三）年、新田次

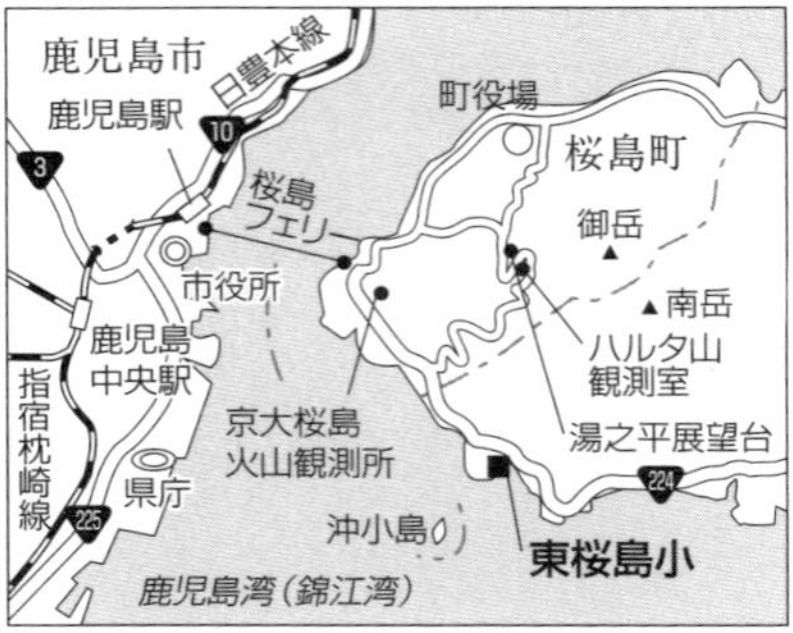

桜島

新田次郎（1912—80年）が，1969年に発表した短編。大学の桜島火山観測所の地球物理学者・佐川潔は，鹿児島地方気象台の吉永重雄，西桜島村村長の有村寅左右衛門と交流するうち，桜島爆発に端を発する気象台と村民との軋轢に気づく。『新田次郎全集』第10巻（新潮社）などに収録。

郎は桜島を訪れ、小説に描いた。

それは、気象観測への信頼を取り戻そうとし、住民のための研究者として生きることを決意する佐川潔の姿だった。

〈おれは女房より子供より、桜島というものを愛しているのだ、憑《つ》かれているのではない、桜島という生き物に惚れこんで、骨をこの島に埋めようとしているのだ。（略）噴くなら噴くがいい、おれはこの桜島の一部分なのだと思いながら、桜島のいただきに眼をやった〉

上：流れ下った溶岩は海に達した（1914年１月15日。鹿児島県立博物館提供）
下：校庭の爆発記念碑。進む表面の風化が，歳月を物語っていた

活動火口から北西に約二・八キロ。春田山の頂上に京都大学のハルタ山観測室がある。小説の「平安大学観測所」のモデルである。一九七七年度まで京都大学桜島観測所本館として使用されていた。活動が安定している現在は、遠隔操作で観測機器が動いているだけで人影はない。

新田が訪れた当時、西桜島村（いまの桜島町）の議会事務局長を務めていた小田原善昭さん（七十五歳）は、「不信は和らぎ、桜島を監視してくれる京都大学や気象台の観測所を、村民は頼りにしていました。大正と昭和では、科学技術も格段に違っていたでしょうし」と振り返る。

新田の二男で、お茶の水女子大学教授の藤原正彦さん（六十歳）に電話で聞いた。

「父の作品には、弱い者への同情、人知れず頑張っている人への思いが強く出ています。特に気象庁は自らが身を置いた職場だけに、観測に携わる人の苦労をねぎらう気持ちがあったと思います」

「常々『気象観測は地元の人の話を大切にしなければならない』と話していました。民間情報の大切さと、連携の大切さを描きたかったのでしょう」

小学校を後にした。鹿児島市への船上で、野添さんの言葉をかみしめた。

「あの碑は『桜島は必ず爆発する。異変を感じた時は、とにかく逃げろ』という教訓の碑でもあるように思えます」

災害を確実に予知できる日は来るだろうか。（崎田良介 2004.4.2）

沖永良部島

一色次郎□青幻記

母の面影が残る島

鹿児島市から南西へ五五〇キロ。晴れの日には沖縄本島が望める沖永良部島《おきのえらぶじま》は、サンゴに囲まれた鍾乳洞の島。春の島の上には青空が広がっていた。日差しの強さは、まだ夏の半分もないという。しかし島の人が「大和」と呼ぶ土地から来た者にとって、もう真夏のそれに近かった。一色次郎の太宰治賞作品「青幻記」は、この美しい島が舞台である。

一色次郎は、この島の知名《ちな》町で生まれた。父親は、死者を出した島内の暴力事件に関与したとして投獄され、一九一九（大正八）年、幼い子供を遺して獄死した。

母と別れ、祖父らと鹿児島市へ転居したものの、不幸がまた一色を襲った。大阪で再婚していた母親が結核を発病。沖永良部島への帰郷を余儀なくされた。一九二七（昭和二）年、一色は再会した母とともに知名町黒貫《くろぬき》の母の実家に身を寄せた。

実家跡の近くに住む三昌盛順《さんしょうもりじゅん》さん（八十七歳）は、同級生だった。朗らかな少年で頭が良く、「都会の子」と映った。友達は多い方ではなかったという。

一方、母親はすらりと背が高く「黒貫一の美人」と評判が高かったらしい。母親はやがて他界。鹿児島市内の親類の家を転々としながら育った。

その後の消息を知る人は、島内にはほとんどいなかった。そんな彼が島にやってくるようになったのは、東京に居を構え、一色次郎として文芸活動で生計を立てるようになった一九六三年ごろ。三十年の歳月が流れていた。それは、自分の記憶をたどって島内を調べて歩く旅だった。

〈赤松林の梢を、青い風が吹き抜けていた。黒潮の水面を掘りおこし泡立てた南風が、青いサンゴ礁を渡る。（略）それでも、母と私のまわりには不思議な静寂があった。赤

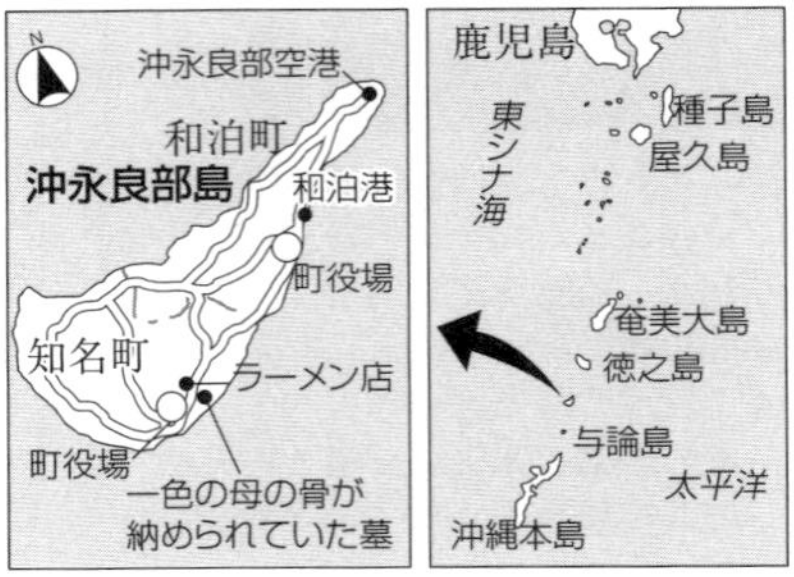

青幻記

一色次郎（本名・大屋典一，1916－88年）が1967年に発表，第３回太宰治賞を受けた自伝的小説。主人公の大山稔は，結核を患った母と少年時代の半年間を暮らした沖永良部島へ戻る途中，母の面影や安らかな生活を追想する。1973年には映画化もされ，同年度キネマ旬報邦画部門ベスト３に選出された。角川文庫（1974年）など。

約半世紀前の沖永良部島。民家は石垣に囲まれ，防風林に埋まるように建っていた。一色が母と住んだ家も，こんなたたずまいだったという（写真家の芳賀日出男さん撮影）

一色の実家跡で営業しているラーメン店。墓は近くにある

松林の片側がその青い風を空へ掬《すく》い上げてくれたからである〉

　母と暮らした時期を海や空の色と重ね合わせ、美しく静かな時間として心に刻んでいたことがうかがえる。

　旅の途中、母の遺骨を東京に引き取ることを決める。島の風習で遺体は土葬され、後に縁者が、かめに納めていた。

　しかし、一色が見た時には、母の骨かどうか区別がつけられなくなっていたという。

「近い血縁者の骨なら、自分の血を塗った後に水で流しても消えない」――。島には、こんな言い伝えがあった。

一色は自分の指を傷つけ試してみた。

　取材行の案内役で、その場にもいた大屋稔さん（七十歳）は、「骨の表面に血が見事に残りました」と言う。

　一色は骸骨《がいこつ》のほおを両手で包んで「お母さん……」と、小さくうなったという。

　実家跡には、ラーメン店が建っている。店から西方数十メートルの所に、墓が当時のまま残り、店主の妻で遠縁の西山シナ子さん（五十六歳）が守っている。誰の骨も入っていない墓。西山さんは、「先祖の骨に、帰ってこられる場所を残しておいてあげたいから」と世話を欠かさない。

　その店で四月二十三日、住民が開いた映画「青幻記」の上映会。別の小説では、大きな反発も起きたことがある。しかしこの日は、「物語を再評価しよう」と前向きな意見が出された。区長の新島貞光さん（五十二歳）は、「関係者が生きている間に一色の足跡を調べ、地元として資料を残していきたい」と話してくれた。

　一年中見られるというハイビスカスに加え、白やピンクのユリが咲き、ソテツが新緑の葉を潮風に揺らしていた。小説のままの美しさが、そこにあった。（益田美樹 2004.5.7）

鹿児島市・旧鹿児島刑務所正門

山下洋輔□ドバラダ門

祖父へのレクイエム

鹿児島市永吉は、市役所のあたりから車で約十分。中心部を流れる甲突《こうつき》川沿いの静かな住宅街である。スポーツ・レクリエーション施設「鹿児島アリーナ」は、その一角に建っていた。

柔剣道場なども備えた大型施設。五千八百人を収容するアリーナは、二〇〇三（平成十五）年、女子バレーボールのワールドカップの鹿児島大会会場にもなった。

そこの前まで来てまず目を奪われるのは、くすんだ灰色の石造りの門だ。中世の西洋建築を思わせる外観だが、実は旧鹿児島刑務所の正門をそのまま残したものである。一九〇八（明治四十一）年の建築。設計者は、鹿児島出身で当時、司法省の建造物を担当していた建築家・山下啓次郎。ジャズミュージシャン山下洋輔の祖父である。山下洋輔は小説「ドバラダ門」で、そのことを知ってからの体験を祖父らの生き様と絡めて描いた。

鹿児島刑務所は一九八六（昭和六十一）年、鹿児島県吉松町に移転した。建物の保存運動が起きた。

鹿児島テレビのプロデューサー有村博康さん（五十七歳）は、鹿児島に多く残っていた石造建築の研究会「重要石造建造物を活かす市民の会」に所属。その活動過程で鹿児島刑務所の設計者が山下啓次郎だったことを知る。そして「山下洋輔氏の祖父らしい」と聞いた。

有村さんはそれより以前、鹿児島市内でのコンサートを通じて、このジャズマンと懇意になっていた。啓次郎と刑務所の関わりを電話で伝えると、本当に驚いた様子だったという。「祖父が建築家だったとは少し聞いていましたが、刑務所をつくっていたなんて」

有村さんは、研究会で手に入れた画像や資料を送った。山下は、まもなく鹿児島を訪れた。

〈門は門で長い間待っていた。（略）そこへとうとう自分の存在に気づいたゆかりの人々が会いにやって来たのだ

ドバラダ門

山下洋輔（1942年—）が1987—90年に「小説新潮」に連載した「31億5360万秒の霹靂」を改題し，1990年に発表した小説。「ドバラダ」は，著者がリズムを口ずさむ時の独自の言葉という。新潮社文庫。

移転が決まったころの鹿児島刑務所の正門。このたたずまいが職員の誇りだったという（鹿児島刑務所提供）

（略）。家族に何も言い残さなかったその男はいつかこういう日がくることを知っていたにちがいない。その日は門がここに立ってから七十八年、その男が死んでから五十六年たった今、ようやく実現した〉

「ドバラダ門」に、こう書き記した。

鹿児島県立短期大学教授の揚村固《かたむ》さん（五十三歳。建築学）は、旧刑務所を山下と一緒に訪れた。使われていなかった建物の屋内は、意匠を凝らした外観の美しさとは対照的に、がらんとしていて不気味なほどだった。

建築学的な説明をする揚村さん。それを聞くジャズミュージシャンが、何度もぼんやりとした状態になったのが印象的だったという。

揚村さんは「先祖の建造物を前にして、インスピレーションがわき上がったのかもしれませんね」と、上の空の原因を推理しながら笑った。

一九八六年十月、山下は門の前でコンサートを開いた。調整役を務めた有村さんによると、ピアノを弾く彼の表情は、保存を華々しく訴えるというより、先祖にレクイエムをささげる穏やかなものだったという。

「山下さんはお墓に花を手向けるように、音楽を通して先祖の功績と建物の価値をたたえたんだと思います」

「姿が残って、祖父や建物のことが永遠に語り継がれればいいな」。その言葉の通り、門は残った。

アリーナを管理する市教育委員会市民スポーツ課主査の永重博昭さん（五十歳）は、夏休みになると、自由研究の小学生の案内役を務める。

「内側からのこの眺めは、昔は刑務所の中に入った人しか見られなかったんだよ」と言うと、子供たちは「へーえ」と驚く。「町のイメージへの懸念から建物すべてを壊す意見もありました。しかし残った門は、多くの子供たちに郷土の歴史を教えてくれています」

長く受け継がれることになった祖父の業績。それを評価する人々とともに保存を実現させた孫の充実感を思い、門を後にした。

（益田美樹 2004.6.25）

出水市荒崎地区

水上勉□鶴の来る町

ツルの家族愛を投影

ツルの越冬地として知られる出水市。昨季も一万二千羽余りのツルが出水平野に舞い降りた。ツルたちがシベリアにいる八月、餌場やねぐらとなる荒崎地区の水田は、夏の日差しを浴びた青々とした稲が大地を覆い尽くしていた。

水上勉は、この地を舞台に「鶴の来る町」を書いた。

〈出水の町は鹿児島本線が熊本県に入る県境近くにあった。（略）鶴の種類はタンチョウヅル、マナヅル、ナベヅルの三種だった。時たま、首すじから両羽翼にかけて、黒い羽根をのばしているソデグロヅルとよぶ珍種の姿もみかけることがあった〉

水上は、一九六〇（昭和三十五）年ごろ、出水を訪れた。

「以前はツルの見物客はそう多くなかったですね。水上さんが来られたのは、そのころだったと思います。ソデグロヅルについて、説明したのを覚えています」

一九四九年からツルの保護を続けている鹿児島県ツル保護会給餌管理員の又野末春さん（八十一歳）が教えてくれた。

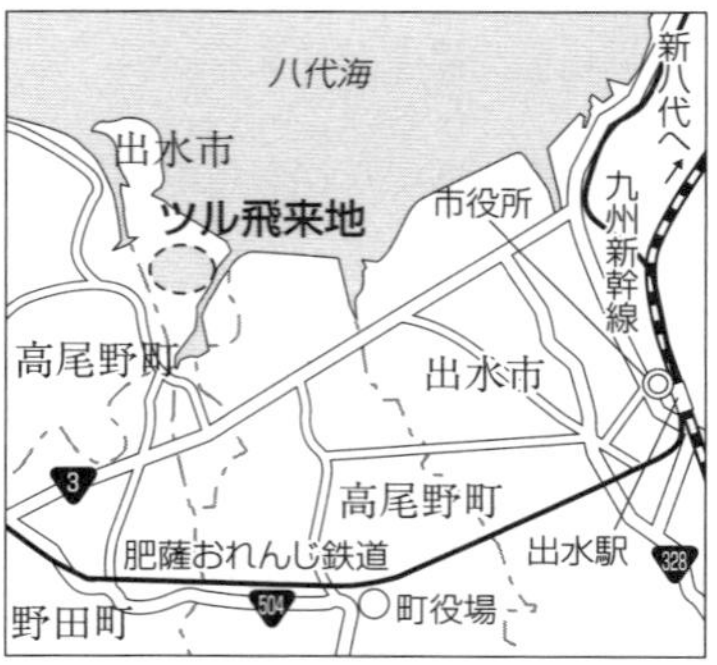

鶴の来る町

水上勉（1919—2004年）が1963年から翌年にかけて「別冊文藝春秋」に発表。1965年に単行本として発刊された。鳥本かね子と養蜂業者の渥美刀禰吉の愛情に満ちた人生を描いた。角川文庫（1974年）など。

保護会の飛来記録によると、ソデグロヅルの飛来は、五九年度、六〇年度で、それぞれ一羽ずつ確認されている。記録は一九二七年度から残っているが、それまで飛来は確認されていない。水上は図らずも、出水に来た初期の痕跡を作品に残すことになった。

一九六〇年度のツルの飛来数は四百羽程度。鹿児島県や出水市など地元自治体でつくる鹿児島県ツル保護会が発足したのは六二年で、そのころから飛来数が徐々に増え始めた。九二（平成四）年度に初めて一万羽を突破し、九七年度からは二〇〇三年度まで七シーズン連続で「万羽ヅル」を記録している。

十一月から翌年三月までの越冬時期だけで、約四十万人の観光客が訪れる。又野さんは、「水上さんが、いまの出水平野を訪れたら、きっとツルはもちろん、観光客の多さにもびっくりするでしょうね」と懐かしそうに話した。

「鶴の来る町」は、ツルの家族愛を人間の家族に投影し、薄幸ながらも気丈に生きる鳥本かね子を描いた。

かね子は、幼い娘・雪子を連れて、養蜂業者の渥美刀禰《とね》吉《きち》と結婚。北海道へミツバチを運ぶ途中、国鉄のストライキのためハチが全滅。ショックで病気になった夫を支えながら国と補償交渉を続ける。

「ツルはきずなが強いです。集団で飛んでいるように見えますが、三、四羽の親子連れで一つのグループなのです。家族がけがをして、いつもなら四月までにはシベリアに戻るのに、五月ごろまで待った一家もいましたから」と又野さん。

1960年ごろ，出水平野に渡ってくるツルの数はまだ少なかった（出水市提供）

一九五〇年ごろから水上と面識があったという同市麓町の写真家・赤尾譲さん（八十歳）は、「京都で何度か一緒に食事をしたが、あまり多くを語る人ではなかった。この小説を通じて、いっぺんに親近感がわいてきました」と語った。

赤尾さんは、ツルに魅せられ、四十年ほど前に京都市から出水市に移り住み、ツルを撮り続けているという。

〈かね子は出水の駅に下りたった時、ふと、ここへ来た最初の日のことを思いうかべた。（略）海ぎわにひろがる黒土の田圃の上に、いま、白い半紙を散らしたような鶴が幾羽も舞った。「雪ちゃん、もうじき、鶴がくるばい、……鶴がくる」〉

「言葉ではうまく語れないが、ツルには人を引き付ける魅力があるんですよ」と赤尾さん。

「ツルは家族のようなもの。だから、彼らがやってくるのが、毎年待ち遠しいですよ」とは又野さん。

八月、マナヅル一羽が確認された。ツルの越夏は三年ぶりのことだ。けがをして残り、傷がいえたのだろうか。十月ごろに始まる渡来まで元気でいて、家族と再会してほしい。炎暑の中で独り頑張るツルに、そう声をかけた。

（中村明博 2004.8.20）

最近では１万羽以上のツルが来る

鹿屋市・鹿屋航空基地

川端康成□生命の樹

平和を願う桜花の碑

日差しはまだ強かった。しかし、錦江湾沿いの車窓に吹き込む風と青空が、秋を実感させた。三九〇万平方メートルに及ぶ海上自衛隊鹿屋航空基地のある場所は、旧海軍の特攻基地だった。川端康成は終戦間際の一九四五（昭和二十）年四月、報道班員として鹿屋海軍航空基地を訪れ、特攻隊員と接した。戦後に著したのが「生命《いのち》の樹」である。

埼玉県在住で、鹿屋海軍航空隊の神雷部隊桜花《おうか》隊大尉だった林冨士夫さん（八十二歳）は、川端をよく覚えている。「背が小さくてやせ、スポーツ選手でもないのに色黒だった。無口。じっと隊員を上目遣いで観察するように見つめていました。とてもこちらから話しかける気分にはなれなかった」と電話の向こうで話してくれた。

士官たちに「いつか必ず特攻隊の物語を書きます」と約束した川端。それは「生命の樹」で果たされた。

〈「これが星の見納めだとは、どうしても思へんなあ。」（略）植木さんには、ほんたうにそれが、星の見納めだつた。植木さんはその明くる朝、沖縄の海に出撃なさつた。（我、米艦ヲ見ズ）そして間もなく、（我、米戦闘機ノ追蹤ヲ受ク）二度の無電で、消息は絶えた〉

鹿屋海軍航空基地初の特攻は「菊水部隊梓特別攻撃隊」が一九四五年三月十一日、西カロリン諸島ウルシー環礁に出撃した「第二次丹作戦」。それから終戦まで、十六―三十五歳の隊員九百八人が出撃した。

神雷部隊桜花隊員は、基地の西側すぐ近くにあった野里小学校に寝泊まりしていた。川端のほかにも山岡荘八、新田潤らの作家が報道班員として付近に分宿していた。

川端が隊員と距離を置いていたのと対照的に、山岡は積極的に隊員に話しかけ交流を深めたそうだ。川端と山岡は、終戦まで桜花隊と行動をともにした。

生命の樹

川端康成（1899—1972年）が終戦の翌年「婦人文庫」に発表した小説。基地にある海軍将校の親睦団体「水交社」で働く啓子と，思いを寄せる特攻隊員・植木らの日々を描いた。『川端康成全集第７巻』（新潮社），『反橋・しぐれ・たまゆら』（講談社文芸文庫）などに収録。

左：鹿屋基地を出撃する神雷部隊の一式陸攻機。胴体には「桜花」がつり下げられていた（1945年。鹿屋航空基地史料館連絡協議会提供）
右：鹿屋航空基地には，防空壕が当時のまま残っている

「桜花」。一二〇〇キロの爆弾を先頭に取り付けた特攻機。飛行機の胴体に、人間の乗った桜花をつり下げ、敵艦の上空で母機から切り離しロケット推進で突入する。その悲惨な攻撃とは裏腹に「作家の人たちは、鹿屋の特攻隊員には悲壮感が全くないと話していた」と林さんは言う。

「桜花隊は一九四四年八月中旬に志願してから出撃までに時間があったため、全員が生死を超越していたのですよ」

司令から命じられ特攻出撃者を選ぶ林さんは、苦しさから逃れようと、何度も自分の名前を名簿の筆頭に書いた。だがすべて却下され、出撃のたびに隠れて泣いたという。「桜花」による特攻作戦のほとんどは、戦果を上げることはなかった。

〈あの基地は、特攻隊員が長くとどまっておいでになるところではなかつた。（略）新しい隊員と飛行機とが到着しまた出撃する。補給と消耗との烈しい流れ、昨日の隊員は今日基地から消え、今日の隊員は明日見られないといふのが、原則だつた〉

野里集落は雑木林に変わり、旧野里小の近くには、山岡の碑文とともに「神雷特別攻撃隊員　別盃之地桜花」と刻まれた桜花の碑が、ひっそりと立っている。

海上自衛隊基地内の鹿屋航空基地史料館には、特攻隊員の家族にあてた手紙、辞世の句、遺書、写真など数々の遺品が展示されている。メモ帳や便箋、旗などに残された言葉に、館長の松永幸雄さん（五十五歳）は、「特攻なんて現代では信じられません。しかし隊員は親、兄弟、愛する人を守るために飛んでいったのです」と話した。

遺族や観光客らが全国、世界各地から訪れる。年間約九万人。遺品の中に「特攻隊員の平和への思いを埋没させてはならない」という叫びを聞いた思いがした。

「私の骨は沖縄の海にまいてもらい、仲間のもとに行きたい。それで私の戦後は終わるのです」。林さんの言葉を、帰りの車中でかみしめた。

（崎田良介 2004.10.8）

薩摩川内市

永井龍男□けむりよ煙

ガラッパの煙草大王

鹿児島県北西部に位置する薩摩川内市。二〇〇四（平成十六）年十月に旧川内市と薩摩郡の四町四村が合併して誕生した。人口は鹿児島市に次ぐ県内二番目の約十万五千人。九州新幹線の新八代―鹿児島中央駅間も同年三月に開通。川内が停車駅となった。二〇〇四年は記念の年として語り継がれるだろう。ちょうど、下りの「つばめ」が滑るように入り、すぐに発車していった。

岩谷松平《いわやまつへい》はこの地に生まれ、明治期に東京でたばこを販売。自ら「東洋煙草大王」と名乗った。永井龍男はその生き様を「けむりよ煙」に書いた。

岩谷松平は、ペリー来航の四年前、嘉永二（一八四九）年の六月三日に隈之城郷向田町（いまの薩摩川内市向田町）で生まれた。岩谷卯之助と梅夫妻の二男だった。

永井は作中で、父・卯之助を「郷士崩れ」の農民と紹介している。

〈郷士とは、「武士であって農村に居住し、また農民であって武士の待遇をうけている者。平時には農耕を事とし、戦時には党をなして戦に従った者」の呼び名である〉

これに対し、松平の曾孫の聖徳大学人文学部助教授・中村七重さん（六十歳）は「薩摩藩の武道、つまり流鏑馬《やぶさめ》や剣術の指南役だったと聞いています」と郷士説を否定した。

幕末、維新、明治初期と、薩摩では激動が続いた。政府軍と西郷隆盛の薩軍による西南戦争（一八七七年）で、松平の家は焼失。これを機に戦争の終わる前に東京に出た。

心機一転。一八八四（明治十七）年ごろ、銀座に「岩谷商会」を構えた。紙巻きたばこを売る店で、商標は「天狗」。鹿児島産などの葉タバコを使い、工場も併設していた。

赤塗りの店舗の正面に赤い天狗の面。これがトレードマークになった。自ら赤いマントに赤い帽子、赤い靴を身につけて東京市中を駆け回った。天狗面を中心に、赤で統一

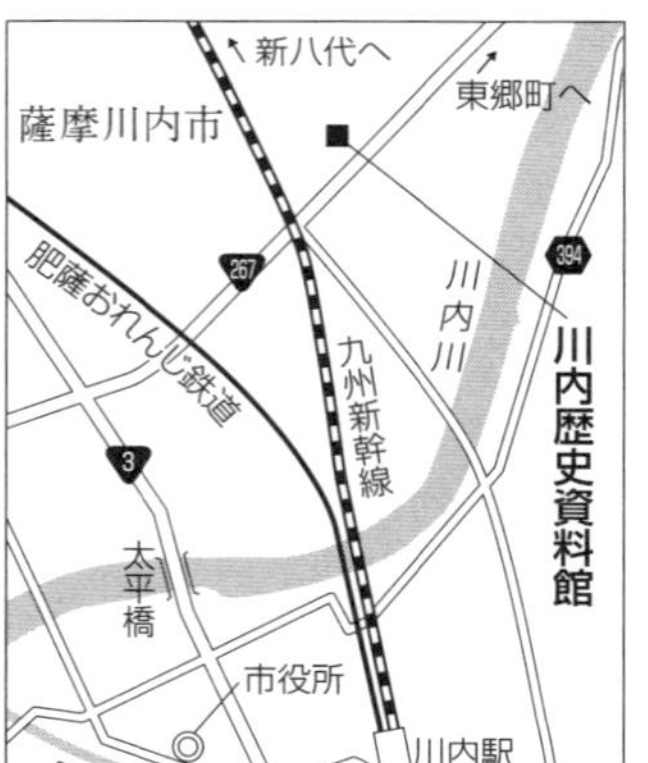

けむりよ煙

永井龍男（1904―90年）が1964年４月から11月まで「読売新聞」に連載。岩谷松平の生涯を通して，たばこ専売制が始まるまでの業界の激烈な競争を描いた。筑摩書房，角川文庫など。

上：明治時代の隈之城郷向田町の街並み（青崎連・木場武則編『ふるさとの想い出写真集 明治大正昭和 川内』国書刊行会より）
下：薩摩川内市川内歴史資料館に移設された岩谷家招魂碑

した企業イメージ。最も注目を集めた宣伝になった。

現代にも通じる手法を考え出した松平は、近代広告の先駆者としても名を残した。

競争は激しかった。特に京都を拠点とする村井商会は、海外から葉タバコを輸入し「ヒーロー」などの名で販売。包装も西洋風で天狗とは正反対。最大のライバルだった。

永井は、敵も多かった男の生涯に執筆意欲をかき立てられたようだ。薩摩川内市出身の実業家・有島武の四男で作家の里見弴と親交が深かった。市教育委員会文化課主幹の山崎巧さん（四十三歳）は、「里見さんから話を聞いた永井さんは、何度か川内を訪れたようです。松平を知る古老に取材したのでしょう」と言う。

薩摩では、河童のことをガラッパと呼んだ。


〈川内《せんで》ガラッパは〉利にさとく、油断もすきもならぬと評した言葉だそうで、特に川内ガラッパ、コスッカリと云い捨てることもあった云う。（略）松平も、当然川内ガラッパを代表する若者の一人であった〉

郷土史家の小倉一夫さん（八十四歳）は、「先を見越して素早く行動したのは、まさに、川内ガラッパの気質でしょうね」と、「言い得て妙」との立場だ。

一九〇四（明治三十七）年、政府は「煙草専売法」を公布した。既得権を失うことに反発もあった中で、松平は「国のためになるなら」と率先して手放したという。

「愛国心が強く、イメージカラーだった赤も日の丸を意味していたのではないでしょうか」と曾孫の中村さんは言う。

一九二〇（大正九）年、松平は七十歳で逝った。

九月、岩谷家招魂碑が墓のある東京の梅窓院から川内歴史資料館に移された。碑に刻まれているのは松平の業績。直筆である。生前に自ら記したところが松平らしい。何をしてもひときわ目立つ、そして目立ちたいガラッパだったのだろう。


（中村明博 2004.12.3）

山口県

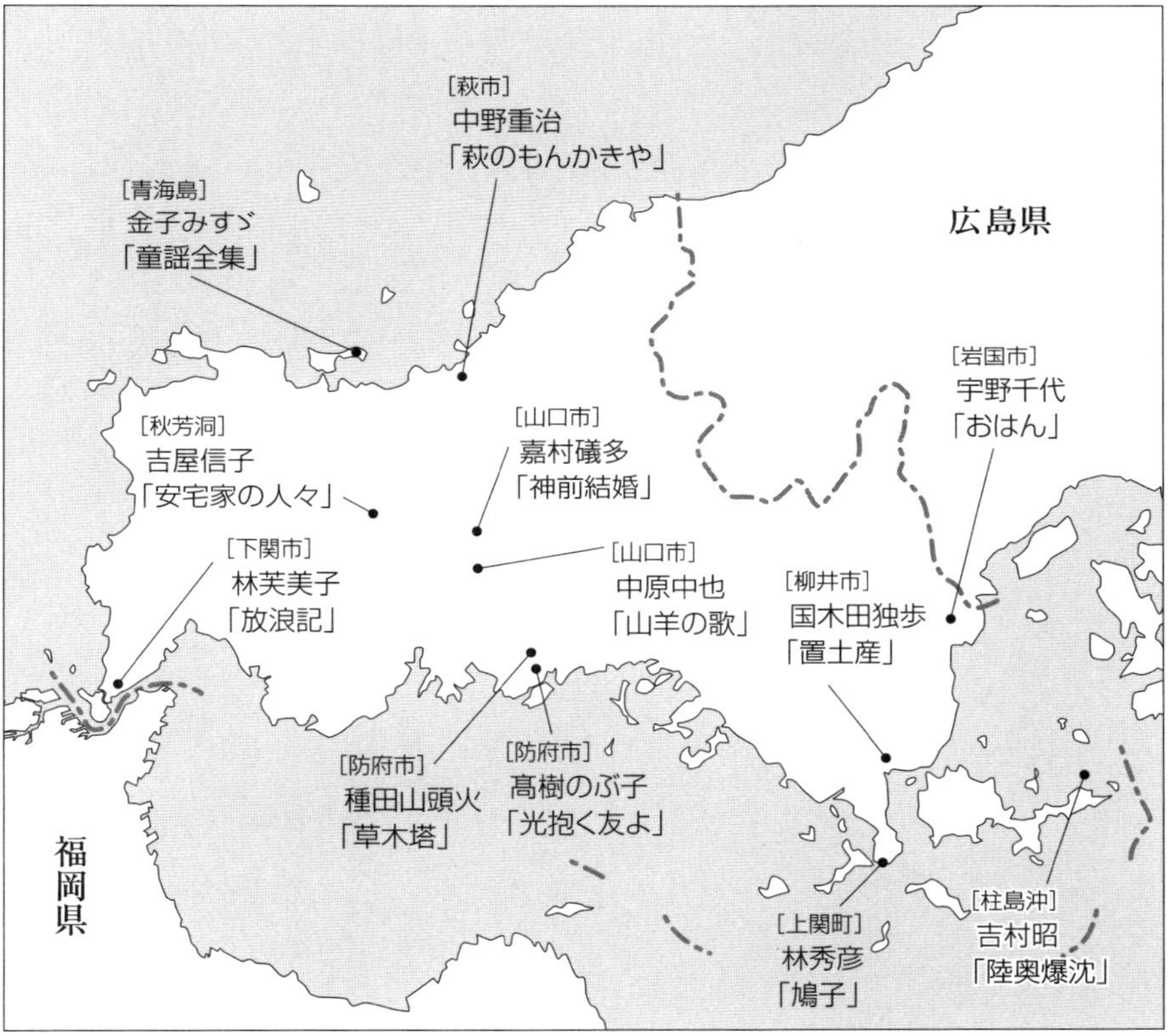

［萩市］
中野重治
「萩のもんかきや」
［青海島］
金子みすゞ
「童謡全集」
広島県
［岩国市］
宇野千代
「おはん」
［秋芳洞］
吉屋信子
「安宅家の人々」
［山口市］
嘉村礒多
「神前結婚」
［山口市］
中原中也
「山羊の歌」
［下関市］
林芙美子
「放浪記」
［柳井市］
国木田独歩
「置土産」
［防府市］
種田山頭火
「草木塔」
［防府市］
高樹のぶ子
「光抱く友よ」
福岡県
［上関町］
林秀彦
「鳩子」
［柱島沖］
吉村昭
「陸奥爆沈」

岩国市

宇野千代□おはん

城下町の面影を残す町

半世紀ぶりの架け替えが進む錦帯橋。岩国市を代表する観光名所だ。山々の緑に映える木組みのアーチを背に、細い路地へ入った。観光客のざわめきと行き交う車の喧騒が、フウッと消えた。

岩国出身の宇野千代が執筆した「おはん」は、錦帯橋の周囲に広がる地域を舞台にしたとされる。軒先を低くして、静かに並ぶ古い町家が、城下町の面影を色濃く残す。

「魚屋があったから『魚町』という地名になった場所もあれば、『登富町《とうふ》』は豆腐屋が多かったのが由来。岩国の町は江戸時代、武士の暮らしを支えるために造り上げられた。区割りはいまでも、当時のままなんです」。郷土史に詳しい岩国徴古館館長の宮田伊津美さん（五十六歳）が教えてくれた。

大名小路、鍛冶《かじ》屋町、臥竜《がりゅう》橋――。町を歩くと、小説にも描かれた古い地名に、あちらこちらで出合う。

その一角にある老舗旅館「半月庵」は明治初期の創業。物語では、芸者のおかよを抱える料亭として登場した。

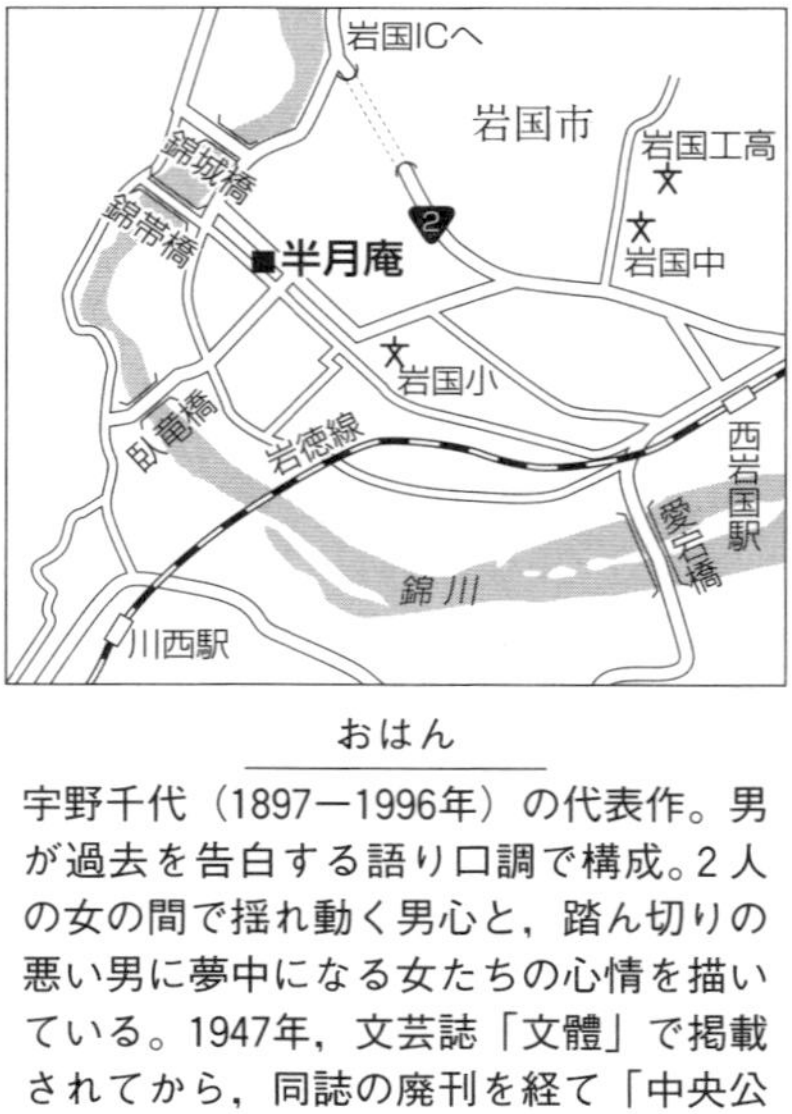

おはん

宇野千代（1897—1996年）の代表作。男が過去を告白する語り口調で構成。2人の女の間で揺れ動く男心と，踏ん切りの悪い男に夢中になる女たちの心情を描いている。1947年，文芸誌「文體」で掲載されてから，同誌の廃刊を経て「中央公論」で完結するまで，10年の歳月を要した。中公文庫，新潮文庫など。

おかみの森本博子さん（五十九歳）は、「私が嫁いだ昭和四十年ごろは、近くにまんじゅう屋さんや大学いものお店などがあって、とてもにぎやかな通りでした」と振り返る。

一帯は岩国の中心街として栄えたが、戦後は現在のＪＲ岩国駅前地区にその座を譲った。地域全体の高齢化も重なり、後継者難で閉店した店も目立つようになった。

そんな町でいま、地域おこしの取り組みが盛んだ。かつての鍛冶屋町で古布店を営む森本佳代子さん（六十三歳）は、「大正ロマン」をキーワードにイベントを仕掛ける。大正時代の衣装を着た女性たちに、城下町を歩いてもらい、レトロな雰囲気を演出したり、宇野のゆかりの地

1945，46年ごろの町並み。1947年から「おはん」の連載が始まった（岩国徴古館提供）

などをまとめた観光マップを作ったり。『おはん』に描かれた世界こそ、岩国の町そのもの。情緒あるこの町並みを、ロマンあふれる土地にしたい」と意気込む。

半月庵の博子さんも、宇野が残した様々な言葉を「幸福の言葉」と名付け、メッセージボードとして通り沿いに置いている。「童女のように純粋で優しかった宇野さんの人柄を、多くの人に伝えたい」と願う。

宇野は作品の「あとがき」に、こんな言葉を残した。

〈この小説に出て来る田舎の町は、私の生れ故郷の岩國に似てゐます。……さて、いまの實際の岩國に、あれに似たやうな風景が残ってゐますものですかどうか〉

地域の人々に根差した熱い思いは、そんな心配を吹き消してくれそうだ。

（緒方慎二郎 2003.1.15）

城下町の風情を残す錦帯橋周辺の町並み

下関市

林芙美子□放浪記

夢と挫折のるつぼ

〈私が生まれたのはその下関の町である〉

「放浪記」の冒頭の文にひかれ、「関の氏神」亀山八幡宮（下関市中之町）の石段を上った。拝殿に向かって右端に白い土塀。それが、林芙美子の文学碑だった。

〈花のいのちはみじかくて　苦しきことのみ多かりき〉

塀の中央に埋め込まれた黒御影石に、四十七年の生涯が浮かび上がる。すぐそばに、あの望郷の念を刻んだ小さな板があった。

「命日の六月二十八日に、この前で『ふるさと』のバイオリン演奏をみんなで聞いてきました。芙美子もきっとここから、美しい関門海峡を眺めたに違いありません」

芙美子が一年生の三学期から五年生の二学期まで通った名池《めいち》小学校（同市名池町）の卒業生・中西質《ただし》さん（七十五歳）は、遠くに目をやった。

鳥居前の唐戸市場を左に見ながら、生まれた家があったとされる田中町へ向かった。旧英国領事館、下関南部町郵便局、旧宮崎商館、旧下関郵便局電話課分室……。明治・大正期の格調高い建築が、かつての繁栄をしのばせる。

田中町の五穀神社境内には「林芙美子生誕地」の碑。ブリキ屋の二階で産声を上げたという。町内の紙店の二女・森数子さん（六十八歳）は、母・村中ハツノさん（故人）から聞いた。「フミちゃんはね、おとなしくてお利口さんで、折り紙を折って遊んだ」と。

生誕の碑から南西へ約四〇〇メートル。丘の上の母校には、「半途退学男女学籍簿」が保存されている。大正三（一九一四）年度の黄ばみ破れた表紙をめくると、「林フミ子」の名があった。

三年の体操と裁縫が「甲」と得意で、二年の算術が「丙」と苦手。ほかは「乙」で、全体では並の成績だった。

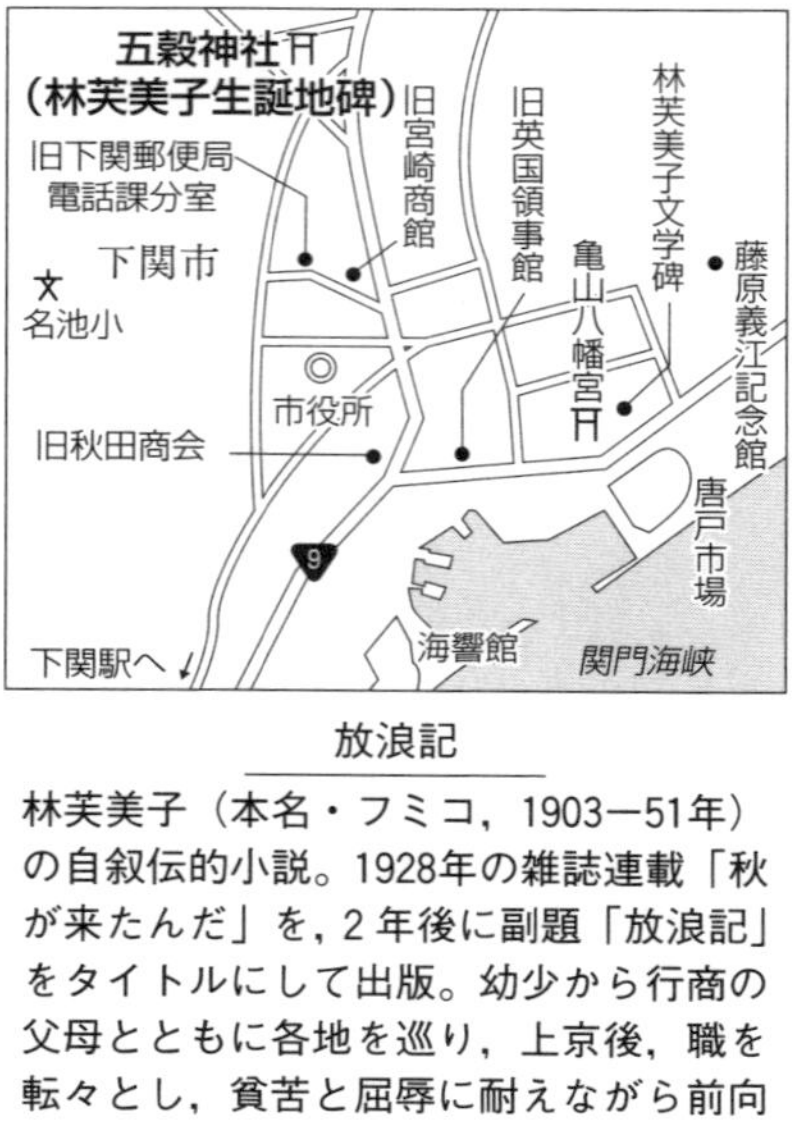

放浪記

林芙美子（本名・フミコ，1903―51年）の自叙伝的小説。1928年の雑誌連載「秋が来たんだ」を，2年後に副題「放浪記」をタイトルにして出版。幼少から行商の父母とともに各地を巡り，上京後，職を転々とし，貧苦と屈辱に耐えながら前向きに生きる女の姿をつづった。新潮文庫など。

上：明治時代末，関門海峡から望めた英国領事館。左奥は，いまはないジャーデン・マジソン商会（下関市提供）

左：いまは市民のギャラリーとして活用されている旧英国領事館

四年の時の身長は三・八五尺（約一・一七メートル）、体重は五・一八貫（約一九・四キロ）。体格はいまの一年生レベル。欠席は九日で、比較的安定した生活だったことをうかがわせる。しかし、墨で記された「十月六日　鹿児島市、無届転任」の文字に、以後の波乱の予兆を見た。

芙美子が入学したのは、開校三年目。「既設の周辺五つの小学校からの転校生が多く、友達もできにくい状態だったのでは」と、福川博宣校長（五十二歳）は推測する。退学した年の全児童数は現在（百六十八人）の五倍近い八百十七人。

この学籍簿には、百十八人の途中退学児の名が記されている。一年で転校した児童もいる。保護者の職業も官吏、船員、俳優、日雇い……と多様。九州、中国大陸への足場として、多くの人々が往来し、夢と挫折のるつぼとなった下関。「放浪」は芙美子だけが体験したものではなかった。

北九州市門司区で生まれたという説もあり、同区や、芙美子が足跡を記した鹿児島市、広島県尾道市、長野県山ノ内町、東京には、記念の文学館などが設けられ、その心を伝える。「放浪者」故に、多くの〝ふるさと〟をもつことになった芙美子。だが、自分自身が「生まれた」と叫び続けた下関に、それをうかがわせる館がないのが、悲しい。

（南隆洋 2003.3.19）

柳井市

国木田独歩□置土産

語り継がれる町の記憶

控えめな甘さに、二個、三個と手がのびた。「三《み》カド餅《もち》」。

藤坂屋は柳井市柳井にある。大店《おおだな》らしい重厚な構えは、明治の初めに建てられた。やがて一世紀半を迎えるいまも、柱や梁《はり》には少しのゆがみも見えない。国木田独歩は、失意の一か月をここで過ごし、三カド餅の記憶を深く刻んだ。餅は後に、戦時下の淡い恋を描いた「置土産」で、印象的に登場する。

和菓子の藤坂屋は一八〇五（文化二）年の創業。藤坂俊平さん（五十四歳）は数えて七代目だ。三カド餅は、小豆の餡を薄い餅で包んでいる。

独歩は、東京専門学校（いまの早稲田大学）を中退して一八九三（明治二十六）年、大分・佐伯の鶴谷学館で教師の職を得た。しかし学内の恩人を批判したため、わずか一年で追われた。そのころ家族は柳井におり、職を失った独歩は親のもとへ帰る。一家の寄宿先が、藤坂屋の離れだったのである。最も逆境の時期だったろう。

捲土重来。身を立てる術《すべ》を文筆に求めた。まだ二十三歳だった。柳井の風土と藤坂屋の人々の励ましが、よほど心にしみたのだろう。そしてこの菓子も、傷心を慰めたのだろう。

「ここを舞台にした小説で、三カド餅を有名にしてあげます」——。東京へたつ間際、藤坂さんの曾祖父・太一郎氏（一九二〇年、六十九歳で死去）に言い残したという。

「ひいじいさんは、冗談半分に聞いたそうです。いまとなっては、ありがたい話ですよ」

独歩は約束を守った。「置土産」の初めに、柳井の名産品であることを、実物に即して書いた。

作中、胸を打たれるのは、吉次が日清の戦地へ行く前に、お常とお絹への形見を切なく置く場面だ。

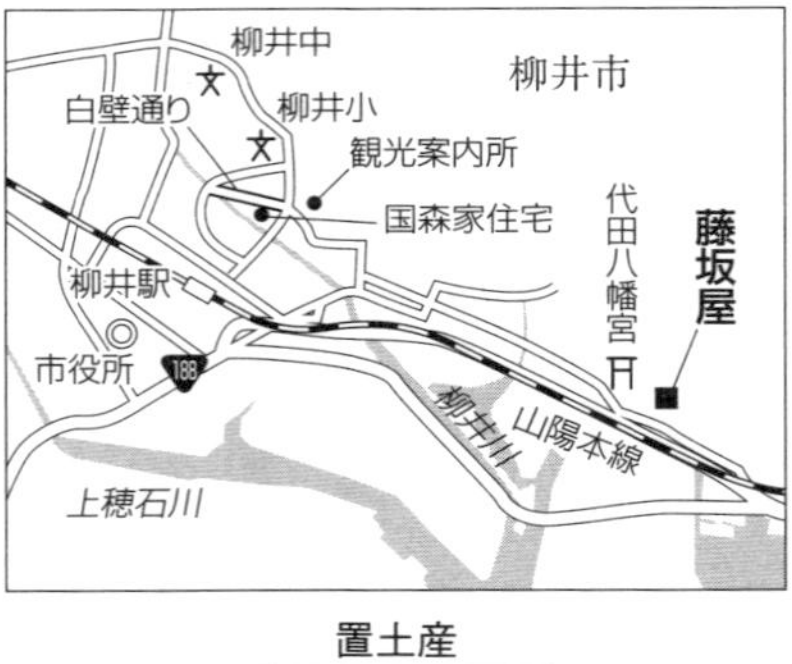

置土産

国木田独歩（本名・哲夫，1871－1908年）の短編小説。1900年，雑誌「太陽」に発表。戦地へ赴くことを決めた青年・吉次は，茶屋で働くお常，お絹に知らせることができず「せめてもの置き土産に」と，2人が毎朝参拝する八幡宮の賽銭箱に，櫛を置いて立ち去る。ほかにも「少年の悲哀」，「酒中日記」など，県内各地を舞台にした作品を多く残している。『武蔵野』（岩波文庫）などに収録。

〈運悪く流れ弾に中《あた》るか病気にでもなるならば帰らぬ旅の見納めと悲しいことまで考えて（略）櫛二枚を買い求め懐にして来たのに〉

出征という、究極の別れの舞台となった柳井。作品を貫く商都の情緒は、冒頭に三カド餅が描かれることで、より具体的に響いてくるのだ。

藤坂屋から西へ歩く。JR柳井駅北の約二〇〇メートルの通りは「白壁通り」と呼ばれる。江戸時代から栄えた水陸交通の要衝。中でもここは、国重要文化財・国森家住宅をはじめ、約四十の家々が軒を連ねる。一九八四（昭和五十九）年に国の重要伝統的建造物群保存地区に指定された。

独歩は日記に柳井を「故郷」、「国許《くにもと》」などと記した。散策する姿は、柳井の記憶として語り継がれている。

市伝統的建築物群保存地区保存審議会の会長でもある郷土史家・福本幸夫さん（八十一歳）を訪ねた。専攻やサークルの独歩研究で柳井を訪れる大学生も多いという。

「まず町を歩くよう勧めます。独歩が、なぜ愛してやまなかったのかわかってもらえるはず。それほど趣のある景観です」

市商工観光課長の藤中理史さん（四十七歳）も、「白壁の町と同じように、国木田独歩ゆかりの地という名もまた、一層広めたい」と話してくれた。

（見田真一 2003.5.28）

上：大正期の藤坂屋。玄関先にはフジ棚があった（藤坂俊平さん提供）
下：現在の藤坂屋。前は舗装され，看板は左書きに変わったが，構えは独歩がいたころと変わらない

山口市・湯田温泉

中原中也□山羊の歌

夭逝の詩人、その原点

山口市の中心部が湯田温泉街である。「永正年間（一五〇四－二一年）、権現山のふもとの寺の池に、けがをした白い狐が現れて足をつける。和尚が調べると温泉だった」という伝説がある。ＳＬやまぐち号（季節運行）の走るＪＲ山口線は、いまも電化されていない。湯田温泉駅は、こんなたたずまいの中にある。詩人・中原中也は、この駅からふるさとを飛び出した。十六歳だった。

中也は、開業医・中原謙助（一八七六－一九二八年）の長男に生まれた。生家は駅から北へ約六〇〇メートルの所。戦後に焼失、一九九四（平成六）年に記念館が建った。

当時の中心街は家の南にあり、生活道路として残っている。そこを歩いた。近くに「大隅タクシー」の看板。社主の大隅健一さんは九十一歳。中也より四つ年下だ。

中原家の裕福さに関する記憶は鮮明だった。

「私が湯田小、彼は山口師範付属小に通っていたころです。雪の降る朝早く、ばったりと一台の人力車に会った」

弟と二人乗りの人力車通学。いまで言うなら高級外車による送迎か。大隅さんは着物に草履履き。

「鼻をこするから、その色が変わるほどだった」のに、中也と弟は、服に靴の洋装だった。

「通り過ぎるまで見ていて、実に印象的だった」と振り返る。

長男が家を継ぐのは当然だった。小学時代に「神童」と呼ばれたのは語り草。

だが、文学への傾倒で、医学への道順から外れていく。ついに中学で落第した。一九二三（大正十二）年四月、湯田温泉駅から汽車に乗り、小郡から山陽本線を東上。京都、東京で詩の道を目指した。

湯田地区ふるさとづくり推進協議会会長の松永正己さん

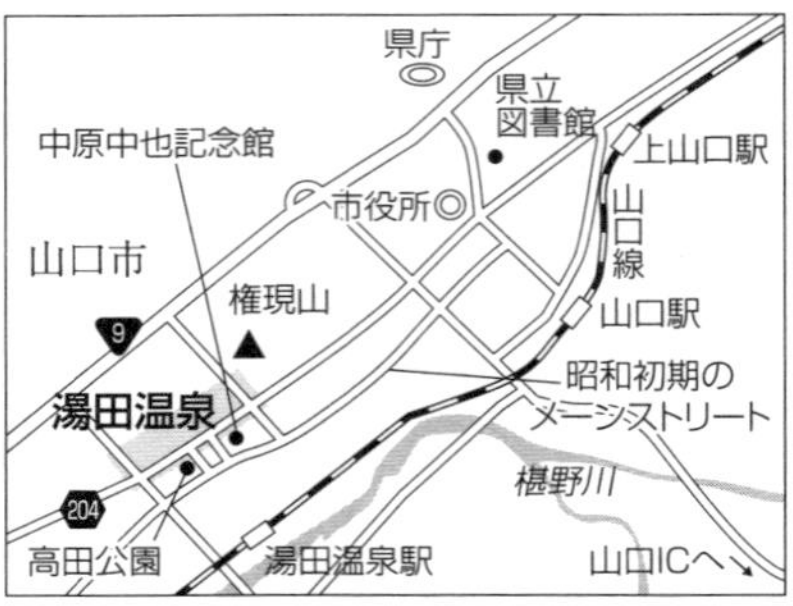

山羊の歌

中原中也（1907－37年）が生前に出版したただ１つの詩集。複数の出版社に持ち込んだが断られ，ようやく唯一，文圃堂から，高村光太郎の装幀で1934年に刊行された。「初期詩篇」，「少年時」，「みちこ」，「秋」，「羊の歌」の５章に，「羊の歌」など44編の詩を載せた。200部印刷され，市販されたのは，わずか150部。残りは贈呈用だった。『新編中原中也全集』第１巻（角川書店）などに収録。

（七十四歳）を訪ねて、高田公園まで一緒に行った。

ここに『山羊《やぎ》の歌』に収められた「帰郷」の詩碑がある。一九六六（昭和四十一）年の建立。

〈これが私のふるさとだ／さやかに風も吹いてゐる／あゝおまへはなにをして来たのだと……／吹き来る風が私に云ふ〉

何度か帰省はしたものの、もはや住むことはなかった湯田。記念館館長の福田百合子さん（七十四歳）は言う。

「中也にとっての故郷は、理解されないもどかしさと、最終的にはそこにやすらぎを求めようとした場所でした」

もっとも、詩碑からは、「心置きなく泣かれよと／年増《とし》婦《ま》の低い声もする」の二行が外されている。「年上だった恋人のこと」、「いや芸者を指す」などの説がある。文学碑にはなじみにくいのだろう。

日記の中で、「俺の蔵書だけを十分読めば詩道修業には十分間に合う」と書いていた中也。

三十歳、神奈川県の鎌倉で逝く直前、母・フクの指をつかんで、「私が一番、親孝行者なんですよ」と言ったという。後年、両親が望んだのとは別のかたちで事実になる。

高田公園は明治の元勲の一人・井上馨の生家跡でもある。「三条実美ら七卿がかくまわれた所です」と松永さん。中也の詩碑から少し離れて、その七卿の碑があった。

「七卿碑の建立には父の謙助が奔走しました。まさか、後に、それも隣に、不肖の息子の詩碑が建つなんて、思いもしなかったでしょう」

松永さんが真に感慨深げに言った。

（小林寛 2003.7.23）

上：昭和初期の湯田温泉駅（正面奥）。中也はここから旅立った（中原中也記念館提供）

左：いまの湯田温泉駅前。住宅が立ち並んでいる（奥に駅）

防府市八王子

種田山頭火□草木塔

郷愁と悲しい記憶の地

防府市は古くから瀬戸内海への玄関だった。幕末には吉田松陰らの志士が東に船を出した。いまは自動車や化学の工業都市も、明治期には豊かな田園が広がっていた。自由律の俳人・種田山頭火のふるさとは、ここにある。胸を締めつける郷愁と、家の没落、そして母の死という悲しい記憶の地である。

本名は種田正一。一八八二（明治十五）年、西佐波令村、いまの防府市八王子で生まれた。「大種田」と呼ばれ、広大な田畑を所有していた。屋敷だけで約二八〇〇平方メートルあった。

しかし、維新後の大変革が大種田の運命を狂わせる。一八七三年の地租改正で、税は米から現金になった。父・竹治郎は、米相場で利殖を試みたという。才は乏しく身代は傾いた。零落の道をたどる中で、母フサは自ら命を絶った。正一の九歳の時だ。

早稲田大学に入学したものの、仕送りは途絶えた。土地の切り売りも限界に達した。失意のうちに退学、帰郷した。家は人手に渡り、竹治郎が隣の大道村（いまの防府市台道）で再起をかけた酒造場も破綻した。

自由律を学び、選者にもなっていた正一は、熊本市に移り住んだ。俳号は山頭火。四十も半ばになろうという一九二五（大正十四）年、曹洞宗の寺で得度。僧服で托鉢《たくはつ》と作句の旅をした。足跡は東北地方にも残っている。

生家の跡は、JR防府駅から北に約八〇〇メートル離れた所にある。「大種田」時代の建物はない。代わりに句碑があった。

〈うまれた家は　あとかたもない　ほうたる〉

刻まれているのは一九三八（昭和十三）年、ここに寄った時の句だ。防府天満宮や天神町の商店街はそのままだっ

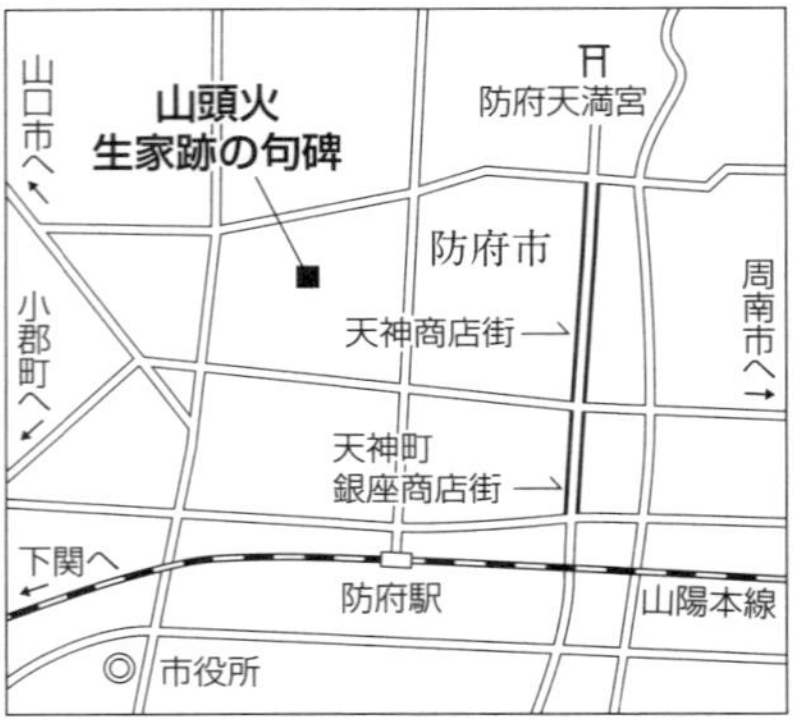

草木塔

種田山頭火（1882ー1940年）の自選句集。表題の句集をはじめ，7つの小句集を中心にまとめた。冒頭には「若うして死をいそぎたまへる母上の霊前に本書を供えまつる」と記されている。山頭火は日記の中に句を書き添えており，そこから句が作られた日時，場所，心情もうかがえる。春陽堂書店など。

たのに、生家は荒れ果てていた。たたずむ山頭火の目の前を、ホタルがほのかな光を点滅させながら飛び去った。闇に紛れるように防府をあとにしたという。

山口市折本の詩人・和田健さん（八十八歳）は、山頭火と親交があった一人。一九三八年、山頭火が湯田温泉街に構えた庵《いおり》「風来居《ふうらいきょ》」を訪ねては、酒をくみ交わした。

1930年の天神町銀座商店街。山頭火は托鉢の途中，この通りを歩いた（防府市教育委員会提供）

「年齢は親子ほど離れていたのに、対等の存在として接してくれました。おおらかで、いばったところが全くなかった」

作句の時は気に入った字が書けるまで、何度も書き直していた。「句や書に関しては神経を細かく使っていたようです」と言う。

『草木塔《そうもくとう》』に収めた「ほうたる」の句をはじめ、故郷を多く詠んだ山頭火。しかし、和田さんに思い出話は決してしなかったという。

「過去にはこだわらないように見えました。でもやはり、悲しみや屈辱など、胸にしまい込んだ思いはあったのでしょう」

こんな山頭火が、ふるさとに受け入れられてから、そう時間は経っていない。もちろん死後のことである。

「山頭火ふるさと会」の会長で、書家の富永鳩山さん（六十五歳）は、一九七九年、会の前身の研究会を設立した。

「あんなのを取り上げて」「あれは俳句じゃない」

家の破産、漂泊の後半生、そして五七五でない作品への負の評価は、確かに存在した。むしろ、全国的認知の方が早かった。

ようやく一九九二（平成四）年、会の主催する「全国山頭火フォーラム」が地元で始まった。以来、ゆかりの地で毎年開かれている。

市観光協会事務局長の桑原一朗さん（六十三歳）は二〇〇二年、主婦らと「山頭火賛歌隊」をつくった。〈あざみ　あざやかな　あさの　あめあがり〉作品に曲をつけて歌おうという。

自由を愛した山頭火だから、どのような楽しまれ方をしても喜ぶだろうと思った。

（見田真一 2003.9.10）

柱島、周防大島

慰霊の島

吉村昭□陸奥爆沈

瀬戸内の海は初冬を迎えても、穏やかで青々としていた。岩国市の南東二五キロの瀬戸内海に浮かぶ柱島。約三平方キロの中に約二百七十人が暮らす漁業の島。岩国との間を旅客船が結んでいる。島の五キロ沖で六十年前、連合艦隊の旗艦が爆発事故を起こして沈没。乗組員千四百七十四人のうち千百人余りが死亡した。吉村昭は戦後、柱島などを訪ねて取材。「陸奥爆沈」を書いた。

太平洋戦争中の一九四三（昭和十八）年六月八日。森岡駒雄さん（七十歳）は国民学校の五年生。柱島の自宅にいた。島周辺の海域は戦時中「柱島泊地」として海軍の軍事拠点になった。多くの戦艦や駆逐艦が停泊した。この日まで陸奥も海上にいた。

正午過ぎ。地震のような揺れを感じ、ドーンという音を聞いた。海面は濃霧。何も見えなかった。霧の晴れた海に陸奥の姿はなかった。島の人たちは、ただならぬ音と揺れが、爆発のそれだったと知った。三好輝彦艦長（少将）以下、千百二十一人が死亡。生存者は三百五十三人だった。

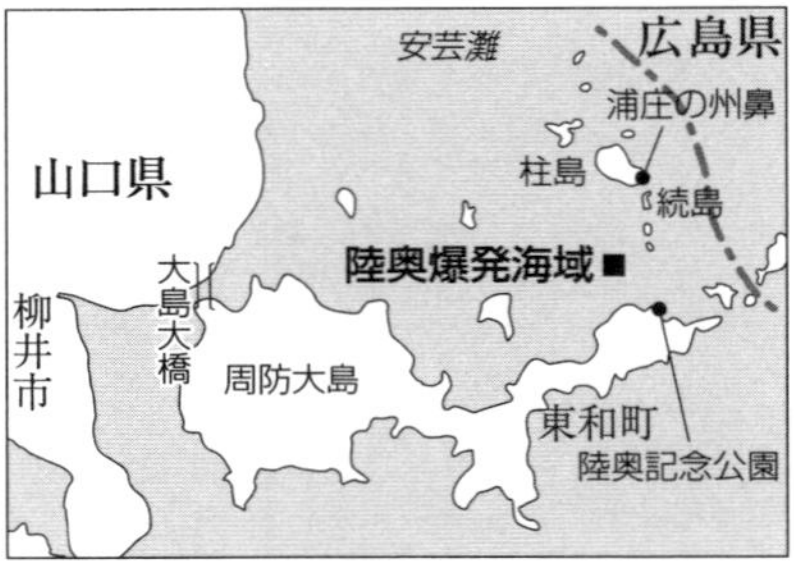

陸奥爆沈

吉村昭（1927年ー）が1970年に発表した長編ドキュメンタリー小説。岩国市をテーマとする紀行文の取材に訪れたのをきっかけに，爆発の原因に迫った。日本海海戦の旗艦「三笠」をはじめ，ほかにも軍艦の火薬庫爆発事故が多発していたことを明らかにした。新潮文庫など。

戦艦陸奥は一九二一（大正十）年に竣工《しゅんこう》。姉妹艦「長門」とともに世界最強と言われた。三六年の改装を経て、排水量は三万九一三〇トン。全長二二五メートル、幅三五メートル。速力は二五ノット。四〇センチの主砲八門を備えていた。連合艦隊のシンボルだった。

その旗艦の爆沈である。

〈呉鎮守府から警備隊員が乗り込んできて、島民を厳重に監視するようになり、住民たちを一種の恐慌状態におとし入れた〉

吉村は「陸奥爆沈」で、日本軍の受けた衝撃の大きさと機密保持優先の様子を、こう表現した。

吉村が柱島を訪ねたのは一九六九年。爆発時の模様を証言した人たちの多くは世を去った。

　森岡さんの記憶は少し違った。

「恐慌状態というほどでもなかったように思います」

　もっとも、警備隊員の来島自体があまり知られていなかったのかもしれない。吉村はこうした軍の緊張ぶりなどから乗組員による放火を有力な説とした。

　島の人たちは、犠牲になった乗組員に深い同情を寄せた。島には多くの遺体が流れ着いた。森岡さんは、柱島の南東部にある「浦庄《うらじょう》の州鼻《すばな》」で、将兵の遺体が火葬されたことを覚えている。州鼻のすぐ近くの無人島・続島でも火葬が行われ、死者を悼んだ。

　送葬の場となった州鼻には「戦艦陸奥英霊之墓」。一九六三年、柱島漁協が作った。

　続島で吉村は、わずかな痕跡でも見逃すまいとした。

〈砂に埋れた白いものを眼にしてしゃがんでみたが、それは骨ではなく朽ちた貝殻のかけらだった〉

柱島での慰霊祭。墓はまだ木製だった。昭和30年代とみられる（柱島漁協提供）

　一九七〇年、船体の大部分が引き揚げられた。スクリューや副砲が、沈没海域を挟んだ周防大島の東和町伊保田にある「陸奥記念公園」に安置された。そばには記念碑。地元の人たちが追悼の気持ちを表そうと、善意を募って柱島「英霊之墓」とほぼ同時期に建てた。

　この時の「陸奥世話人会」の一人・福永善一さん（七十三歳）に会った。

「原因も知らずに多くの人が亡くなった。何かできることをと思い立ちました」

　十六人で発足した世話人会。規約の第一条は「生ある限り碑を守る」。いまは四人に減った。毎年六月八日、記念碑の前で慰霊祭が営まれる。今年参列した生存者は一人だけだったという。六十年という歳月を実感した。地元婦人会の協力で碑の周りには雑草一本なく、新しい花が供えられていた。

　沈没海域に向き合って二つの島に立つ墓と碑。時は流れても、きれいで静かな慰霊の環境が続いてほしいと願い、島を後にした。そして帰路、福永さんの言葉をかみしめた。

「戦争の悲劇は、子供たちへの教育でしか受け継がれません。私は、陸奥について書き残すつもりです。資料として役立ててほしい」

（谷口愛佳 2003.11.26）

防府市・佐波《さば》川河畔

高樹のぶ子□光抱く友よ

よみがえる桜土手

冬の川面には渡り鳥がいた。佐波川。この下流の岸にはかつて、高樹のぶ子が芥川賞作品「光抱く友よ」で描いた桜並木があった。木々は切り倒された。岸辺の工事が推し進められていた一九七〇年代のことだ。惜しむ声の後押しを受け、再植樹が行われてからまだ十年余り。木はようやく五メートルの高さに成長した。

高樹は防府高校を卒業するまで、防府市で暮らした。元教諭の西村謙さん（七十五歳）は、国府中学で国語を教えた。当時、ラジオドラマの脚本も手がけ、県内で知られる存在だった。その自宅を、高樹はよく訪れた。

「行動的な人でした。僕の所へも自転車で来て一、二時間しゃべったら、またどこかへ出ていくという感じでね」

約二十年後、防府市の人々は「光抱く友よ」を読み、佐波川の桜並木が描かれていることを知る。この時すでに、並木は跡形もなかった。

〈右手は鉄橋を越えて河口の小公園まで、左手は切り立つ山の裾野を流れが曲がりこむわずか手前まで、二キロにわたって桜並木は伸びているはずだが、涼子の立つ場所からは、せいぜいその半分も見渡すことはできない〉

佐波川は、島根県境の三ヶ峰（九六九・六メートル）を源流に瀬戸内海に注ぐ。延長五六キロ。山口県央地域のシンボルの一つである。昭和四十年代まで近郷の人たちは、この満開の土手桜の下で春の到来を喜び、弁当を広げた。

いまなら、桜は助かっていたのではないかと思う。

一九七四（昭和四十九）年から七五年にかけて、桜はすべて伐採され、根こそぎ撤去された。後には、強固な護岸が築かれた。

「桜が根を張ると、堤防の強度を落とす可能性がある」というのが建設省（当時）の見解だった。

高度成長下のコンクリート化。全国的な流れは、ここ佐

光抱く友よ

高樹のぶ子（1946年－）が1983年の「新潮」12月号に発表した。女子高生の相馬涼子と，欠席がちな級友の松尾勝美が心を通じ合わせる過程を描き，友情や親に対する思いなど揺れ動く心情をつづった。第90回芥川賞作品。新潮文庫など。

波川にも押し寄せた。大正期にさかのぼる木々は、姿を消した。

高樹は一九八六年の市制五十周年を記念した「市勢要覧」に、随筆五編を寄せた。

『光抱く友よ』で舞台にした本橋あたりの桜土手が、いまはすっかり失《な》くなってしまったのが残念でならない」

あえてこう記した。

地元に「治水が大事」という思いがあったのは当然だ。佐波川流域は、過去に何度も水害に見舞われてきたからだ。

川に近い新橋自治会会長の大村崇治さん（六十六歳）は、「幼いころからだれもが、もし（洪水）という時に避難する場所を親から聞いたものでした」という。

こんな日常を送る人々には、護岸強化は何より必要な工事だったのだろう。

国は一九九二（平成四）年、堤防とは別に土を盛った後背地を作り、ソメイヨシノを植えた。「桜土手」の再現を求める声に応えて。本橋の上流約五〇〇メートルに三十本、さらに、一九九八年二月には、本橋と新橋の間に自治会や子供会などの約百五十人が四十一本を植えた。

小山勝久さん（七十六歳）も植樹に参加した。

「寒かったが、みな『何のその』でしたよ」

桜はいま、高いもので五メートルほど。見栄えもだんだん良くなってきた。小山さんらが植えた木はまだ一・五－三メートル。自然を取り戻す年月の長さを、改めて思う。それでも枝に目をやると、一センチほどの花芽がいくつもついていた。

「大きく成長するまで何年かかるかねえ。生きちょる間に、もう一度見たい」と小山さん。

花の咲くころ、もう一度来たいと思った。

（白石史子 2004.1.21）

上：佐波川の岸で満開になった桜。春の憩いの場だった（1954年，防府市教育委員会提供）
下：現在の佐波川。桜は堤防の外に植えられている

秋芳《しゅうほう》町・秋芳洞《あきよしどう》

吉屋信子□安宅家の人々

歴史を刻む自然の彫刻

渓流に沿って杉林を通り抜けた。四月でも、林間の空気は冷たかった。眼前に高さ三〇メートルを超えるがけ。その下に秋芳洞が口を開けている。総延長約一〇キロ（うち見学路一キロ）。鍾乳洞としては唯一、特別天然記念物に指定されている。吉屋信子の「安宅《あたか》家の人々」で、大切な場となった。

両親は萩市の出身。父の雄一は、官吏として各地を転勤した。山口県内で暮らしたのは関東大震災翌年の一九二四（大正十三）年。下関市でのわずか半年間だけだった。

しかし萩の地は、両親のふるさととして常に心の中にあったようだ。

「安宅家の人々」の舞台を萩、そして秋芳洞に求めた。

一九五一（昭和二十六）年六月、五十五歳の時。取材で来県した信子は、雄一の墓のある萩市瓦町の蓮池院《れんちいん》を訪れた。

「夏みかんみのる木蔭の父祖の墓」

萩の特産で、たわわに実った柑橘を俳句に残した。

「病気がちだった私に優しく声をかけてくれました」と蓮池院の元住職・松本琢純さん（八十八歳）の妻・千恵子さん（八十三歳）は、その時の思い出を話してくれた。

信子はその後、萩から南下して秋芳洞に向かった。

「安宅家の人々」での洞の記述は、次のように始まる。〈グロテスク（奇怪）な石灰の塊りが或は天井から魔物の脚のごとく幾本となく無数に垂れさがり、或は大皿を数百枚敷きならべたように水を湛《たた》えてひろがり……〉

夫とともに養豚場を追い出された安宅雅子が、傷心のまま鍾乳洞に入って見た光景である。

確かに足もとに明かりはなく、歩道もまだ舗装されていなかった。いまより不気味に見えたかもしれない。

秋芳観光協会で約三十年間、常務理事を務めた藤井信さん（九十二歳）を訪ねた。

「洞内を進むと暗闇の中に、自然の彫刻が神秘的に浮か

安宅家の人々

吉屋信子（1896—1973年）の代表作。知的障害のある宗一を支えて養豚場を経営する妻・国子。そのもとに，事業に失敗した義理の弟・安宅譲二と妻・雅子がやってくる。宗一が雅子に恋心を抱くことから生まれた国子と雅子の葛藤を通じて，幸せの意味を問うた。講談社など。

びます。それがどう人々の心に映るのか。それぞれ違うところがおもしろい」

現実には一九五一年度は、銘記される年になった。入洞者が初めて、十万人を超えたのだ。

「周辺の土産物屋は二軒しかありませんでしたが、朝鮮戦争特需で景気がよくなり、観光客が増えたのです」

一九五〇年代後半からの高度成長、ディスカバージャパンのブーム。そして七五年の山陽新幹線博多開業。「ひかりは西へ」に誘われるように、観光客が小郡駅（いまの新山口駅）から次々に訪れ、百九十七万人を数えた。

だが、この年がピークだった。二〇〇二（平成十四）年度は半分以下の七十七万人にまで落ち込んだ。

「いまこそ、秋芳洞と周辺の自然に戻る時」

町は、観光商工課係長の尾山健治さん（五十三歳）の発案で「観光ディレクター」を導入した。

観光客の個別の要望に応えて、秋芳洞や近くの秋吉台を案内している。七人のベテランガイドが独自にコースを設定。未公開の鍾乳洞散策やそば打ち、田植え体験など、新しい観光分野を開拓している。二〇〇二年度は、全国から計五百三十一件の申し込みがあり、八千八百二十一人を案内した。

「何億年もの自然の営み、悠久の歴史が人々を圧倒し、感動させます。もっと秋芳洞を知ってほしいのです」

はじめ「グロテスク」と表現した秋芳洞を行くうち、雅子は自らの生きがいが夫との生活ではなく、純粋な心をもつ義兄の安宅宗一との触れ合いだったことに気づく。

人間の力は到底及ばない自然の力が、素直な心を導き出すのかもしれない。そう考えると、肩の力が抜けていくのを感じた。

（細川紀子 2004.4.9）

上：小説に書かれたころの秋芳洞内。歩道は舗装されておらず，わらじを履いて見学していた（秋芳町・上利邦子さん提供）
下：今の秋芳洞入り口。車いすの利用者も渡れる橋が整備されている

上関町

林秀彦□鳩子

平和を願う美しい海

上関町は東側の「本土」と西の島に分かれ、上関大橋が結んでいる。初夏の日差しと暖かな風。波頭が陽光を受けてきらめいていた。穏やかに光る海に、女性的な美しさを感じた。一九七四（昭和四十九）年四月から、ＮＨＫで一年間放送された「鳩子の海」は、この上関を舞台にした連続テレビ小説である。

原作者の林秀彦は、一九七三年十月から十一月にかけて上関町を訪れた。小説「鳩子」の取材行だった。元助役の国行《くにゆき》研一郎さん（七十一歳）は当時、町経済課係長だった。テレビドラマ化に伴うロケの時は町側の窓口を務めた。「鳩子係」とも呼ばれた人だ。

「鳩子」は、戦災で孤児となった少女が成長する姿を通して、戦後の日本人の軌跡を描いた。その名自体に平和への願いが込められているではないか。

林は、上関町の戦争直後の様子を詳しく聞き取った。

「上関のほかに倉橋島（広島県）も訪れて、テーマにふさわしい場所を探していたようです」と国行さん。

広島への「新型爆弾」投下で記憶を失った少女。脱走兵の矢部天兵に命を救われ、上関にたどり着く。林は国行さんに、「あまり聞かない名字ですね。このへんに多いのですか。ドラマに使っても構いませんか」と尋ねた。「どうぞ」と答えた。

その約束を林は、重要な役どころで果たした。上関の音楽教師。少女に「鳩子」と名付ける先生の名が、国行誠二だった。「本当に使われていて、驚きましたよ」と笑うその顔は、当時を真に懐かしんでいた。

矢部天兵にもモデルがいた。

「上関町内の白井田《しらいだ》地区に、輸送船から脱走した兵士が逃げてきた。憲兵が捜索に来たが、住民がかくまってやった」という実話。

鳩子

林秀彦（1934年一）の著作。ＮＨＫのドラマでは，大人の鳩子を藤田美保子さんが演じた。脱走兵の矢部天兵を好演したのは夏八木勲さんだった。日本放送出版協会（1974，75年）。

左：白浜地区で行われた「鳩子の海」のロケ。左端は斉藤こず恵さん（上関町提供）
右：いまの白浜地区。砂浜の多くが姿を消した

「おもしろいなあ。白井田に連れていってほしい」と林。国行さんは、地区の集会所にお年寄りを集めて、当時の話をしてもらった。

「鳩子の海」のロケは海に面した白浜地区などで一九七四年二月に行われた。憲兵に捕らえられた天兵。その直前、天兵は少女（後の鳩子）を舟に乗せて逃がす。

〈万一、離れ離れになっても、お兄ちゃんは生きてる限り、お前を捜し出す。いつか必ず、逢えるんじゃけえ〉

舟の漂着したのが上関、という物語だった。

白浜地区では婦人会が撮影班のために炊き出しをした。見学客が大勢来て、地元の消防団が交通整理に出た。

平均視聴率は四七・二%。ドラマは大成功だった。地元の水産加工業者・原田博之さん（七十三歳）は言う。「上関の地名は知らなくても、鳩子の海と言えばわかってもらえました」

それから三十年。白浜の浜辺を歩いた。長く続いていた砂浜は、港湾整備などのため、ずいぶん少なくなっていた。

上関町内の風景写真を撮影している岩谷昇平さん（五十四歳）は、「名の通り、美しい浜でした。（工事は）仕方ない面もあるのでしょうが」と、少し寂しそうだ。

それでもまだ、この町には豊かな自然が残っている。地元の人にとって「鳩子の海」は「美しい海」の同義語でもある。

鳩子は成長し、原子力研究所の研究員・榊原清久と結婚する。原子力を不安視する鳩子と平和利用を説く夫。

一九八二年、その上関町に原発建設計画が浮上した。夫婦の思いは、原発建設をめぐる論議を予言したかのようにいまに通じるのだ。

鳩子の少女時代を演じた斉藤こず恵さんは二〇〇三（平成十五）年、上関の夏祭りに招かれた。その時「上関はふるさとのように思います。海がきれいで、変わっていません」と、しみじみ話した。

その言葉を幼い鳩子に重ね合わせながらの帰路。車窓から、いっそう美しく海を飾る夕日が見えた。

（谷口愛佳 2004.5.28）

山口市仁保上郷

嘉村礒多□神前結婚

静かな時が流れる村

山口市の中心部から北東に約一五キロ。豊かな田園の広がる同市仁保上郷《にほかみごう》に、嘉村礒多《かむらいそた》の生家がある。夏の日差しの中で、そばの小川のせせらぎだけが聞こえていた。礒多が私小説「神前結婚」を書いたふるさとである。

一八九七（明治三十）年十二月、豪農の嘉村若松、スキの長男として誕生。養子が三代続いただけに「実子の跡取りができた」と嘉村家の人々は喜んだ。

一九一八（大正七）年、二十歳の秋、勤務先の仁保村役場の同僚の世話で、湯田地区出身の女性と結婚した。翌年、長男をもうけた。

旧制山口中学に入学したころから随想などを読み始めたものの、中退した。それでも文学への夢は捨てきれず、結婚後に人生最大の決意をした。作家を志して上京したのだ。豪農という嘉村家の環境がそれを許したのだろう。

しかし関東大震災に遭って帰郷。山口市の中村女学校の書記となった。文学への傾倒に続く運命の節目が、この学校にあった。裁縫助手の小川ちとせと恋に落ちた。家族を捨て、ともに東京へと向かった。両親はやがて、この行動も許した。妻と正式に離婚した。

三十歳の冬、初の小説「業苦」を発表。精力的に作品を書く。故郷に戻ったのは一九三二（昭和七）年一月。駆け落ちから八年の歳月が流れていた。

両親に初めて会ったちとせは、近くの妙見神社で親子の杯を交わした。「神前結婚」には、この様子を記した。

〈お父さん、やはり私は、村の停車場からだと、村の人に逢うのがイヤですから、恥ずかしいですから〉

冒頭の一節。極力、地元の人たちに会うのを避けていた。後ろめたさがあったのだろうか。

もっとも、人見知りは旧制山口中を中退したころからと

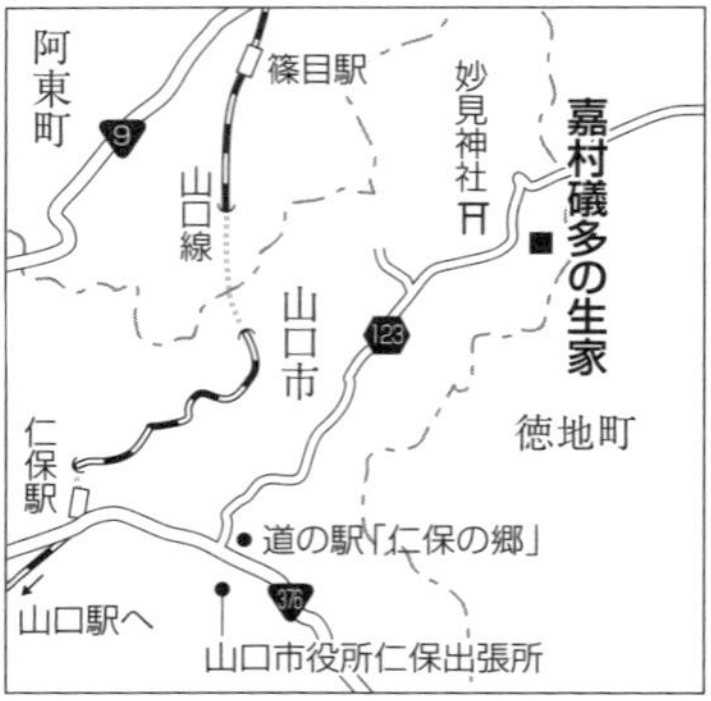

神前結婚

嘉村礒多（1897－1933年）が，死去の10か月前に発表した。上京時に一緒だった「かけがえのない女性」を連れて帰郷し，生家近くの神社で嘉村の両親と杯を交わす。『業苦』（講談社文芸文庫）などに収録。

上：親族がいたころの生家。いまもほぼこの姿で残っている（1950年代ごろ撮影，山口県立大学付属郷土文学資料センター提供）
下：「神前結婚」の舞台になった妙見神社。時折，参拝の人が訪れるという

いう。外出の際は、いつも遠回りの山沿いの小道を歩いた。道はいまも残っている。嘉村礒多顕彰会の人たちは、礒多の道と呼ぶ。道の先に生家は建っている。百年以上も前に建てられたが、豪農の家にふさわしく太い柱が支え続けて、ほぼ往時の姿だという。数年前まで妹のイクヲさんが住んでいた。九十八歳。いまは入院していてだれもいない。

嘉村文学を研究している主婦の多田美千代さん（七十二歳）は、「生家があることは、その作家が生きているのと同じくらい価値があります」と言う。

「すぐ近くに住んでいるのに、ずっと以前はよく知らなかったんです」

近くに住む富永繁久さん（七十八歳）が話してくれた。嘉村文学に興味をもち始めたのは四十歳のころ。少しずつ読むうちに、その世界がわかってきたような気がするという。

会った記憶はない。それでも小さいころ、年一回、嘉村家を訪れたのを覚えている。弘法大師像があり、八月二十一日だけ、地元住民らに開放され多くの人が参拝に訪れた。その際、モチ米を焼いた自家製の「おやき」が配られた。これを目あてに一日に何回も参拝する子供もいたという。

「父親の若松さんが、きちんと身なりを整えて参拝者を迎えていたものです」と富永さん。

おやきは、嘉村も好んで食べた。顕彰会は、この味を通じて嘉村文学にふれてもらおうと、二〇〇四（平成十六）年七月から仁保中郷の道の駅「仁保の郷」で、おやきを再現した「礒多が餅」を販売している。

会長の兼村晴定さん（七十五歳）は、「おやきの販売は、会の設立時からの念願でした。嘉村礒多の名を広めたい」と言う。

生家に戻った。JR山口線仁保駅まで五キロ以上。バス停もない。静かな時だけが流れていた。

（井上忠明 2004.7.23）

萩市・田町商店街

中野重治□萩のもんかきや

街の歴史を物語る店

閉じられたままのシャッターが連なり、買い物客はまばらだった。毛利三十六万石の城下町、明治維新胎動の地として知られる萩市。その中心部に位置する田町商店街は、大型店に客を奪われて久しい。陽光が差し込むアーケードに、路面はタイル張りの舗装。通りは整備されているのに、店じまいする老舗が相次いでいる。

一九八〇年代までは二百を超す店が店頭からあふれそうな商品を並べていた。敗戦後の四〇年代後半から復興、高度成長期。人々の消費が増え続け、活気に満ちた街を中野重治は訪れた。一九五五（昭和三十）年ごろのことだ。そこで歴史ある街の気品と、温かみのある人情に出合う。

ある菓子屋に入り、萩名物の夏蜜柑の砂糖漬けを買い求めた。

〈旅の人間と見てぞんざいに扱う人間もいる。かえって親切にやってくれる人間もいる。神さんは親切に、ていねいに包装してくれた。念入りに紐をかけてくれる。（略）包装料をとってくれというとそれはいらないという〉

中野はさらに歩いた。それは彼にとっては妙な店だった。通りに面して置かれた一つの作業机。それに向かって一心に細筆を使って打ち込む一人の女性がいた。

〈小っぽけな店、そこに、ガラス戸の向こうにこっちを向いている女、それがまず目にはいった。（略）ただし、こっちをむいてるとはいっても、女は、こっち向きに顔をうつむけている。（略）何だかを一心にやっているらしい〉

細密な作業だった。

〈右手に細筆をにぎっている。錐の穂か何かのように見える。（略）丸いもののところへ持っていく。それは、やはり渡し一寸くらいの竹の筒か何かの上へ、大きな切れをふわりと着せて、筒の断面、その円のところだけ切れをぴんと張ったものだ〉

萩のもんかきや

中野重治（1902―79年）が1956年に「群像」で発表。城下町の風情が残る萩市の商店街の，とある店で見かけた１人の女性の紋書き業の印象を著した短編。『ちくま日本文学全集』（筑摩書房）などに収録。

「もんかきや」。ふと目にとまったのが、平仮名で書かれた看板だった。漢字をあてると「紋書屋」だろうか。和服などに紋を書く紋章店。その女性は三隅智恵子さん（八十四歳）。明治中期、父親の栄蔵さんが創業した店を継ぎ、二代目だった。店構えは、通りとの境に簡素なガラス戸が一枚、それに接して置かれた作業机。透明なガラス越しに、通りから智恵子さんの作業風景を見ることができた。

療養中の智恵子さんに代わり、姪の節子さん（五十七歳）が話してくれた。「特に作業を見せようという気持ちはなかったのです。家の中で通りに面した所が一番明るく、結果的にそうなったようです」

一九八〇年代前半まで、城下町の名残が色濃く、女性たちの正装は和服が主流だった。「卒業、入学式が迫った毎年一、二月は、羽織、訪問着などに家紋を入れる注文が殺到して。毎日早朝から深夜まで。睡眠時間はたったの二、三時間でした」。節子さんは当時の智恵子さんの多忙ぶりを思い起こす。

紋書きに打ち込む三隅智恵子さん（角川政治『萩の今昔写真集』より）

中野は、黙々と紋書きをする姿を深く心に刻んで萩を後にした。

栄蔵さんの代から親しくしていた近所の玩具店経営の山本岩男さん（八十歳）は、「和服姿で、背筋をピンと伸ばして仕事に打ち込む姿は近寄りがたい毅然としたものがありました。萩女性としての誇りのようなものをただよわせていましたね」と言う。

市観光協会職員だった藤井和子さんは、「平仮名の看板が情緒を醸し出し、伝統を受け継ぐ、きりっとした女主人の姿勢が、観光客には歴史の重みと受け止められ、感銘を与えていました」と振り返った。

智恵子さんが体調を崩したのは一九八五年。節子さんに後を託し、商店街の店をたたんだ。節子さんは萩市土原《ひじわら》の自宅で、三代目として紋書きを続けている。

いま、商店街の店数はピーク時の四分の一の約五十店。次々に閉じた店は、萩の彩りの入った、いわば「引き出し」だった。山本さんは、「いまに思えば、もんかきやの存在は商店街にとって大きかったですね」と言う。

あるだけで、街の歴史を体現する店。そんな存在を許さないのが現代なのだろうか。

（横木稔郎 2004.9.24）

長門市・青海島《おおみ》

金子みすゞ□童謡全集

鯨の恵みと命への敬意

秋の日本海は、群青の度合いを増していた。長門市の青海島を訪ねた。その東部の港町・通《かよい》地区の一角にある小高い丘。鯨の胎児の眠る「鯨墓《くじらばか》」（国指定史跡）が建っている。穏やかな仙崎《せんざき》湾の向こうに、童謡詩人の金子みすゞが生まれ育った仙崎の海岸が見えた。

「みすゞの詩の原点は、この鯨墓にあります」

「金子みすゞ記念館」は二〇〇三（平成十五）年、開館した。その企画員で、金子みすゞ顕彰会の事務局長を務める草場睦弘さん（六十二歳）は言う。

みすゞの父・庄之助の出身地でもある通地区は、江戸期から漁師町として栄え、明治半ばまで日本有数の捕鯨基地だった。漁師たちは「鯨組」をつくり、出産のため南下してくる鯨を湾で待ち受ける古式捕鯨をした。「一頭捕れば七浦《ななうら》にぎわう」と言われたほど、鯨で町は潤った。

母鯨を捕まえれば、生まれてくるはずだった生命も絶たれる。向岸寺《こうがんじ》の讃誉上人《さんよしょうにん》は、暮らしのためとはいえ生き物を殺すことに心を痛めた。

一六七九（延宝七）年、鯨回向《えこう》法要を始め、一六九二（元禄五）年には、埋葬される鯨の胎児が海を見渡せる、この場所に鯨墓を建立した。以来、人々は、捕獲した鯨に人間と同様に戒名をつけ、位牌を作り、過去帳も残した。

「三百二十年以上も続いている鯨の法要は、日本ではここだけ。人々が鯨をいかに大切にしていたかわかります」

こう語る小松公映《こうえい》住職（六十三歳）は、一八〇二（享和二）－四二（天保十三）年の間に捕獲された二百四十三頭の鯨の戒名を記した過去帳（県指定文化財）を大切に保存している。

〈鯨法会《くじらほうえ》は春のくれ／海に飛魚《とびうお》採れるころ
浜のお寺で鳴る鐘が／ゆれて水面《みのも》をわたるとき

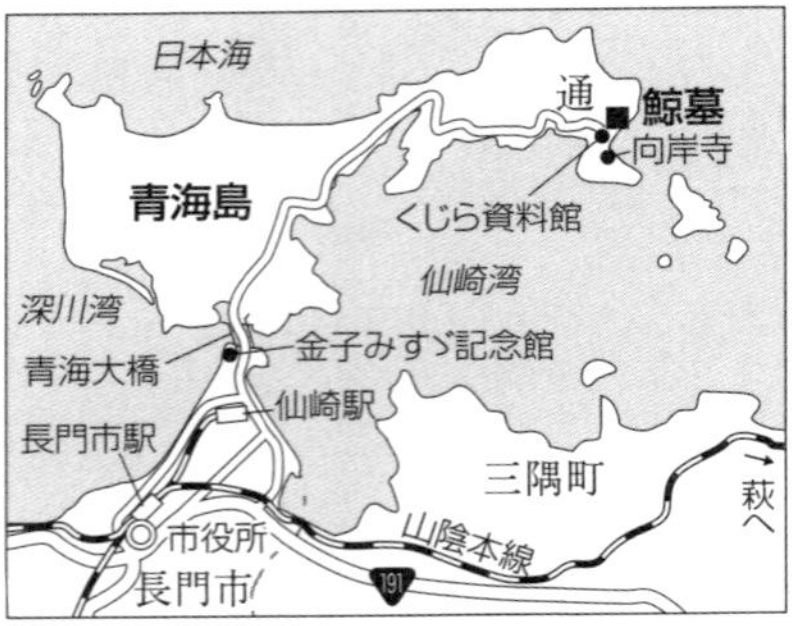

童謡全集

金子みすゞ（1903―30年）の512編の詩を収めている。没後50年余，児童文学作家の矢崎節夫が発見した3冊の遺稿集（「美しい町」，「空のかあさま」，「さみしい王女」）をまとめた。JULA 出版局。

上：鯨は恵みをもたらし続けた（1952年８月，長門市くじら資料館提供）
左：鯨墓は，海を見下ろす所に建てられていた。右は向岸寺住職の小松公映さん

村の漁夫《りょうし》が羽織着て／浜のお寺へいそぐとき
沖で鯨の子がひとり／その鳴る鐘をききながら
死んだ父さま、母さまを／こいし、こいしと泣いてます
海のおもてを、鐘の音は／海のどこまで、ひびくやら〉

（さみしい王女「鯨法会」）

みすゞが生まれた明治後期には、鯨の数が減り、鯨組は次々に解散していたが、鯨の法要は変わらず続けられた。

みすゞの詩を発掘し、その生涯を明らかにした児童文学作家の矢崎節夫さん（五十七歳）は、「生きとし生けるものすべてに優しいまなざしを注いだみすゞの詩は、この風土から生まれました」と話してくれた。

国際捕鯨委員会（ＩＷＣ）に加盟する南米諸国など二十一か国の二十九人が、二〇〇四年六月、鯨墓に参り、鯨回向法要に出席した。

「人間だけでなく、動物の命にも敬意をはらうことに驚きを感じた」

長年続く法要に、誰もが感動の面もちだったという。文化としての日本捕鯨を、少しは理解してくれただろうか。

〈朝焼小焼だ　大漁だ／大羽鰮《おおばいわし》の　大漁だ
浜はまつりの　ようだけど／海のなかでは　何万の
鰮のとむらい　するだろう〉　（美しい町「大漁」）

鯨やイワシを思いやり、その悲しみを詩にうたったみすゞ。

「この地域の人々は、人間が鯨によって生かされていたことを知っています。三百年以上も前から伝わる優しさを次の世代に伝えたいのです」

くじら資料館の藤井文則館長（六十三歳）は、資料館や墓を訪れる小・中学生たちに語りかけている。

石段を上った頂上にひっそりとたたずむ鯨墓。いまも七十数体の胎児が眠っている。母親には会えただろうか。海の香りを運ぶように、潮風が吹き抜けていった。

（細川紀子 2004.11.12）

あとがき

読売新聞西部本社は九州・沖縄八県と山口県、島根県石見地域を管内に新聞を発行している。記紀の天孫降臨の地であり、古より物語の舞台となっている。朝鮮半島、琉球弧を通して、さらに近世では長崎・出島を介して文明、文化の窓口でもあった。大和朝廷の成立後、都は遠くなった。源平合戦、元寇、明治維新、そして太平洋戦争では特攻の基地、沖縄は国内で唯一、地上戦が行われ、長崎には原爆が投下された。日本の歴史の転換点にはやはり舞台となっている。なんと戦争関係が多いことか。

それらが作家の創作意欲を駆り立てるのか、この地を題材とした作品は少なくない。二年間の連載で、八十一人の九十三作品をとりあげたが、結果的に複数の作品が紹介された遠藤周作、司馬遼太郎、松本清張、吉村昭らについては、売れている作家ということもできるが、この地とその歴史との関係だろう。

企画での約束事は、作品は明治中期以降のもの、決して「文学散歩」的にならず、現場で聞き込みをするなどだった。取材、執筆は、社会部、総支局の若手からベテランまで六十二人の記者。作品を選び、作家の取材を受けた人や、その出来事を知っている人たちに会って話を聞いた。企画の趣旨から少しはずれたものや、記者個々の取材力、筆力の差で九十三編のできに凸凹はある。しかし、いずれもがそれなりに読ませるのは、取材に協力してくれた人たちの話の興味深さだ。ほとんどが、こんな話もあったのか、そういうことかと思ったものだ。

エピソードはもとより、この連載で知った作品も一つや二つではなく、作品の再発見ともなった。戦後六十年の年に単行本化されるのは喜びであり、またこの書が作品に触れる、その舞台を訪れるきっかけとなれば望外の喜びだ。

デスクは嘉副正治（現熊本支局長）、江崎徹志（大分支局長）、二〇〇三年四月から一ノ瀬達夫（社会部次長）が担当した。出版に際しては海鳥社のみなさんにお世話になった。取材に協力してくれた方々とともに、この場を借りてお礼を申し上げます。

二〇〇五年八月

読売新聞西部本社編集局社会部長　岸本隆三

物語《ものがたり》の中《なか》のふるさと

■

2005年 8 月20日　第 1 刷発行

■

編者　読売新聞西部本社

発行者　西　俊明

発行所　有限会社海鳥社

〒810-0074　福岡市中央区大手門 3 丁目 6 番13号

電話092(771)0132　FAX092(771)2546

印刷・製本　大村印刷株式会社

ISBN 4-87415-536-7

http://www.kaichosha-f.co.jp

[定価は表紙カバーに表示]

JASRAC 出0509845-501